www.blue-panther-books.de

Trinity Taylor

Ich will dich ganz & gar

Erotische Geschichten

www.blue-panther-books.de

BLUE PANTHER BOOKS TASCHENBUCH
BAND 2153

1. AUFLAGE: SEPTEMBER 2008
2. AUFLAGE: MAI 2009
3. AUFLAGE: DEZEMBER 2009

VOLLSTÄNDIGE TASCHENBUCHAUSGABE

ORIGINALAUSGABE

COVER: ISTOCK
UMSCHLAGGESTALTUNG: WWW.HEUBACH-MEDIA.DE
GESETZT IN DER TRAJAN PRO UND ADOBE GARAMOND PRO

PRINTED IN GERMANY
ISBN 978-3-940505-04-0

WWW.BLUE-PANTHER-BOOKS.DE

INHALT

Machtspiele

Die Party war in vollem Gange. *Es sind bestimmt sechzig bis achtzig Leute hier,* kam mir in den Sinn. Ich bewunderte die Garderobe der Frauen. Fast alle weiblichen Gäste hatten sich mächtig in Schale geworfen. Abendkleider in lang und kurz, Flippiges, Abstraktes und Klassisches. Alles Elegante und Schicke war vertreten. Die Musik mischte mit Klängen aus Jazz und ultimativem Chart-Pop auf. Auch das Buffet konnte sich sehen lassen. Auf einem etwa fünf Meter langen Tisch war für jeden etwas dabei. Sogar zwei Kellner wirbelten um das Buffet, halfen beim Anrichten der Teller des warmen Essens oder füllten leere Schalen und Platten auf. Es war lange her, dass ich mich so wohl gefühlt hatte. Ich stand alleine nahe der Tanzfläche, wippte im Takt der Musik und summte im Stillen mit.

Ryan kam auf mich zu und lächelte. Er war sehr galant, verdammt clever, ungeheuer redegewandt, hochgradig schwul und ein phantastischer Gastgeber. Eigentlich war er der perfekte Ehemann. Er hatte sich in einen silberblauen Anzug geworfen, von dem es einem Laien unmöglich war, die Qualität zu bestimmen. »Na, Schätzchen, amüsierst du dich?«, fragte er und nahm einen großzügigen Schluck Tequila Sunrise.

»Auf jeden Fall! Bei einer solchen Party mit den vielen Leuten, der guten Musik, dem leckeren Buffet und den ausgefallenen Cocktails, kann es einem nur gutgehen.«

Ryan strahlte übers ganze Gesicht. »Danke dir, Herzchen. Freut mich, wenn's dir gefällt. Sag mal, bist du noch immer mit Shawn zusammen?«

Ich lachte. »Ja klar, was hast du denn gedacht! Wir sind doch erst seit einem Monat ein Paar.«

Ryan nippte an seinem Glas und blickte in die Runde.

Mein Gesicht wurde ernst. »Warum, was ist denn?«

Ryan betrachtete anscheinend einen knackigen Tänzer.

»Ryan!«

Er zuckte zusammen. »Entschuldige, Herzchen! Ich war gerade abgelenkt. Was hast du gefragt?«

Ich stemmte eine Hand in die Hüfte und legte den Kopf schief. »So! Du hast mir also nicht zugehört …«

»Doch, habe ich. Aber ich weiß nicht genau, was ich darauf antworten soll. Es war nur so eine Frage ins Blaue hinein.«

»So wie ich dich kenne, gibt es keine Fragen ins Blaue hinein. Ist denn irgendetwas mit Shawn, von dem ich noch nichts weiß? Wird hinter meinem Rücken laut gelacht oder mit dem Finger auf mich gezeigt, weil er eine beknackte Frisur hat oder Ziegenfüße?«

»Nein, nein, Schätzchen. Es war doch nur eine Frage. Einfach, ob ihr noch zusammen seid und du noch glücklich bist.«

»Hallo, Schmusekatze!«, sagte Shawn und gab mir einen Kuss auf den Hals. In beiden Händen hielt er einen Drink. »Willst du noch einen?«

Ich schüttelte den Kopf.

»Hi, Ryan. Geile Party! Darfst du gerne öfter machen.« Shawn lachte.

Ryan zwang sich ein Lächeln ab. »Wenn du versprichst, nicht immer anwesend zu sein, gern. Wir sehen uns noch,

Schätzchen.« Er zwinkerte mir zu und verschwand mit hochgehobenem Arm, an seinem Tequila Sunrise schlürfend, zwischen den Partygästen.

»Ist ihm eine Laus über die Leber gelaufen?! Worüber habt ihr gerade gesprochen?« Shawn blickte Ryan unwirsch hinterher und nahm einen beherzten Schluck aus einem der beiden Gläser.

»Sag mal, musst du dich so volllaufen lassen, Shawn? Ein Glas hätte genügt!«

»Hey, was ist denn jetzt los? Erstens war das andere Glas für dich bestimmt und zweitens klingst du wie meine Mutter. Also, lass das bitte, klar?!«

»Ach, hör auf. Du verdirbst mir die ganze Stimmung!« Angesäuert sog ich an meinem Strohhalm und blickte auf die Tanzenden.

»Was denn? *Ich* verderbe dir den Abend? Ich vermute eher, dass Ryan irgendetwas Intelligentes gesagt hat, das dich nervt.«

»Shawn, du bist ja völlig betrunken.«

»Ach Quatsch! Ein bisschen angeheitert vielleicht. Aber wer ist das hier nicht. Sag mal, was soll dieser Moralapostel-Kram? Ich glaube, du brauchst mal wieder einen ordentlichen Fick!«

Geschockt blickte ich ihn an. Geschockt, dass er dieses Wort so laut in der Partyöffentlichkeit aussprach, geschockt, dass er diesen Gedanken hatte und geschockt, dass mein Körper darauf reagierte. »Du spinnst ja wohl völlig!«

»Ach komm, Süße, du willst es – ich weiß es! Dafür kenne ich dich zu gut.«

»Nach nur einem Monat kannst du mich nicht kennen.«

»Alles Ausflüchte«, winkte er ab und kam mir so nahe, dass ich sein Parfum riechen konnte. Seine Lippen senkten sich auf die meinen, und sofort schob er die Zunge in meinen Mund.

Mein Herz klopfte, und meine Muschi wurde feucht. Ich erwartete, dass er seinen Unterleib an mich presste, um mich spüren zu lassen, was er empfand. Doch er behielt den Abstand bei, blickte mir stattdessen in die Augen und raunte mir zu: »Komm, wir schleichen uns in eins der oberen Schlafzimmer und sehen dann weiter …« Ich wusste, dass Ryan, aus welchen Gründen auch immer, über drei Schlafräume verfügte.

»Nein, Shawn, das können wir nicht tun«, zierte ich mich. Doch je mehr ich darüber nachdachte, desto verführerischer wurde für mich die Vorstellung: es zu tun, während andere eine Party feierten und im gleichen Haus waren. Shawn schien meine Gedanken gelesen zu haben. Langsam schob er seine Hand, die auf meinem freien Rücken lag, nach unten in mein tief ausgeschnittenes, flaschengrünes Abendkleid und stoppte erst, als seine Hand auf meinem Po ruhte.

»Shawn, bitte nicht!«

»Wenn du dich noch mehr bewegst, werde ich dir dein Kleid zerreißen.«

»Alle können deine Hand durch den dünnen Stoff sehen.«

»Ach, es ist also nicht schicklich, meine Hand unter dem Stoff zu sehen, aber schicklich, deine steifen Brustwarzen zu erkennen. Hm …«

Ich musste gegen meinen Willen schmunzeln und spürte, wie sich meine Nippel bei dem Gedanken sofort noch mehr versteiften.

Shawn beugte sich zu mir hinunter und flüsterte: »Was mich an diesem Fetzen Stoff völlig verrückt macht, ist, wenn du mit den steifen Brustwarzen durch die Gegend marschierst, dann wippen deine Brüste auf und ab. Bitte, tu mir den Gefallen und geh dort zum Fenster und sieh hinaus. Komm dann mit schnellem Schritt wieder und lass mich deine Brüste sehen.«

Ich lachte: »Du spinnst ja!«

»Los, mach!«, scheuchte er mich und sagte dann liebevoll schnurrend: »Bitte!«

Ich stieß die Luft durch die Nase und ging los. Interesse vortäuschend blickte ich aus dem Shawn gegenüberliegenden Fenster, drehte mich dann um und kam schnellen Schrittes auf Shawn zu. Dieser starrte mir auf die wippenden Brüste. Ich spürte, wie der Stoff meine erigierten Nippel rieb und mich selber scharfmachte. Kaum war ich bei Shawn angelangt, fasste er nach meiner Hand und zog mich mit sich fort. Sogleich stiegen wir unbemerkt die Treppe hinauf und schlossen uns im ersten Schlafzimmer ein.

Shawn schlang die Arme um mich und bedeckte meinen Mund mit Küssen. Lange hielt er sich dort nicht auf, sondern glitt sofort hinunter zu meinen Brüsten, die er mit einem Ruck am Nackenbändchen freilegte. Der Stoff floss nach unten und landete wie ein Häufchen Nichts auf dem Boden. Nur mein String bekleidete mich noch. Eine Gänsehaut legte sich über meinen Körper. Shawns Saugen und Nuckeln an den steifen Nippeln machte mich unendlich geil, und ich verlangte nach mehr. Deswegen machte ich einen Schritt nach hinten und ließ mich aufs Bett fallen. Shawn lächelte über meine Eigeninitiative. Ruck zuck zog er sich seine Klamotten aus, schritt kurz zur Tür, lauschte und kam dann zum Bett. Bevor er sich neben mich fallen ließ, zog er mir den String aus. Erst dann versenkte er sein Gesicht in meiner Scham. Ich seufzte, als ich den warmen Atem zwischen meinen Beinen spürte. Spontan öffnete ich die Schenkel für ihn, und sofort war seine Zunge da. Sie leckte meine Spalte und stieß dann in meine Möse hinein. Ich schrie auf.

Augenblicklich sah er mich an und hielt mir den Mund zu.

»Pst, Darling, nicht so laut!«

Ich nickte.

Er nahm seine Hand runter, glitt mit der Zunge wieder zwischen meine Beine und drang sofort ein. Ich riss ein Kissen zu mir heran und biss hinein. Endlich konnte ich meine Lust gedämpft hinausstöhnen. Mein Körper war so elektrisiert, dass ich nach seinem Schwanz suchte. Shawn erriet meine Gedanken und schob sich meiner Hand entgegen. Als ich ihn packte und seine Vorhaut vor- und zurückschob, war er am Stöhnen. Ich zog ein weiteres Kissen heran.

Wir grinsten über unsere Improvisation. Doch wir waren sofort wieder bei der Sache, denn unsere Körper glühten vor Lust. Shawn rückte so hoch und nahe an mich heran, dass ich seinen nach männlicher Geilheit riechenden Schwanz in den Mund nahm. Es durchfuhr meinen Körper mit noch mehr Sinneslust. Ich war so scharf, dass es mir schwerfiel zu atmen und mich im Zaum zu halten. Ich wollte endlich diesen harten Schaft in mir spüren und in die höchsten Höhen getrieben werden.

Als hätte Shawn meine Gedanken erraten, entzog er mir seinen Schwanz, um ihn mir an anderer Stelle wiederzugeben. Fast schon tierisch stieß er mir seinen harten Penis in die Möse, hielt einen Moment keuchend inne und flüsterte: »Mann, ist das geil, Baby!«

Dann stieß er wieder zu, während ich ihm mein Becken entgegenwarf und nach Befreiung fieberte. Unsere Körper klatschten aufeinander und schenkten sich gegenseitig die höchsten Wonnen der Lust.

Plötzlich zog Shawn sich aus mir zurück und kniete sich hin. Erschrocken blickte ich zu ihm hoch. »Was ist los?«

»Ich will dich lecken, Baby!« Damit versank sein Kopf wieder zwischen meinen Schamlippen, und er saugte an der vernachlässigten Klitoris. Sofort presste ich das Kissen vor meinen Mund und stöhnte hinein. Mit flatternden Bewegungen flog seine Zunge über die Lustperle und schickte Lichtblitze durch meinen Körper.

»Oh, Shawn, komm endlich zu mir und vögel' mich!«, keuchte ich.

Er lächelte mich an. Schnell war sein steifer Schwanz in mir und stieß immer wieder energisch in meine Möse.

Ich spürte ihn, nicht nur den Schwanz, sondern auch den Höhepunkt. Er nahte und drohte, mich zu überrollen. Ich hielt mich krampfhaft am Kissen fest und wollte ihn herankommen lassen, als ich einen fremden Ausruf von der Tür wahrnahm. Sofort schnellte mein Kopf hoch.

In der geöffneten Tür erkannte ich ein Pärchen der Partygäste. Entsetzt blickte ich Shawn an. Dieser hatte sich schnell von der Tür abgewandt und sah mich mit einem Blitzen in den Augen an. »Ist doch geil, Baby! Zuschauer!«

Sein Becken klatschte noch schneller auf meins. Ich hörte, wie die Tür geschlossen wurde und vergewisserte mich, dass das Pärchen wirklich weg war.

»Hey, lass dich dadurch nicht aus dem Konzept bringen, Darling«, raunte mir Shawn zu, den das Ganze heftig anzustacheln schien.

»Ich dachte, du hättest abgeschlossen!«

»Baby, ich komme gleich, und du willst jetzt diskutieren? Komm, lass deinen Gefühlen freien Lauf, lass dich von mir ficken und es dir so richtig besorgen!«

Die Worte machten mich an und ich ließ mich fallen. Der Orgasmus kam. Er kam aber nicht mit voller Wucht, wie er das eigentlich hätte tun können. Darüber war ich sehr enttäuscht, und zwar so sehr, dass sich die Enttäuschung in Wut verwandelte. »Warum hast du diese blöde Tür nicht abgeschlossen?«

»Ich hatte sie abgeschlossen, doch ich fand's eben geiler, sie wieder aufzuschließen.«

Ich rappelte mich hoch. »Du *wolltest*, dass jemand hier hereinkommt?«

»Warum nicht!«

»Was, wenn es Ryan gewesen wäre? Er hätte uns hochkant hinausgeworfen.«

»Unsinn!« Und mit einem Grinsen sagte Shawn: »Wahrscheinlich hätte er noch etwas lernen können. Denn bisher hat er es ja vermieden, eine Frau zu vögeln!«

»Shawn! Du bist unmöglich! Ryan ist ein liebenswerter Mensch. Er ist ...«

»Ja, ja, schon gut!«, unterbrach er mich und stand auf. »Er ist der ach so einfühlsame Mann. Wenn du könntest, würdest du ihn vom Fleck weg heiraten.« Shawn stand an der Badezimmertür, die direkt ans Schlafzimmer angrenzte und schleuderte in den Raum: »Nur ein Problemchen gibt's beim lieben Ryan: Er ist schwul wie sonst was und steht nicht mal mit einer Wimper auf dich. Er würde dir also niemals seinen Adonis-Arsch oder Adonis-Schwanz zum Blasen hinhalten.« Damit verschwand er im Bad und knallte die Tür.

Sprachlos und mit offenem Mund blickte ich ihm hinterher. Was war jetzt hier gerade passiert? *Ich* war doch sauer auf ihn! Und *er* hatte den Anlass dazu gegeben, indem er die Tür absichtlich geöffnet hatte. Ich verstand die Welt nicht mehr! War das jetzt ein nicht überwindbarer Eifersuchtsstreit? Ich hatte doch nichts mit Ryan! Außerdem lag es mir fern, ihn derart hervorzuheben und Shawn zu kränken. War das jetzt der Anfang vom Ende?

Noch während ich versuchte, Sinn in diese unsinnige Diskussion zu bringen, und sie zu verstehen, wurde die Tür erneut aufgerissen, und Ryan trat ohne zu Zögern herein. Als er mich auf dem Bett völlig nackt entdeckte, stieß er einen Schrei aus und ging den Schritt, so wie er ihn hineingetan hatte, wieder zurück, ließ aber die Tür offen. »Oh mein Gott, Schätzchen, was machst du denn hier?«

»Ich wurde durchgevögelt«, sagte ich tonlos.

Ryan verzog das Gesicht zu einer verzweifelten Grimasse. »Das ist ja eigentlich ganz schön soweit, doch wie du es sagst, klingt es, als hättest du dir gerade deine eigene Sargfarbe ausgesucht.«

»Da gibt es bestimmt Verbindungen …«

Er trat wieder ins Zimmer, lehnte die Tür an und kam zu mir, allerdings mit Respekt-Abstand. »Komm, Liebes, so kann ich dich nicht hier sitzen lassen, bedeck' doch wenigstens deine hübschen Brüste.«

»Aha, also doch der Samariter, den die Frauen so lieben«, sagte Shawn geringschätzig, als er in diesem Moment voll bekleidet aus dem Bad trat. »Na, dann will ich mal nicht stören. Wir sehen uns später, Süße.« Damit verließ er pfeifend das Zimmer.

Wieder starrte ich ihm hinterher, bis das Pfeifen verklungen war. »Kannst du das verstehen?«, fragte ich geistesabwesend.

»Ich weiß ja nicht, was vorgefallen ist. Aber nun komm, zieh dir wenigstens eine Kleinigkeit über. Ich heize meine Schlafzimmer nie und es ist kalt hier.« Er reichte mir mein Kleid, das ich automatisch entgegennahm und auf meinen Schoß fallen ließ. »Ich glaube, es ist aus.«

»Ach nein. Nicht doch, Herzchen. Nicht immer alles gleich so schwarz sehen. Zieh dein Kleid an und begleite mich mit nach unten. Da wirst du schon wieder auf andere Gedanken kommen.

»Ich hab's in deinem Schlafzimmer, in deinem Bett, mit einem Kerl getrieben«, sagte ich noch immer tonlos.

»Das ist nicht schlimm. Ich schlafe sowieso seit diesem Monat wieder im mintgrünen Zimmer. Mach schon, zieh dir etwas an und komm.«

Ich leistete Ryans liebevollem Befehl folge und bemerkte, wie er mich beim Anziehen beobachtete. Auch wenn ich wusste, dass er schwul war, so stellten sich meine Brustspitzen auf. Mein Körper sah eben nur den Mann in ihm.

Arm in Arm kamen wir die Treppe hinunter und mischten uns unter die Leute, die nichts von unserem Wegbleiben bemerkt hatten. Nur ungern ließ Ryan mich zurück, und nur ungern blieb ich alleine am Rande des Geschehens stehen, doch es wäre kindisch gewesen, überall mit ihm hinzutapsen. Meine Augen suchten die Grüppchen von Menschen nach Shawn ab. Ich fragte mich, ob er gegangen war, denn ich konnte ihn nirgends entdecken.

»Du stehst auf der falschen Seite, wenn du Shawn suchst«, sagte Ryan und hielt mir einen Mojito hin.

»Danke«, sagte ich und nahm einen Schluck vom Cocktail. »Was meinst du mit falscher Seite?«

»Er steht drüben beim Buffet und hält Volksreden.«

»Aha, na dann …«

»Halt, Schätzchen, warte!« Ryan ergriff meine Hand und hielt mich zurück. Verwundert blickte ich ihn an.

»Du solltest besser nicht zu ihm gehen. Er … er ist ziemlich betrunken, hab ich das Gefühl. Bitte bleib hier.«

»Nein! Ich gehe zu ihm. So erfährt man die Wahrheit am Ehesten.« Entschlossenen Schrittes schob ich mich durch die

Leute und entschuldigte mich ein- bis zweimal. Endlich erreichte ich meinen Freund. Doch was er sagte, klang nicht wirklich wie mein Freund. Ich nahm mir einen Teller und das letzte Besteck und tat so, als wollte ich mich vom Buffet bedienen. Wortfetzen drangen an mein Ohr: »… so gut, die Kleine.« Ein anderer sagte etwas und er antwortete lachend. »Na klar, die hab ich geknallt, dass ihr Hören und Sehen verging. Gewimmert und um Gnade hat sie gebettelt, wie ein Hündchen.« Er lachte und die anderen mit.

Ich war entsetzt über das, was meine Ohren mir gerade zutrugen. Automatisch sah ich hoch. Shawn war von vier Männern umgeben, die lachten, bis auf einen. Dieser Eine guckte mit geradem Blick zu mir und ich fühlte mich sofort ertappt. Mein Herz machte einen Satz und hämmerte dann gnadenlos in meiner Brust weiter. Doch ich schaffte es nicht, den Blick von diesem Mann zu lösen. Was dachte er? Vielleicht, dass genau ich es bin, von der da gehöhnt wird oder stellte er sich die Frage, ob ich wirklich wimmere?

»… am liebsten hat sie es im Arsch. Ja, glaub mir. Dafür tut sie wirklich alles! Mann, geht die ab … Aber am geilsten macht sie es, wenn ich mit der Peitsche und einem Sattel komme …«

Das war genug! Genug von schlimmen Unwahrheiten und genug Essen auf meinem Teller. Ich wandte mich ab und ging in die Küche, wo ich den Teller auf die Fensterbank stellte und mich zur Cocktailbar begab. Ich wollte mir auf diese neuen Erkenntnisse über mich, von denen ich nicht die leiseste Ahnung hatte, ordentlich die Kante geben. Dafür nutzten doch sowieso die meisten Leute eine Party: um mal ordentlich zu saufen! Gerade, wenn es so ein verlockend reichhaltiges Alkoholangebot gab, wie hier. Ich stürzte meinen Mojito hinunter und bestellte sofort einen neuen. Mein Blick traf, während ich auf das neue Getränk wartete, den von Ryan. Er winkte und lachte, weil ihn gerade ein hübscher junger Mann an der Hand zur Tanzfläche zog. Sie tanzten miteinander und hatten, so wie es aussah, jede Menge Spaß.

»Sind Sie mit dem Auto hier?«, fragte eine männliche Stimme hinter mir.

Ruckartig drehte ich mich um und blickte in das Gesicht des Freundes von Shawn. »Nein, zu Fuß. Ich bin mein eigenes Pferd, weil ich Sattel und Peitsche so liebe!« Damit knallte ich meinen Mojito auf einen Stehtisch, ging zu Ryan, drückte ihm einen Kuss auf die Wange und ging zur Garderobe.

Schon war der Mann wieder bei mir und berührte meinen Mantel. »Kann ich Ihnen behilflich sein?«

»Nein«, fauchte ich und warf mir den Mantel über.

»Ich habe Ihnen nichts getan.«

Mit einem Ruck drehte ich mich um. »Doch, das haben Sie: Sie sind ein Freund von Shawn – und damit haben Sie genug Verbrechen begangen!«

»Dann sind Sie wohl auch eine Verbrecherin?« Die Frage klang nicht hämisch, sondern ruhig und logisch.

Ich ließ den Dialog sacken, nickte schließlich und sagte: »Ja. Das bin ich wohl. Aber ich bin weiter als Sie.«

»Warum?«

»Ich bin mir meiner Schuld bewusst!« Damit drehte ich mich um und lief durch den Flur zum Fahrstuhl. Noch ehe ich den Knopf gedrückt hatte, war der Mann wieder bei mir. »Jetzt warten Sie doch mal. Rennen Sie nicht immer gleich weg.«

»Eigentlich tue ich das nicht. Aber heute halte ich es für nötig.«

Der Fahrstuhl öffnete sich. Der Mann stellte einen Fuß hinein.

»Lassen Sie das!«, fuhr ich ihn an.

Er zog kurz die Nase hoch und blickte wortlos und mit leicht geöffnetem Mund zu mir.

»Was soll das? Hat Shawn sie losgeschickt, um mich zurückzuholen oder soll ich ihm vielleicht einen Kaffee bringen? Nein, jetzt hab ich's. Sie fanden die Geschichte mit dem Sattel so klasse, nun wollen Sie mich auch mal zureiten. Nur zu, heute ist der Tag der offenen Tür – im wahrsten Sinne des Wortes. Voilà!« Ich breitete die Arme mit einer einladenden Geste aus. Erst da zog der Mann den Fuß zurück und ließ die Fahrstuhltür schließen.

Siegessicher kam ich auf die Straße, um im Taxi in Tränen auszubrechen. Ich hatte es also nicht einmal bis zur Haustür geschafft. Meine Freundin würde sich die Hände reiben, von so einer »fantastischen« Geschichte zu hören. Endlich mal was Neues!

***

Ich verriet meiner Freundin nichts. Stattdessen hing ich heulend am Telefon mit Ryan. Er war sehr interessiert, was den anderen Mann anging. Doch daran hatte ich kein Interesse. Shawn war für mich gestorben, so auch seine Freunde – mochten sie noch so nett sein. Ich traute keinem mehr.

»Und genau das wird dein Problem werden, Herzchen!«

»Was meinst du?«

»Dass du keinem Mann mehr traust, den du nicht kennst. Wie willst du da etwas Vernünftiges kennenlernen?«

»Ich brauche erstmal keinen Mann. Vielleicht werde ich ja lesbisch ...«

»Red' nicht so einen Unsinn. Entweder du bist für die tragende Rolle geboren oder nicht. Wenn nicht, Hände weg!«

Ich malte während des Telefonats kleine Kreise auf einen

Block. Was hatte das bloß zu bedeuten? Sollte ich vielleicht zu einem Psychiater gehen? Vielleicht wäre so einer etwas für mich …

»Hast du mir zugehört?«, fragte Ryan bissig.

»Nein«, sagte ich ehrlich.

Er seufzte. »Ich sagte: Geh aus! Geh unter nette Leute, treibe Sport.«

»Reiten?«

»Jetzt hör aber mal auf!«

Jetzt seufzte ich. »Na schön. Tut mir leid. Aber ich muss gestehen, dass ich mich erst mal vor Selbstmitleid ein paar Wochen auf der Couch lümmeln wollte. Wirklich! Das tut mir gut.«

»Ach, Herzchen. Mach, was du möchtest, aber heul' nicht mehr. Shawn war einfach nicht der Richtige und jeder Milliliter Wasser, der aus deinen Augen kommt, ist vergeudet.«

Ich lachte. »Danke, dass ich durch dich wieder ein bisschen Freude finde. Ich denke, was ich machen kann, ist: Frustshoppen gehen.«

»Na bitte, du bist zur Vernunft gekommen!«

***

Ich würde mich nicht als typisches Beispiel für eine Frustshopperin bezeichnen, doch heute war ich bereit dafür. Ich war zu allem bereit, sogar, mit einem gut gebauten Kerl ins Bett zu gehen und seinen Schwanz so richtig in die Mangel zu nehmen.

»Ich hätte nicht gedacht, dass wir uns im Schuhladen wiedertreffen«, sagte eine Stimme, die ich bereits kannte.

»Spionieren Sie mir nach?«, giftete ich den Freund von Shawn an, der plötzlich lächelnd neben mir stand.

Dieser schüttelte den Kopf. »Nein, Lady, das tue ich ganz bestimmt nicht.«

»Was wollen Sie dann hier?«

Er blickte sich um. »Ich bin in einem Schuhladen – also werde ich wohl Schuhe kaufen.«

»Das glaube ich Ihnen nicht!«

»Und, was machen *Sie* hier?«

»Reiterstiefel kaufen!«

Er lachte herzhaft. »Wenigstens haben Sie Ihren Sinn für Humor behalten.«

»Das war kein Scherz!«

»Kommen Sie, wir können doch wenigstens ein bisschen nett zueinander sein ...«

»Nett zueinander sein?« Panisch riss ich die Augen auf.

»Damit meine ich die ganz normale Nettigkeit, kein Austausch von Streicheleinheiten oder Körperflüssigkeiten.«

»Ich habe weder an dem einen noch dem anderen Interesse. Schön, dass Sie schon gehen wollen. Wiedersehen!«

Er verzog das Gesicht. »Tja, dann nicht.« Damit wandte er sich zum Gehen, drehte sich aber noch einmal zu mir um und sagte: »So wichtig sind Sie dann auch wieder nicht.«

Dieser Satz versetzte mir einen Stich und Schamesröte überzog mein Gesicht. Gekränkt blickte ich ihm nach. Vor einem Regal der Schuhgröße fünfundvierzig blieb er stehen und durchsuchte die Auslagen. Schließlich nahm er einen schwarzen Schuh heraus und drehte ihn hin und her. Dann hielt er ihn hoch und blickte zu mir. »Wie finden Sie ihn?«, rief er durch den ganzen Laden.

Ich verzog mein Gesicht zu einer säuerlichen Grimasse, während er mich mit einem unschuldigen Engelsgesicht anblickte. Da musste ich das erste Mal lachen. Kopfschüttelnd rief ich zurück: »Gut, und, was kostet er?«

Er drehte den Schuh und rief: »Zweihundertvierzig Dollar.«

»*Zweihundertvierzig Dollar?!* Ich meinte das eine Paar Schuhe und nicht das Regal mit allen Schuhen!«

Er lachte und stellte den Slipper zurück.

»Entschuldigen Sie«, ein grauhaariger Mann mit einer Nickelbrille starrte mich an, »es wäre sehr nett, wenn Sie nicht durch den ganzen Laden brüllen würden. Wenn Sie das noch einmal machen, werde ich Sie des Ladens verweisen.«

Ich blickte zum Grauhaarigen hinunter, war ich doch tatsächlich einen Kopf größer als er. Verwirrung machte sich bei mir breit. Ich wurde des Ladens verwiesen, weil ich zu einem anderen Regal gerufen hatte? »Äh, wie bitte?«, fragte ich.

»Ich werde Sie hinauswerfen lassen.«

»Von wem?«, fragte ich höflich.

Der Freund von Shawn schob sich zwischen uns und überragte den Verkäufer um zwei Köpfe. »Komm, Honey«, sagte er zu mir und nahm meinen Arm, »lass die vier Paar Schuhe stehen, die du kaufen wolltest. Ich werde die andern drei Paar auch nicht nehmen. Wir gehen lieber woandershin, wo man uns nicht hinauswirft, nur weil wir verliebt sind und gute Laune haben.«

Mein Herz klopfte mir bis zum Hals, als ich mich bei ihm unterhakte und sagte: »Du hast Recht, Darling. Gehen wir.«

Auf dem Gang der Mall, dem Einkaufszentrum, ein paar Meter vom Schuhgeschäft entfernt, ließen wir unseren Lachsalven freien Lauf. Er schnäuzte sich die Nase und ich wischte mir die Lachtränen aus den Augen. Erst jetzt stellte ich fest, dass mein Gegenüber mich schmunzelnd betrachtete. Seine Augen waren braun – ein sanfter, warmer Ton.

»Hallo«, sagte er und lächelte mich an.

Ich kam zur Besinnung und fragte verwirrt. »Hallo? Wieso hallo? Wir kennen uns doch schon.«

»Und, wie ist mein Name?«

»Äh, ertappt! Ich weiß nicht. Vielleicht James Bond?«

Er lachte. »Fast.« Dann wurde er ernst und sagte: »Ich heiße Dean, und du?«

»Francis.«

Er lächelte. »Schöner Name. Er passt zu dir.«

Schweigend standen wir uns gegenüber. Die Leute in der Mall liefen rechts und links an uns vorbei, doch ich nahm sie kaum wahr, auch, ob jemand uns ansah oder nicht, blieb mir verborgen. Wie hatte ich mich in diesem charmanten Mann so täuschen können? Eine Alarmglocke schrillte in meinem Kopf und warnte mich trotzdem vor dieser Art Mann: ›Vorsicht, meine Liebe‹, sagte die Alarmglocke, ›wenn er ein Freund deines Ex-Freundes ist, dann muss es eine Verbindung zwischen den beiden geben, worin auch immer sie bestehen mag.‹

»Wollen wir etwas trinken gehen?«, fragte Dean und holte mich aus dem Zwiegespräch mit der Alarmglocke.

»Nein, danke«, sagte ich schnell. »Ich habe noch etwas vor.«

Ich sah sein enttäuschtes Gesicht und er tat mir auf einmal sehr leid. »Vielleicht ein anderes Mal«, versuchte ich die vermurkste Situation zu retten.

Er nickte. Dann kam er mit dem Kopf nach vorne und hauchte mir einen Kuss auf die Wange. Sein Duft war unglaublich betörend. Ich schloss automatisch die Augen und träumte, wie er mir ein seidiges Oberteil mit den Lippen vom Körper zog.

»Francis?«, fragte er.

Ich öffnete die Augen. Ruhig blickte er mich an. Mein Herzschlag galoppierte. »Ich war gerade am Überlegen, ob ich noch Petersilie tiefgefroren habe.«

Er lächelte wissend. »Schon klar. Mach's gut, Kleines.« Er zwinkerte und drehte sich um.

Oh mein Gott! Ich ließ ihn gehen! Das wollte ich nicht – nicht mehr! Sollte ich ihm jetzt hinterherrufen, wie in einem kitschigen Film? Würde er dann die Arme ausbreiten und mich aufnehmen, wenn ich in seine Arme rannte?

»Vorsicht, junge Dame!«, rief mir ein älterer Mann aus ungefähr einem halben Meter entgegen. »Hinter Ihnen!«

Ruckartig drehte ich mich um. »Was«, rief ich irritiert. Da erst bemerkte ich den Minitransporter, der die Geschäfte der Mall belieferte und hinter mir wartete. Der Wagen hatte gehupt, denn mir hallte der Hupton noch im Ohr, doch war mir nicht bewusst gewesen, dass er mir gegolten hatte. »Oh«, sagte ich und sprang förmlich zur Seite. Leise rauschte der Minitransporter an mir vorbei und verschwand hinter einer Biegung. Spätestens jetzt war Dean nicht mehr zu sehen.

***

»Oh Gott, ich habe so einen dummen Fehler gemacht!«, rief ich ins Telefon und rieb dabei mein Gesicht mit einer Hand.

»Ach, Herzchen, nimm's nicht so tragisch«, versuchte Ryan mich erneut zu beruhigen. »Außerdem solltest du dich nun endlich damit abfinden. Seit etwa zwanzig Minuten höre ich mir an, was für einen dummen Fehler du gemacht hast. Bisher wolltest du diesen Mann zum Mond schießen.«

»Ich erzähle dir immer wieder das Gleiche, in der Hoffnung, du würdest mir eine Lösung präsentieren.«

»Lösung? Was für eine Lösung? Damit bin ich überfordert.«

»Na, zum Beispiel: Geh zu Shawn und lass dir Deans Nummer geben.«

Ryan lachte auf. »Du spinnst ja! Zu so einer Lösung würde ich dir niemals raten! Lieber treib ich's mit 'ner Frau.«

»Verstehe. Dann werde ich es als meine eigene und einzige Lösung ansehen.«

»Wie bitte? Du willst zu Shawn? Schätzchen, du weißt nicht, was du da sagst! Er wird dich sofort ins Bett locken und dir die Sachen vom Leib reißen. Beruhige dich und denke darüber noch einmal nach.«

»Ich habe mich entschieden!«

***

Die Klingel klang vertraut und fremd zugleich. Ich zwang mich zur Ruhe, die ich nicht hatte.

Shawn öffnete im Bademantel, obwohl es Samstag, vierzehn Uhr, war. Ich hatte extra diesen Tag und diese Uhrzeit gewählt, weil ich wusste, dass er nur morgens und abends verführerische Fähigkeiten besaß.

»Wow, wen haben wir denn da?«, fragte er in seiner unnachahmlichen Art.

»Hallo«, sagte ich kühl. »Ich möchte es kurz machen: Bitte gib mir die Adresse von Dean.«

Er blickte mich eine Weile unverwandt an, ehe er fragte: »Von wem?« Er besann sich. »Ach, komm erstmal rein.«

»Nein, ich will nicht reinkommen, ich brauche diese Adresse von deinem Freund.«

»Bitte, Baby, komm doch erstmal rein. Ich gebe so ungern privat-vertrauliche Adressen an der Haustür heraus, noch dazu im Bademantel. Ich verspreche, dass ich brav sein werde.«

»Deine Versprechen kenne ich.« Mit diesen Worten betrat ich die Höhle des Löwen. Er bat mich um einen Moment, er wolle sich etwas anderes anziehen. Solange blickte ich in den Garten hinaus, doch schon innerhalb weniger Sekunden war er zurück. Mir klappte der Mund auf. Statt sich in Schale zu schmeißen, hatte er sich in einen Hauch von Nichts geworfen: Er war nackt! Ich erschrak und wich automatisch einen Schritt zurück. Doch er kam zielstrebig auf mich zu, drehte mich mit dem Rücken zu sich, zog meinen Rock hoch und meinen Slip hinunter. Meine Hände schossen schützend zu meiner Scham, wobei ich zusätzlich versuchte, mich mit den Ellenbogen von ihm zu befreien, denn er hatte die Arme von hinten um mich geschlungen. Zwei seiner Finger fuhren zwischen meine Spalte. Sie glitten geradezu hindurch, was mir, und leider auch ihm, sagte, wie feucht ich geworden war. Diese Attacke auf meine Möse hatte mich erregt, auch wenn ich protestierte, er solle mich augenblicklich loslassen.

Shawn lachte nur und sagte: »Baby, du triefst vor Nässe«, und tauchte seine Finger in meinen Schlitz.

Ich schrie kurz auf, versuchte, mich zu wehren, doch er war geschickt und stark. Eine Hand packte mich an der Hüfte und die andere drückte meinen Oberkörper nach vorne. Mit einem Ruck drang sein steifer, harter Schwanz in meine Möse und stieß ordentlich zu, so, wie ich es bei ihm geliebt hatte und noch immer liebte.

In meinem Kopf raste es. Ich wollte mich nicht von ihm vögeln lassen, ich hasste ihn! Ich hasste ihn für die Lügengeschichten, die er über mich verbreitet hatte und für seine Art, andere Menschen an seinem Sexualleben teilhaben zu lassen. Doch die Art, mit der er mich nahm, machte mich willenlos und schwach.

Seine Hände hatten sich inzwischen unter mein Shirt geschoben und massierten meine Nippel steif. Ich keuchte unter seiner Behandlung und musste zugeben, dass mein Körper nur noch aus vibrierender Geilheit bestand. Es war nicht möglich, mich der wachsenden Lust zu entziehen. Von daher ließ ich ihn gewähren, und es dauerte auch nicht lange, bis er mich mit seinen Stößen zum heftigen Orgasmus brachte. Er kam sofort danach und schoss seine Ladung in mich hinein. Kaum war

Shawn aus meiner Möse raus, reichte er mir ein Taschentuch, wischte mich mit einem weiteren trocken und leckte über meine geschwollene Muschi. Ich schnappte nach Luft, denn ich war kaum richtig zur Besinnung gekommen. Anstatt Shawn zur Seite zu schubsen, griff ich in seine Haare und ließ ihn vor mir kniend die Ritze lecken. Es war so fantastisch, dass ich dadurch wieder unglaublich geil wurde und nach nur wenigen Sekunden zum zweiten Mal meinen Orgasmus genoss.

***

»Bist du sicher, dass du wegen der Adresse meines Freundes und nicht meinetwegen gekommen bist?«, fragte Shawn.

Ich strich beschämt meinen Rock glatt und nickte. »Ja, es geht um die Adresse von Dean.«

»Was willst du von ihm? Bei mir bekommst du mehr für deine Wünsche, Baby.«

»Es geht nicht immer nur um Sex.«

»Ach nein? Dafür hast du dich aber verdammt schnell von deinem Vorhaben ablenken lassen!«

»Gibst du mir nun die Adresse oder nicht?«

»Nein.«

Verwirrt blickte ich ihn an. »Wie bitte? Warum nicht?«

»Weil ich keine Adressen herausrücke, von denen ich nicht weiß, ob meine Freunde es wollen. Außerdem wäre ich schön blöd, meine Süße an einen anderen weiterzureichen, wo wir beide doch so viel Spaß miteinander haben.«

»Hör auf, Shawn. Ich bin nicht mehr deine Süße. Es ist vorbei!«

»Ach, und was war das eben gerade? Du hast den Anschein erweckt, dich verdammt wohlzufühlen.«

Ich hatte mich von meinen Gelüsten leiten lassen, und nun musste ich die Sache ausbaden. Am liebsten wäre ich schon nach der peinlichen Nummer, wo ich stolzlos meine Muschi präsentiert hatte, geflüchtet.

»Oder bist du gekommen, um mir deine kleine Möse hinzuhalten und dafür die Adresse zu verlangen?«

»Nein!«

»Ich könnte es aber so auslegen …«

»Leg es aus, wie du willst, ich gehe.«

»Hey, warum bist du jetzt so kratzbürstig? Es war doch schön eben, oder?«

»Mach's gut, Shawn.« Ich ging zur Tür.

»Okay, warte. Ich kann die Adresse wirklich nicht rausrücken. Aber ich verspreche dir, ihn anzurufen und ein Treffen zu vereinbaren. Was hältst du vom nächsten Samstag um zwanzig Uhr im ›Stacy's‹?«

Ich überlegte eine Weile. Welche Wahl hatte ich? Shawn und sein Wort waren das einzige, auf das ich vertrauen musste, um Dean wiederzusehen. Wie sollte ich sonst an die Adresse kommen? Ryan hatte die Adresse bestimmt nicht, da es sich hierbei nicht um seinen Freund, sondern um einen mitgebrachten Freund Shawns handelte. Außerdem hätte er mir das auch bereits am Telefon gesagt.

»Also schön. Wenn er nicht kommt, dann gibst du mir hinterher wenigstens seine Telefonnummer, okay?!«

»Einverstanden.«

***

Ich würde durchs Telefon hören, wie Ryan mit dem Kopf schüttelte. Von daher rief ich ihn nicht an. Ich traute mich nicht. Letztendlich tröstete ich mich mit dem Gedanken, dass ich niemandem Rechenschaft schuldig war. Somit versuchte ich mich diese Woche in meine Arbeit zu stürzen und fieberte dem Date am Samstag entgegen. Ich war kurzzeitig versucht,

Shawn anzurufen und bei ihm nachzufragen, ob er das Treffen wirklich in die Wege geleitet hatte, hielt mich aber dann doch zurück.

***

Das »Stacy's« war voller Leben. Musik spielte und viele Gäste tummelten sich hier, redeten, lachten, aßen und tranken. Gleich würde ich Dean wiedersehen, dachte ich mit Schmetterlingen im Bauch. Würde er so einer Aufforderung überhaupt nachkommen? Diese Frage hatte ich mir in den letzen zwei Tagen immer wieder gestellt, und in ein paar Minuten würde ich es wissen.

Eine leger gekleidete Bedienung führte mich zu einem rustikalen Tisch, an dem niemand saß. Aber eine Lederjacke hing über der Stuhllehne. Er war da. Mein Herz schlug mir bis zum Hals. Ich hatte mir noch keine Gedanken gemacht, was ich antworten sollte, falls er mich fragen würde, warum ich ihn hierhergebeten hatte. Ich hoffte, mir würde etwas Passendes einfallen. Dabei fiel mir auf, dass ich noch *überhaupt* keine Antworten parat hatte.

Ein Mann schlängelte sich durch die Reihe an der Bar, über der ein Fernseher lief und ein Basketball-Spiel ausgestrahlt wurde. Es schien um die letzen Minuten zu gehen, denn viele Leute hatten sich dort versammelt und blickten gebannt auf den viereckigen Kasten.

Endlich hatte der junge Mann geschafft, sich durch die Fernsehen guckenden Leute zu kämpfen und erschien für mich sichtbar. Doch er hatte keine Ähnlichkeit mit Dean … Wer kam, war Shawn! Mein Herz hämmerte. Nicht vor Entzücken, sondern vor Wut! Wut und Entsetzen! Was wollte er hier? Oder war er gar nicht auf dem Weg zu mir? Vielleicht war sein Hiersein nur rein zufällig. Zwar guckte er nicht zu mir herüber, steuerte aber unweigerlich auf meinen Tisch zu. Als wenn ich gar nicht da wäre, setzte er sich mir gegenüber hin.

Erst als er sich eine Zigarette angezündet hatte, blickte er hoch. »Hi, Baby«, sagte er cool, während er den Rauch in die Luft blies.

Ich glaube, ich starrte ihn mit offenem Mund an, völlig unfähig, etwas zu sagen.

»Was ist, hat es dir die Sprache verschlagen. Hey, komm, guck nicht so. Dean war beschäftigt.«

»Beschäftigt?«, schaffte ich zu fragen und hoffte, mein Entsetzen war nicht zu sehr rauszuhören.

»Ja, vögelt 'ne andere, was weiß ich …«

Ich erhob mich. Er stand auf und drückte mich am Arm hinunter auf meinen Platz. »Setz dich, Süße. Er konnte leider nicht. Da wollte ich dich als treuumsorgender Ex nicht im Regen stehenlassen.«

»Er hätte bestimmt angerufen.«

»Ich hab ihm deine Nummer nicht gegeben. Gleiches Spiel gilt auch beim Herausrücken der Telefonnummern meiner Ex-Freundinnen.«

»Vor allem: *Freundinnen*!«

»Willst du dich jetzt darüber beschweren, dass ich so ein verlässlicher und ehrenhafter Kerl bin?«

»Verlässlich? Du hast ihm bestimmt gar nicht erst Bescheid gesagt.«

»Sicher hab ich das. Er hatte nur etwas anderes vor. Nicht jeder wartet den ganzen Tag auf dich.«

»Mistkerl!« Ich stand erneut auf.

Wieder war er sofort zur Stelle mich hinunterzudrücken, doch diesmal blieb ich standhaft.

»Bitte, Francis, bleib doch noch. Es ist ein so schöner Abend.

Wo wir zwei hier schon mal zusammen sind, können wir doch den Abend genießen.«

»Du bist also hier, weil Dean nicht konnte! Warum hast du mich nicht angerufen?«

»Es war immerzu besetzt bei dir!« Er grinste.

»Du spinnst ja!« Ich drehte mich um und stapfte an der Bar vorbei Richtung Ausgang. Doch plötzlich blieb ich ruckartig stehen, denn ein Paar braune Augen blickten mich ruhig hinter dem Rand eines Glases an. Einen Moment lang war ich unsicher, ob er es wirklich sein könnte. Er schien es zu merken und senkte das Glas, ohne die Augen von mir zu lassen.

»Dean?!« In meinem Brustkorb hämmerte es.

Weder antwortete er noch zeigte er eine Gemütsregung.

»Dean!« Ich kam einen Schritt näher.

»Baby, was ist denn, wieso …« Shawn war mir hinterhergekommen. Seine Stimme verdüsterte sich als er sagte: »Ach, da ist ja der Kerl.«

Dean suchte in seiner Manteltasche, zog fünf Dollar hervor und legte sie auf den Tresen. Dann warf er sich seinen Mantel über und verließ das In-Lokal.

Sofort wollte ich ihm hinterherlaufen, doch Shawn hielt mich am Arm zurück. »Francis, warum willst du dem Typen hinterherrennen? Er hat kein Interesse. Er hat dich versetzt und hält es nicht für nötig, sich zu entschuldigen. Komm, lass uns gemeinsam den Abend genießen.«

Mein Blick schickte Blitze, und meine Stimme tat es auch. »*Lass mich sofort los, Shawn!*«

»Verstehe einer die Weiber!«

Ich verließ im Laufschritt das Lokal und versuchte, Dean in der mit spärlichem Licht ausgeleuchteten Straße ausfindig zu machen. Tausende von Fragen rauschten in meinem Kopf, und ich hatte das Gefühl, in Ohnmacht zu fallen, wenn ich darauf keine Antworten bekam oder schlimmer noch, Dean gar nicht erst finden würde. Bestürzt über die Erkenntnis, ich hätte ihn schon wieder verloren, rief ich seinen Namen und lief auf dem Bürgersteig an parkenden Autos entlang.

Da, ich entdeckte ihn. In einiger Entfernung wollte er gerade in einen Chevy einsteigen. »DEAN!«, schrie ich all meinen Stolz vergessend durch die Straße. Er stoppte in seiner Bewegung und blickte zu mir herüber. Nach einem kurzen Moment des Überlegens, schlug er die Tür von außen zu und wartete, bis ich herangekommen war.

Etwas außer Atem sagte ich: »Was ist los? Was ist passiert? Wieso läufst du davon? Wieso bist du nicht erschienen?«

»Ich werde dir zwei der Fragen beantworten. Für den Rest habe ich keine Veranlassung.«

»Veranlassung? Was ist los, warum bist du so sauer?«

»Ist das schon die erste Frage?«

Ich verschränkte die Arme. »Was soll das? Stehe ich hier nun vor einem Mann oder einem schmollenden Kleinkind?«

Eine Weile hielt er meinen Blick gefangen, ehe er fragte: »Was läuft hier eigentlich? Du und dein angeblicher Ex mit dem du nichts mehr zu tun haben wolltest? Welche Rolle spiele ich in diesem Strategiespiel? Bin ich vielleicht der, mit dem man nur die Schuhe kauft?«

»Wie bitte, ich verstehe deine Fragen nicht! Du bist doch derjenige gewesen, der mich versetzt hat! Du hattest doch angeblich keine Zeit, mich zu sehen. Mir ist soeben natürlich schlagartig klar geworden, warum du keine Zeit hattest: Du musstest an dieser Bar sitzen! Und dann wunderst du dich, dass ich auf andere Männer treffe?«

»Okay, ganz von vorne«, Dean stützte sich mit einer Hand

an seinem Auto ab. »*Ich* habe dich versetzt?«

»Ja, heute. Ich hatte mich mit dir verabredet.«

»Wie bitte? Das wüsste ich aber!«

»Ich habe Shawn gebeten, dass er mir deine Telefonnummer gibt. Aber die wollte er nicht rausrücken und hat deswegen das Date persönlich mit dir klarmachen wollen.«

Dean lachte auf. »Da hat dich der gute Shawn aber ganz schön hinters Licht geführt! Mich hat niemand angerufen. Außerdem: Wie kannst du nur deinen angeblichen Ex-Freund fragen, ob …«

»Hallo, ihr Hübschen. Ich wollte mich nur erkundigen, ob alles seinen richtigen Gang geht«, sagte Shawn, der nun von hinten herangekommen war und mir freundschaftlich eine Hand auf die Schulter legte. Ich schlug sie weg.

»Geh weg! Du störst!«, zischte ich.

»Hey, Baby, was ist los mit dir? Jetzt plötzlich störe ich? Aber eine Woche nach der Party, als ich dich von hinten gevögelt und dir deine Muschi geleckt habe, hat es dich auch nicht gestört.«

Deans Blick ruhte noch kurz auf Shawn, ehe er in meine Augen sah. Die Röte schoss mir ins Gesicht. Dean öffnete die Autotür und meinte: »Ich denke, es ist alles gesagt. Es gab kein Treffen. Dein Lover hat dich für sich beansprucht, und du hast keine Einwände.« Die Tür knallte ins Schloss und der Motor sprang an. Ich wich sprachlos zur Seite.

Dean fuhr an uns vorbei, ohne mich anzusehen. Shawn winkte.

***

»Und, was hast du dann gemacht?«, wollte Ryan wissen.

Mir liefen die Tränen über die Wangen und ich antwortete weinerlich. »Ich habe ihn angeschrien, wie Shawn so etwas hatte sagen können. Doch er lachte nur und meinte, ob es denn nicht stimmen würde, dass ich mich so willig von ihm habe vögeln lassen.« Ich schluchzte und fuhr fort: »Oh, Ryan, ich habe alles kaputt gemacht.«

»Ach, Herzchen …« Ich hörte, wie Ryan nach Worten suchte und was er fand, verpackte er nicht. »Wieso hast du es denn überhaupt mit Shawn getrieben? Ich dachte, du wärst durch mit dem Kerl, der solche widerwärtigen Dinge über dich erzählt.«

»Ja, ja, bin ich auch. Aber es ist irgendwie passiert. Ich weiß auch nicht. Er war plötzlich da und es war schön und gut … Ach, ich Idiot! Was soll ich bloß tun?«

»Ich weiß es nicht. Aber ich befürchte, du kannst nicht mehr viel tun. Warum sollte Dean an dir Interesse bekommen, wenn du dich nicht von deinem Ex lösen kannst. Süße, dein Leben wird ohne Dean auch weitergehen.«

Ich schnäuzte mir die Nase und Ryan beschwerte sich, dass es so laut war.

»Ist Dean erkältet?«, fragte Ryan mich unvermittelt.

Ich lachte kurz auf. »Wie bitte? Ob er erkältet ist? Wie kommst du denn darauf?«

»Na, durch dein Geschnäuze.«

»Nein, ich glaube nicht. Also, genau wissen tue ich es nicht. Warum fragst du das?«

»Und wie heißt Dean mit Nachnamen?«, fragte Ryan.

»Keine Ahnung.«

»Hm …«

»Warum, was denkst du denn?«

»Wie sieht er aus?«

»Er ist groß, gut aussehend, markantes Gesicht, braune Augen, braune kurze Haare …« Ich schilderte Ryan Deans Aussehen in sämtlichen Einzelheiten und verlor mich so sehr und lange im Detail, dass ich am Ende dachte, er wäre vielleicht schon eingeschlafen. »Ryan?«, fragte ich.

»Ja?«

»Bist du noch da?«

»Voll und ganz. Aber, Süße, leider habe ich nicht mehr so viel Zeit. Ich muss noch einkaufen gehen.«

»Klar, entschuldige. Ich habe dich lange genug aufgehalten.«

»Nein, darum geht es nicht. Dazu sind Freunde doch da. Schätzchen, halt' dich wacker. Bis bald.«

»Danke für dein Ohr. Bis bald.«

***

Und wieder war der Kampf da, im täglichen Ablauf klarzukommen. Nun war ich ohne Shawn und ohne Dean. Ich versuchte mir immer wieder zu sagen, dass Dean noch nicht einmal richtig in meinem Leben drin war, als dass ich ihn so sehr vermissen konnte. Doch das sagte sich leichter, als dass mein Kopf das verarbeiten, geschweige denn, umsetzen konnte.

Meine Arbeit versuchte ich mit Konzentration auszuüben, doch es war genau das, an was es mir mangelte. Immer wieder stellte ich mir die Frage, warum ich mich von Shawn so hatte verführen lassen können und wieso ich nicht standhaft geblieben war. Ob er nun seinen Schwanz in meinen Körper schob oder ob es ein anderer tat, war doch völlig egal. Es gab sogar jemanden, von dem ich es mir sehnlichst wünschte.

Mein Firmentelefon klingelte. Ryan war dran und er entschuldigte sich für seinen gestrigen Zeitmangel. Er wollte es wiedergutmachen und sich am Freitag mit mir treffen.

»Sekunde, ich gucke mal in meinen Terminkalender, ob ich überhaupt einen freien Tag habe. Du musst wissen, die Männer rennen mir die Bude ein«, informierte ich Ryan.

»Verstehe. Dann hast du also Zeit!«

»Ja!«, sagte ich zerknirscht.

Er lachte und verabschiedete sich, nachdem wir uns auf eine Zeit geeinigt hatten.

Ich freute mich auf den Termin. Nicht, weil er der einzige in meinem Time-Planer war, sondern weil ich hoffte, mich durch ein Treffen mit meinem besten Freund besser von Dean lösen zu können und eine andere Sichtweise zu bekommen.

***

Als ich am Freitagabend bei Ryan ankam, machte er einen hektischen Eindruck. In einer orangefarbenen Schürze öffnete er mir die Tür und wischte sich zeitgleich die Hände in einem Geschirrtuch ab. »Komm rein, häng deine Jacke auf, du weißt ja, wo. Ich bin gleich wieder bei dir, muss dringend in die Küche zurück.« Schon war er verschwunden.

Ich betrat das Esszimmer und staunte über den hübsch gedeckten Tisch. Aus der Küche duftete es nach gebratenem Fleisch. »Du musst dir doch nicht so eine Arbeit machen, nur weil wir ein kleines Gespräch führen wollen.«

»Augenblick, bin gleich bei dir. Ich gieße nur schnell die Kartoffeln ab.«

Ich schüttelte den Kopf. Es duftete herrlich und so langsam bekam ich tatsächlich Hunger. Mit leicht schief gelegtem Kopf rückte ich ein Messer gerade und schob ein Glas nach.

»Ich weiß nun auch, wer er ist«, rief Ryan.

»Wer er ist? Wie, wer *er*?«

Es klingelte an der Haustür.

»Oh, Schätzchen, kannst du mal bitte aufmachen. Ich bin hier gerade …«

»Ja klar, kein Problem.«

Neugierig öffnete ich die Tür. Vor mir stand ein junger, gut aussehender Mann, der freundlich und etwas unsicher lächelte. »Hallo, ich bin Avery. Ist Ryan da?«

»Ja, er ist in der Küche. Komm doch rein.«

»Danke.«

»Soll ich ihn holen?«

»Nein, ist nicht nötig. Ich lasse meine Sachen hier und gehe gleich selber zu ihm. Vielleicht können wir ja auch gemeinsam zu Ende kochen.« Er kicherte.

Mir verging das Kichern. Was wollte er hier? *Ich* war doch eingeladen. Oder etwa nicht? Oder war dieser Typ für mich bestimmt, als kleine Überraschung? Aber irgendwie schien dieses schmächtige Hähnchen von Mann nicht auf mich zu stehen, es zog ihn in die Küche zu Ryan.

Als die beiden sich erblickten, stieß Ryan einen kleinen erstickten Schrei aus, und dem Hähnchen schien es nicht anders zu gehen. Sie umarmten sich und gaben sich einen innigen Zungenkuss. Dezent drehte ich mich zur Seite.

»Francis-Schätzchen, entschuldige bitte, das ist Avery. Meine neue Liebe.«

Ich versuchte ein nettes Lächeln zustandezubringen. Mir brannte die Frage auf den Lippen, was ich hier heute sollte, ob ich mich vielleicht im Tag geirrt hatte. »Hi, Avery. Das freut mich für euch. Tja, dann werde ich wohl mal wieder verschwinden.«

»Nein, nein. Auf gar keinen Fall, Schätzchen, du bleibst schön hier. Wir können alle miteinander über Themen reden, die uns bedrücken.«

»Ryan. Ich kann nicht mit Avery über meine Liebesprobleme sprechen, wo bei euch gerade die ganz große Liebe an die Tür geklopft hat.«

»Dann sprich doch mal mit mir darüber ...«

Mit einem Ruck drehte ich mich um und blickte in das mir nur allzu vertraute Paar brauner Augen. Mein Herz begann zu hämmern. Hilfesuchend blickte ich zu Ryan, der mir zulächelte. »Viel Spaß, ihr beiden. *Wir* werden ihn bestimmt haben!«

»Aber …« Mir fehlten die Worte. »Ryan! Wieso … Woher …«

»Ich kenne Dean. Nur war es mir nicht klar, als du von ihm erzähltest. So, nun geht endlich los, ihr beiden. Wir wollen allein sein.« Ryan lächelte mich an und zwinkerte Dean verschwörerisch zu.

Dean nahm einfach meine Hand und zog mich mit leichtem Druck hinter sich her.

»Aber, ich hatte doch die Tür zugemacht«, war das einzige, was mir einfiel zu sagen.

Dean drehte sich mir ein Stück zu und lächelte. »Ich habe den Fuß in die Tür gehalten. Du hast es nicht gemerkt.«

»Ach stimmt, darin hast du ja schon Übung.«

Wir kamen gerade aus dem eleganten Treppenhaus in die kühle Abendluft, als Dean abrupt stoppte, sodass ich gegen ihn stieß. Es durchlief meinen Körper heißkalt. »Was ist?«

»Hast du Lust auf den Abend?«, fragte er.

»Ich bin mir nicht sicher, wie wir zueinander stehen und ich weiß überhaupt nicht, was du denkst.«

»Ich denke, dass du einen Fehler gemacht hast, indem du dich Shawn noch mal hingegeben hast.«

Ich nickte und schlug die Augen nieder.

Er hob mein Kinn mit der Faust. »Aber ich denke, dass ich auch einen Fehler gemacht habe, indem ich dich einfach hab stehen lassen.«

Nun war es an mir, zu lächeln und seine Aussage mit einem Nicken zu bestätigen.

Er beugte seinen Kopf zu mir herunter und küsste mich. Seine weichen, warmen Lippen und die vorsichtig tastende Zunge, die in meinen Mund wollte, brachten meine Brüste und den Unterleib in Aufruhr. Vorsichtig öffnete ich während des Kusses meine Lippen, und er drang sofort mit der Zunge ein. Erst jetzt bemerkte ich, dass nur er mich im Arm hielt, und so tat ich es ihm gleich und umschlang ihn. Verräterisch presste sich sein hartes Glied an mein Becken und sorgte erneut für ein Flattern in meinem Bauch. Unmerklich rieb ich die Brüste an ihm, was seinen Atem beschleunigte und ihn ungestümer werden ließ. Mit einer Hand bahnte er sich den Weg unter meine Jacke und befühlte durch den Stoff der dünnen Bluse die harte Brustwarze. Lichtblitze schossen durch meinen Körper und ich stöhnte auf, während meine Hand in seine Haare griff und ihn dort zerzauste. Sofort beugte er sich hinunter, biss zart durch den Stoff in meinen Nippel und saugte daran. Er besah sich nach einer Weile sein Werk. Dort, wo sein Mund war, blieb ein nasser Fleck zurück, durch den rosig meine Warze schimmerte und sich ihm verlangend entgegenreckte. Als Dean die andere Brust in Angriff nahm, stöhnte ich laut. Sofort hörte er auf und flüsterte. »Ich glaube, wir sollten den Ort wechseln. Wo möchtest du hin: in eine Bar, ins Kino, ins Hotel oder ...«, er zögerte kurz, »… oder zu mir?«

Ich stutzte ebenfalls. Mit dem, was hier lief, hätte ich nicht gerechnet. Und auch, dass er so viel Nähe zuließ. Ich war mir nicht sicher, ob er mich nur einmal haben wollte und morgen fallenließ, wie eine in *dem* Fall »kalte« Kartoffel … Doch ich wollte ihn, sehr sogar.

Er schien mein Zögern missverstanden zu haben, denn sogleich sagte er: »Wir können auch nur ganz klassisch Essen gehen. Wir müssen nicht …«

»Doch. Ich möchte. Aber …«

Wir blickten uns eine Weile an, dann gab er mir einen innigen Kuss. Als er mich wieder ansah, sagte er: »Ich will nicht nur Sex, ich will dich ganz, ganz und gar.«

Erleichtert lächelte ich und lehnte meinen Kopf an seine Schulter.

***

Auf der Fahrt zu seiner Wohnung unterhielten wir uns. Es waren nette, interessante, normale Gespräche, die nichts mit Sex zu tun hatten. Doch kaum hatte er die Wohnungstür aufgeschlossen, hämmerte mir das Herz, denn ich wusste, er würde gleich über mich herfallen und irgendwann in mich eindringen.

Er schien den Stimmungswandel gemerkt zu haben, presste mich mit seinem Körper, kaum, dass er die Tür geschlossen hatte, an die Wand im Flur. Unsere Münder verschlangen sich. Dean fasste mich bei den Armen und dirigierte meinen Körper rückwärts durch den Flur, ohne von meinem Mund abzulassen. Schließlich kamen wir in ein großes, kühles Zimmer. Als er mich sanft nach unten drückte und ich auf sein Bett fiel, wusste ich, wo wir waren.

Dean bückte sich zu mir und entkleidete mich langsam und vorsichtig. Von der stürmischen Lust war nichts mehr zu bemerken. Mein Körper reagierte allerdings innerlich mit einer zügellosen Lust. Meine Nippel reckten sich ihm entgegen, was er ausnutzte, um immer wieder darüberzufahren, um mich noch verrückter zu machen. Meine Schamlippen schwollen an und Saft lief in meiner Möse zusammen.

Als Dean meinen Körper so entzündet hatte, hörte er auf und stellte sich hin. Nackt lag ich vor ihm auf seinem Bett. Er betrachtete mich einige Zeit und begleitete seinen Blick mit den Worten: »Ich begehre dich!« Dann knöpfte er sein Hemd auf und zog seine Hose aus. Sofort sprang sein Schwanz heraus. Stark und gierig ragte er hervor, bereit, jeden Moment in die feuchte, heiße Spalte einzutauchen. Meine Säfte liefen, mein Körper überzog sich mit Gänsehaut. Oh Gott, wie ich ihn wollte!

Als ich die Hände nach ihm ausstreckte, kam er sofort zu mir. Seine Zunge senkte sich in meinen Bauchnabel und fuhr dann tiefer. »Was machst du?«, fragte ich unsicher.

»Ich will wissen, wie du schmeckst.«

»Aber …«

»Bitte!«

Ich legte den Kopf zurück, schloss die Augen und spreizte die Beine für ihn. Seine Zunge kam zurück, kreiste auf meinem Bauch, glitt über die Innenseiten der Oberschenkel und fuhr dann der Länge nach durch die Schamlippen. Ich seufzte. Seine Arme umschlangen meine Beine und er intensivierte seine Zungenarbeit. Sie wurde immer forscher und sicherer, glitt zwischen den Schamlippen hin und her, berührte den Kitzler, kreiste ein paar Mal auf ihm, bis ich stöhnte, und zog sich dann wieder zurück, um tief in mein nasses Loch zu stoßen. Genussvoll schrie ich laut auf und krallte mich in seine Haare. Ein paar Mal ließ er mich noch seine Zunge spüren, dann war er ganz bei mir. Sein schwerer, männlicher Körper rutschte zu mir hoch. Mit Hilfe seiner Hand schob sich sein harter Schwanz langsam in meine heiße, nasse Möse. Ich war so scharf, dass ich das Gefühl hatte, jeden Augenblick kommen zu müssen. Sein Körper legte sich auf meinen. Ich roch seinen männlichen Duft und das After Shave. Genau diesen Duft hatte ich schon einmal ganz bewusst wahrgenommen, und er war mir schon damals betörend erschienen. Jetzt schaltete er damit jegliches Denkvermögen bei mir aus und auf Genuss und Sinnlichkeit um.

Mit sanften, aber bestimmten Stößen pumpte sein steifes

Glied in mir und brachte mich damit fast zum Wahnsinn. Es war mir einfach nicht mehr möglich, meine Gefühle zurückzuhalten. Ich stöhnte bei jedem Stoß und schlang schließlich meine Beine um seinen Körper, um ihn noch tiefer in mir zu spüren. Auch er hatte anscheinend Mühe, sich noch unter Kontrolle zu halten, denn es entschlüpften ihm unterdrückte Laute. Sein Körper fühlte sich heiß und weich an.

Auf einmal merkte ich, wie es mir kam. »Oh, Gott …«, stöhnte ich und war in Sekundenschnelle da. Doch kurz vorher, Dean hatte es wohl durch den Satz bemerkt, stieß er hart und intensiv in mich hinein. Gleich nach mir kam auch er.

Mein Körper vibrierte und zitterte. Mein Unterleib bäumte sich auf und stieß gegen seinen. Er schrie seine Lust in ein Kissen, das neben meinem Kopf lag. Noch lange, nachdem wir gekommen waren, zuckte mein Körper und entspannte sich erst nach und nach.

Befriedigt lag ich in seinen Armen und presste mein Gesicht an seine breite Brust. Lange lagen wir so, ohne zu sprechen. Dean spielte mit meinen Haaren. Die andere Hand streichelte meine Brüste und kam immer wieder zu den Nippeln, um sie zu umrunden und über sie zu streichen.

Leise sagte ich in die Stille: »Wenn Ryan früher drauf gekommen wäre, wen ich mit dir meine, dann hätte es nicht so viele Missverständnisse gegeben. Klar, er kannte deinen Nachnamen nicht und er wusste, du bist ein Freund von Shawn, also musste er dich nicht unbedingt kennen, aber …«

»Ich muss dir ein Geständnis machen: Ich bin kein Freund von Shawn.«

Ich richtete mich auf. »Wie bitte?«

»Shawn ist kein Freund von mir. Nie gewesen!«

»Aber ich habe auf der Party gesehen, wie du bei ihm standest.«

Dean lachte leise. »Ich muss dich über eine ganz unspektakuläre Tatsache aufklären: Ich stand nur deshalb in seiner Nähe, weil ich mich vom Buffet bedienen wollte, aber das ging nicht, weil das Besteck alle war und ich nur darauf wartete, dass es nachgelegt wurde.«

Ich lachte los. Dean betrachtete mich dabei.

»Aber, warum hast du nie etwas gesagt?«, wollte ich wissen.

»Es hat sich einfach nicht ergeben. Außerdem muss ich gestehen, dass auch ich in meinem Schmollwinkel war. Du mit diesem Mistkerl, der so gemeine Lügen über dich verbreitet hatte – und dann sehe ich dich auch noch im ›Stacy's‹ mit ihm.«

»Aber ich dachte, du wärest an seiner statt da, denn …«

»Ich weiß. Ryan hat mir alles erzählt. Einerseits bin ich froh, dass ich aufgeklärt war, andererseits hätte ich lieber ein paar Offenbarungen noch dir überlassen.« Er lächelte und schob mir eine lange Haarsträhne aus dem Gesicht.

»Und wie ist er auf dich gekommen?«, fragte ich.

»Ganz einfach. Ich hatte an dem Abend meine Allergietabletten vergessen. So tränten mir die Augen und ich rannte permanent mit einem Taschentuch herum. Das hat mich entlarvt.«

Ich lachte und schmiegte mich wieder an ihn. Er nahm mich fester in den Arm. Ich genoss den Augenblick und seine Nähe, bis mir irgendwann die Augen zufielen, und ich in einen wunderbaren Schlaf fiel.

»Unbeherrscht«

Die Internet-Story

Mit dem Gutschein-Code

TT4TBUPL

erhalten Sie auf

www.blue-panther-books.de

diese exklusive Zusatzgeschichte als PDF.
Registrieren Sie sich einfach!

Vernissage Fatale

»Wieso kommst du nicht zu uns?«, fragte Deborah.

»Zu euch? Nein, Debby, das kann ich nicht annehmen. Nur wegen der zweitägigen Ausstellung im ›Denver Art Museum‹ kann ich mich doch nicht eine ganze Woche bei euch einnisten«, sagte Carol energisch.

»Carol! Wie lange kennen wir uns nun schon? Zehn Jahre, fünfzehn Jahre? Da werde ich wohl meiner Freundin ein Zimmer für eine Woche anbieten können«, beharrte Deborah.

»Ach, Debby, ich weiß nicht, ihr steht kurz vor eurer Hochzeit. Du musst arbeiten, Stanley muss arbeiten, da bin ich euch nur im Wege.«

»Unsinn! Wenn wir beide arbeiten, dann ist sowieso keiner im Haus. Und was hat das Ganze mit Stans und meiner Hochzeit zu tun? Rein gar nichts! Also, bitte! Komm zu uns und sei von Herzen unser Gast.«

Carol zögerte. Wieso sollte sie nicht annehmen? Ein eindeutigeres Angebot gab es nicht. Aber … »Und was ist mit Stanley? Findet er es denn auch okay? Schließlich werde ich mit ihm ein Badezimmer teilen müssen.«

Deborah lachte. »Das ist schon okay. Ich denke, er hat nichts dagegen. Heute Abend frage ich ihn, aber so, wie ich ihn kenne, wird er nicht Nein sagen.«

Carol atmete tief durch.

»Also schön, dann kann ich ja meine Koffer packen!«

Deborah lachte und sagte: »Du weißt, dass die Ausstellung erst in einem Monat ist, oder?«

***

Seit einem halben Jahr hatten die Freundinnen sich nicht gesehen. Das letzte Mal hatte Deborah Carol in Seattle besucht, und sie hatten eine wunderschöne Woche im Schnee verbracht.

Nun war es andersherum. Auf Deborahs zukünftigen Mann war Carol gespannt, waren ihre Geschmäcker doch seit jeher sehr unterschiedlich gewesen.

Als Carol das zweistöckige Haus ihrer Freundin gefunden hatte, staunte sie nicht schlecht, ein kleines, weißes Traumhaus vorzufinden.

Beeindruckt stieg sie die Veranda hinauf und klingelte. Deborah öffnete die Haustür, und beide Freundinnen begrüßten sich überschwänglich und fröhlich. Carol wurde sofort hineingebeten und sollte im Wohnzimmer Platz nehmen. Mit einem Drink in der Hand erzählten sie sich die neuesten Ereignisse. Carol versuchte Deborah über die anstehende Hochzeit mit Stanley auszuquetschen, doch darauf reagierte Deborah nur sehr verhalten.

»Was ist denn mit dir? Willst du über die Hochzeit nicht sprechen?«, fragte Carol.

»Ach meine Liebe, das ist kein gutes Thema. Komm, lass uns shoppen gehen.«

»Brauchst du noch etwas für deine Hochzeit?«

»Nein, verdammt!«, rief Deborah, und lenkte sofort wieder ein. »Tut mir leid. Aber ich bin, wie du merkst, darauf nicht so gut zu sprechen.«

»Willst du mir denn gar nichts darüber erzählen?«

Deborah zögerte. »Es läuft im Moment nicht allzu gut.

Das ist alles. Stan ist so … wie soll ich sagen: leidenschaftslos. Eigentlich wollte ich nicht gleich am ersten Tag, wo wir uns seit einem halben Jahr nicht gesehen haben, damit anfangen. Komm, ich zeige dir meine neue Jacke!«

Carol war bestürzt über die Situation, in der sich Deborah befand. Mit gemischten Gefühlen ließ Carol sich erneut zum Shoppen auffordern.

***

Es war ein wunderschöner Tag, den beide sehr genossen. Der Abend hielt allerdings noch eine Überraschung für Carol bereit.

»Darling? Bin wieder da«, rief eine tiefe, männliche Stimme, als beide Frauen gemütlich im Wohnzimmer saßen. Jede war mit einem Glas Melonenbowle bewaffnet und schon ein wenig beschwipst. Doch mit dieser sanften und melodischen Stimme schien Carols Schwips augenblicklich wie weggezaubert. Ihr Herz schlug hart gegen ihre Brust.

»Hallo, Schatz, wir sind im Wohnzimmer«, antwortete Deborah.

»Ihr?«, fragte er und blickte zur Tür herein. »Ach richtig, deine Freundin aus Seattle.«

»Typisch Mann, vergisst von einer Minute zur anderen, was man ihm sagt.« Deborah schüttelte den Kopf und nahm einen Schluck Bowle.

»Ich habe eben noch andere Dinge im Kopf. Hallo … Carol.« Er reichte ihr die Hand und blickte in ihre Augen. Einen Moment zu lange, wie Carol schien. Doch auch sie konnte sich nicht von seinen warmen, rauchblauen Augen losreißen.

»Na, wenigstens weiß er noch deinen Namen.«

Stanley überhörte die Spitze und hielt Carols Hand fest in der seinen. Carol konnte nicht verhindern, dass ihr die Röte ins Gesicht schoss und ihr Atem sich beschleunigte. Dieser

Mann hatte das gewisse Etwas! Er sah auf seine Art ungemein gut aus. Seine dunkelbraunen Haare waren mittellang, und eine dicke Strähne, die ihm bis zum Kinn reichte, war ihm bei der Begrüßung seitlich ins Gesicht gerutscht.

»So, Schatz, vielleicht kannst du dich auch wieder loseisen. Mach dir keine Hoffnungen, Carol, dieser Mann ist fasziniert von allen weiblichen Geschöpfen, Hauptsache, sie heißen nicht Deborah.«

Die Magie verschwand sofort, und Stanley ließ Carols Hand los. Verärgert warf er Deborah einen vernichtenden Blick zu. Diese hatte ihre Beine auf dem Sofa ausgestreckt und den Kopf schiefgelegt. Mit einem Schluck stürzte sie ihren Drink hinunter und erhob sich mit den Worten: »Ich hol mir noch einen. Carol, du auch?«

»Nein, danke.«

Deborah verschwand in der Küche und ließ die beiden alleine. Peinlich berührt von der Situation wusste Carol nicht, was sie sagen sollte und blickte sich im Zimmer um, dessen Bilder sie schon längst bewundert hatte.

»Wie war deine Reise, Carol?«, fragte Stanley, während er sich seinen Mantel auszog, ihn über die Sofalehne legte und sich ihr gegenübersetzte.

»Gut.« Sie wurde wieder rot und ärgerte sich darüber. Er blickte sie an. Sollte er wirklich jeder anderen Frau den Kopf verdrehen? Carol konnte nicht mehr denken. Sein Blick verwirrte sie. »Wie laufen die Hochzeitsvorbereitungen?«, rutschte ihr raus, obwohl sie genau *das* nicht hatte fragen wollen. Nun war es an ihr, die Magie zu zerstören.

»Gut«, antwortete er genauso schlicht wie Deborah es getan hatte. Wieder blickten sie sich an. »Wie …«, begann Stanley, doch er brach ab, weil Deborah den Raum betrat.

»Redet ruhig weiter, lasst euch von mir nicht stören – oder störe *ich* etwa?«

»Debby, nun hör schon auf. Du forderst es geradezu heraus«, sagte Carol und fühlte sich unwohl.

»Also schön. Heute Abend gibt es Sandwiches. Wer will welche?«, fragte Deborah in die Runde.

***

Am nächsten Tag war Carol froh, dass Deborah und Stanley arbeiten mussten. Sie hätte nicht gedacht, zwischen die Mühlräder der Beziehung zu kommen. Auch hätte sie nicht vermutet, dass es diese Mühlräder überhaupt gab. Aber das war deren Problem, dachte Carol und blieb vor einem Dessous-Geschäft stehen, in dessen Schaufenster ein schwarzes Twin-Set ausgehängt war. Es bestand aus einem schwarzen BH mit blassrosa Spitzenblüten und einem passenden String, dazu waren schwarze Strümpfe ausgestellt, an deren Rändern sich das Muster wiederholte.

Mit einem Lächeln auf den Lippen kam Carol wieder aus dem Geschäft. Unter der Prämisse, man müsse sich auch mal etwas gönnen, spazierte sie durch Denver Downtown, genoss die Sonnenstrahlen auf ihrer Haut und die neue Stadt. Das Capitol faszinierte sie. Staunend umkreiste sie das Gebäude und stieß mit einem Mann zusammen, der genauso nach oben blickte, wie sie. *Stanley,* schoss es ihr durch den Kopf. Der Mann entschuldigte sich und lächelte. Aber es war nicht Stanley. Von da an wurden ihre Gedanken wieder von Stanley beherrscht. Auch wenn sie versuchte, ihn aus ihrem Kopf zu verbannen, es gelang nicht. Sie dachte an sein Lächeln, sein Gesicht, seine halb langen, schweren Haare und seine Größe, wie er auf sie hinabblickte und geheimnisvoll lächelte. Sie stellte ihn sich nackt vor. Kräftig und gut gebaut. Wie es sich wohl anfühlte, wenn er auf ihr läge, seinen Mund leicht geöffnet, schwer atmend, sein Becken sich auf ihrem riebe …

Carol wurde feucht. Ihr Körper sehnte sich nach ihm. Nach allem. Sie wollte ihn unbedingt haben. Bei den Gedanken erschrak sie. Dieser Mann war nicht mehr zu haben! Er gehörte ihrer Freundin, und sie würden heiraten. Carol biss die Zähne aufeinander. Sie musste versuchen, sich damit abzufinden und nur daran denken, warum sie überhaupt in Denver war: wegen der Ausstellung von »Sandford Greene«. Morgen würde sie sich die Ausstellung ansehen und dann so schnell wie möglich nach Hause zurückfliegen. Stanley durfte in ihrer Welt nicht mehr vorkommen!

***

»Und, wie war's?«, fragte Stanley am Abend, als sie in der Küche waren. Lässig lehnte er an der Spüle, seine langen Beine ausgestreckt, eins über das andere gelegt und schob sich den letzen Happen eines Schoko-Muffins in den Mund.

»Schön«, sagte Carol nervös. »Denver ist eine schöne Stadt.«

»Stimmt, finde ich auch.«

Beide schwiegen. Stanley guckte sie kauend an. »Und, hast du was gekauft?«

Carol nickte und lächelte, dann stockte sie und ihr Lächeln erstarb. Sollte sie etwa von ihren Dessous erzählen?

»Aha, und was hast du gekauft, wenn ich fragen darf, oder ist das zu indiskret?«

»Nein, ich meine, doch. In diesem Falle … Also, wenn du Debby wärst …« Mit rotem Kopf blickte Carol hilfesuchend auf den Boden.

»Ja?«, fragte Stanley langgezogen nach. In seiner Stimme hörte sie eine leichte Belustigung heraus.

»Ich habe Dessous gekauft«, platzte Carol heraus. »Schwarz

und zartrosa, wenn du's genau wissen willst. Mit Strapsen.«

Stanley klappte der Mund auf. Eine Weile starrte er sie nur an und ließ sich zu einem »Wow« hinreißen.

»So, nun weißt du's. Und wie war *dein* Tag?«

Er taxierte sie mit einem intensiven Blick, ohne auf ihre Frage zu reagieren. Mit einem Mal schoss er nach vorne, packte ihr Gesicht mit beiden Händen und presste seine Lippen auf ihre. Weich, hart, fordernd. Carol brauchte, so schien es ihr, eine Ewigkeit, um zu registrieren, was sie mit sich geschehen ließ. Es fühlte sich so verdammt gut an. Genau das wollte sie, doch in ihrem Innersten schrie der Verstand gegen die Unvernunft an.

Grob drückte sie ihn weg. »Um Gottes Willen: NEIN!«, rief Carol mit schwachem Entsetzen. Sein Aftershave haftete an ihrer Wange, und Carol schmeckte noch die Schokoladensüße seines Mundes. Wild hämmerte ihr Herz in der Brust. Beide starrten sich an wie Ertrinkende. Vernunft und Wollust trugen einen gewaltigen Kampf aus. Der Raum war nicht mehr da, es gab nur noch Stanley für Carol. Sie spürte, wie sie ihren Kampf gegen die Vernunft verlieren würde. Ihre Brüste zogen, und in ihrem Unterleib tanzten Schmetterlinge. Noch ein paar Sekunden, und sie würde auf ihn zustürzen, um ihre Lippen noch ein Mal auf seine zu pressen, sein Aftershave an ihm zu riechen, seine Oberarme anzufassen, seine Wärme durch das Hemd zu spüren …

Stanley guckte zur Seite und atmete tief durch. Der Augenblick war vertan und Carol verzweifelt. Sie wollte schreien und wünschte sich ein paar Sekunden zurück. Zu spät. Lässig lehnte er sich wieder an die Spüle. Am liebsten wäre sie vor ihm auf die Knie gefallen. Doch im gleichen Augenblick schalt sie sich für ihre Stolzlosigkeit.

Endlich blickte er sie wieder an. Die Gier war gewichen, und Sachlichkeit war darin zu lesen. Er verschränkte die Arme und legte den Kopf schief. »Schade, ich hätte dich gerne in deinen neuen Sachen gesehen. Und noch einmal schade, dass ich dich wahrscheinlich nie darin sehen werde.«

Doch, rief es in ihrem Kopf, *ich will dir die Sachen zeigen, sofort, und du sollst jedes Stückchen Stoff langsam von meinem Körper ziehen, um mich in meiner Nacktheit in dich aufzunehmen.*

»Tja, so ist das Leben«, sagte Carol stattdessen.

Er zog die Augenbrauen hoch und seufzte. »Tja dann ... ich werde mich zurückziehen. Wenn du noch etwas brauchst, du weißt ja, wo du die Küche, oder zur Not auch mich, findest.«

Carol nickte, unfähig zu sprechen. In diesem Augenblick hörte sie einen Schlüssel in der Haustür.

»Ah, das ist meine bessere Hälfte. Du wirst sicher mit ihr noch ein bisschen plaudern wollen. Gute Nacht«, sagte er leichthin.

»Gute Nacht«, presste Carol hervor.

Dann platzte auch schon Deborah in die Küche. »Ach, hier seid ihr. Mann, war das ein Tag! Hallo, Schatz! Hallo, Carol-Liebes.« Sie sah frisch aus, ihre Wangen rosig, voller Schwung, Freude und Vitalität. Carol beneidete sie. Endlich hatte sich ihr Herzschlag beruhigt. Doch als Stanley sich noch einmal für die Nacht verabschiedete und Carol erneut anblickte, kam ihr Blut wieder in Wallung.

Mit Deborah über den Tag zu sprechen, dazu hatte Carol überhaupt keine Lust. Im Gegenteil, der Elan, den Deborah versprühte, stieß bei Carol nur auf Unmut. Kurz und knapp erzählte Carol von ihrer Stadtbesichtigung und versuchte, Deborah den Eindruck zu vermitteln, müde zu sein und ins Bett zu wollen.

»Du siehst ganz erschöpft aus, meine Liebe. Vielleicht solltest du ins Bett gehen, damit du morgen wieder fit bist.« Mitleidig blickte Deborah sie an.

Carol hatte es geschafft. »Vielleicht hast du recht. Gute Nacht.«

»Gute Nacht, meine Liebe. Ach, ich fliege morgen übrigens nach Chile.«

Mit einem Ruck blieb Carol in der Küchentür stehen und drehte sich zu ihrer Freundin um. »Nach Chile? Wieso das denn?« Plötzlich war Carol hellwach.

»Beruflich. Ich muss dort in der Filiale unserer Firma in der Personalplanung aushelfen. Ich werde in drei Tagen zurück sein.«

»Aber … Wieso ausgerechnet jetzt und das so schnell?«

»Wenn Not am Mann ist, dann kann das von einem Tag auf den anderen passieren. Das ist nicht ungewöhnlich.«

»Aha. Sehen wir uns denn noch? In drei Tagen fliege ich wieder nach Hause, das weißt du doch, oder?«

»Ja, das weiß ich. Aber leider kann ich keine Rücksicht darauf nehmen. Geschäft ist Geschäft.«

»Klar, das verstehe ich.« Carols einzige Angst war, mit Stanley allein zu sein. Die Gefahr der Schwäche war einfach riesig bei ihr. Nein, sie musste standhaft bleiben. Deborah war eine ihrer besten Freundinnen. Sie durfte es sich mit ihr nicht verscherzen, nur wegen eines Mannes und einer Liebesnacht.

»Kann ich dich mit Stan alleine lassen?«, fragte Deborah, als hätte sie ihre Gedanken gelesen.

»Klar kannst du das!«

»Ach, das weiß ich doch. Komm her.« Deborah zog Carol in die Arme und gab ihr einen Kuss auf die Wange. »Hab eine schöne Zeit und genieß die Ausstellung. Wir sehen uns bestimmt noch. Ich denke, mein Flug wird nicht so spät gehen. Schlaf gut.«

»Danke, dir einen guten Flug und gute Nacht.«

Carol winkte, als sie die Küche verließ.

***

Als Carol den oberen Treppenabsatz erreicht hatte und ihre Zimmertür öffnen wollte, kam Stanley aus dem schräg gegenüberliegenden Schlafzimmer und wollte gleich daneben ins Badezimmer gehen. Beide blieben stehen und sahen sich an. Carols Herz begann heftig zu klopfen, als sie seinen halb nackten Körper betrachtete. Außer einer Boxershorts trug er nichts. Er hatte eine breite Brust, und die Oberarme wiesen Muskeln in der richtigen Größe auf. Seine Boxershorts beulte sich verräterisch. Die kräftigen Oberschenkel waren behaart und sprühten vor Männlichkeit. Sie spürte, wie sich ihre Brustwarzen versteiften und Leben in ihren Unterleib kam. Als sie ihm wieder ins Gesicht blickte, lächelte er. »Na, zu Ende geguckt?«

Hitze schoss Carol ins Gesicht. Schnell verschwand sie in ihrem Zimmer, schloss die Tür und lehnte sich dagegen. Was für ein Mann! Was für eine Aura!

***

Diese Nacht bekam sie kein Auge zu. Ihre Gedanken wurden von Stanley beherrscht. Immer wieder sah sie seinen Körper vor sich. Mit und ohne Boxershorts. Ihre Hand wanderte zu ihrem heißen Geschlecht. Carol seufzte, dann drehte sie sich auf den Bauch, schob sich zwischen die gespreizten Beine ein Kissen und kreiste mit dem Becken darauf. »Oh, Stanley«, stöhnte sie leise mit geschlossenen Augen. Ihre Muschi war heiß, brannte förmlich, sehnte sich nach Erlösung. Carol hob immer wieder ihren nackten, festen Po und ließ ihn kreisend auf dem Kissen nieder, während sich ihre Hände, über dem Kopf ausgestreckt, an den Bettstangen festhielten. Die Decke rutschte vom Bett. Carol bemerkte es kaum. Erst als die Decke eine Buchstütze, die auf einem in der Nähe stehenden Tischchen stand, mitnahm und diese laut auf den Boden polterte, wurde es Carol bewusst. Doch Carol war so heiß und so feucht, dass es ihr egal war. Erregt rieb sie ihr feuriges Geschlecht, das dem Höhepunkt entgegenfieberte, am Kissen weiter. Carol war so in ihr erotisches Spiel versunken, dass sie nicht mitbekam, wie die Tür zu ihrem Zimmer aufgerissen wurde.

»Carol!«

Erschrocken blickte sie sich um.

»Alles in Ordnung? Wir haben ein Poltern gehört …«

Zu Carols Entsetzen stand Deborah in der Tür, die etwas befremdet auf die Szene guckte, die sich ihr hier bot. Doch das Entsetzen Carols galt nicht nur Deborah, die sie anstarrte, sondern vielmehr dem Mann, der dahinterstand. Sein Mund war halb geöffnet, seine Brust hob und senkte sich im Licht, das aus dem Flur hereinschien. Sein Blick war auf ihren durch das Kissen hochgewölbten, nackten Po und ihre gespreizten Beine geheftet.

Carol war unfähig, sich zu rühren, geschweige denn zu bedecken. Womit auch! Die Decke lag auf dem Boden. Carol hätte sich verrenken müssen, um sie zu erreichen. »Alles okay«, sagte sie schlicht.

Deborah schien sich erst wieder sammeln zu müssen, um antworten zu können. »Ja, äh, gut … Dann gehen wir mal. Gute Nacht.« Sie stieß Stanley in die Seite, der sich anscheinend nicht losreißen konnte.

So schnell wie die beiden im Zimmer erschienen waren, so schnell waren sie wieder fort. Carols Kopf sank gerade ins Kopfkissen, so dass sie nach zehn Sekunden glaubte zu ersticken. *Wie peinlich, wie peinlich, wie peinlich,* dachte sie immerzu und schämte sich in Grund und Boden. Die Lust war ihr vergangen. Ihre Muschi hatte sich beruhigt, nichts war mehr von der vor wenigen Minuten verspürten, feurigen Sinneslust vorhanden. Carol war zum Weinen zumute. Vor Lustentzug und Scham. Sie beugte sich vom Bett hinunter, schnappte nach der Decke, zog sie sich über und sank bald darauf in einen tiefen Schlaf.

***

Das Gebäude des »Denver Art Museums« war der Hammer! So ein aggressives, abstraktes Gebäude hatte Carol noch nie gesehen. Silberne, schwere Pfeiler ragten in Spitzen über das Gebäude hinaus und stachen teils in den Himmel, teils mitten in die seitliche Gegend. Das Ganze war umgeben von den gigantischen Wolkenkratzern Denver Downtowns.

Auch im Gebäude selber war alles sehr besonders und herausfordernd gestaltet. Hier wiederholten sich die Spitzen und Kanten. Die Treppen waren unegal: mal breit, mal schmal mit unterschiedlichen Längen. Von unten betrachtet wirkte es, als endeten sie im Nirgendwo. Auch die Ausstellungsräume waren abnorm verwinkelt und mit spitzen Elementen versehen. Carol fühlte sich wohl. Sie war so überrascht von diesem Museum, dass sie beinahe ihre Ausstellung von »Sandford Greene« vergessen hätte. Sie folgte einigen dezenten Hinweisschildern, die die Kulisse des Abstrakten nicht zerstören sollten und fand sich in Räumen am Ende des Gebäudes wieder, wobei sie hoffte, jemals wieder den Rückweg finden zu können. Die Bilder waren fantastisch. Sie hatte schon einiges von »Sandford Greene« gesehen, doch es wurden nie alle Werke, meist nur die bekanntesten von ihm, gezeigt. Carol wunderte, dass das Gebäude nur von sehr wenigen Menschen besucht war. Wahrscheinlich verlief es sich in den Wirrungen der unterschiedlichen, verwinkelten Räume.

Nach etwa einer Stunde glaubte Carol alles erspäht und genossen zu haben, was sie sehen wollte, doch es ging immer weiter. Von einem Raum mit einem kleinen Fenster, in das die Abendsonne schräg hereinfiel, war Carol ganz fasziniert. Hier stand, weil es wohl so groß war, nur ein einziges Bild. Es war nicht an eine Wand gelehnt, sondern die Wand war eine riesige Spitze, die nach hinten zeigte. Es war eine der Spitzen, die aus dem Gebäude herausragten. Nur mit der oberen Kante lehnte das Bild an dieser abstrakten Wand. Das Bild war eigentlich nichts Besonders, aber es strahle eine ungeheure Faszination auf Carol aus. Dort lag eine langbeinige blonde Frau auf einem feuerroten Sofa. Sie hatte einen Arm so über ihren Kopf gelegt, dass die geöffnete Hand auf ihrer Stirn nach oben zeigte und der andere Arm vom Sofa herabhing. Die Frau hielt die Augen geschlossen. Ein Zug der Entspannung und Erregung lag auf ihrem Gesicht. Zwischen ihren Beinen, am Ende des Sofas, befand sich eine dunkelhaarige Frau, die sie mit halbgeöffnetem Mund, das Kinn zur Brust gezogen, unter wollüstigen Augen anblickte. Ihre Hände lagen auf den Oberschenkelseiten der Blonden und ihr Körper war angespannt.

Carol konnte nicht wegsehen. Dieses Bild war voller Erotik und Leidenschaft. Sie sah vor ihrem geistigen Auge, wie die Dunkelhaarige ihren Körper nach vorne schob und ihre Zunge in dem Geschlecht der Blonden verschwinden ließ. Carol seufzte.

»Macht es dich an?«, fragte eine männliche Stimme.

Carol wollte sich umdrehen, doch die Hände zu der Stimme hielten sie an den Schultern fest. »Sieh nach vorne. Sag mir, was du siehst.«

Carol hatte ihn sofort erkannt. Es war Stanley. Ihr Herz machte einen Satz und hämmerte in ihrer Brust weiter. »Was machst du hier?«, wollte sie wissen.

»Das war nicht meine Frage. Was siehst du?«

Carol war verwirrt, sie wusste nicht, wie sie auf die Situation reagieren sollte. Warum war er hier, was wollte er hier, hatte er nicht genug von gestern? »Gestern Abend … tut mir leid, dass ich da so …«

»Nein, nicht. Gestern Abend hast du mich wahnsinnig angemacht. Als ich deinen nackten Körper sah, dachte ich, es sei um mich geschehen. Aber jetzt sind wir hier. Was siehst du? Was denkst du?«

Carol versuchte sich zu konzentrieren. Seine Aura, sein Duft und seine Nähe machten sie schwach. Ihr Herz klopfte zum Zerspringen. Als wenn er es gespürt hätte, kam er dicht an sie heran und schlang die Arme von hinten um sie. Dabei lagen seine Arme über ihren Brüsten. Sofort stellten sich die sensibilisierten Brustwarzen auf und pressten sich gegen den BH-Stoff.

»Die Frau, sie will die andere …« Carol zwang sich, das zu erfassen, was sie wirklich dachte und was davon sie nur preisgeben wollte.

»Wer will wen?«

Carol holte Luft und hielt den Atem an. Nach ein paar Sekunden stieß sie die Luft wieder aus. »Ich kann das nicht!« Sie versuchte, sich zu ihm umzudrehen, doch er hielt sie fest.

»Was kannst du nicht?«, fragte er erneut.

»Das, was wir hier gerade machen.«

»Wir machen doch gar nichts. Wir stehen vor einem Bild und sprechen darüber, so wie jeder andere Museumsbesucher auch.«

»Du hältst mich aber fest, als seien wir ein frisch verliebtes Pärchen.«

»Sind wir das nicht?«

»Was?« Carol gab sich nun alle Mühe, sich von ihm zu lösen und schaffte es, sodass er seine Arme von ihr nehmen musste. Sie blickte zu ihm hoch. Eine seiner längeren Haarsträhnen war ihm seidig ins Gesicht gefallen und schwang leicht mit seinen Bewegungen. »Was läuft hier? Was machen wir, besser gesagt, DU! Du stehst kurz vor deiner *Hochzeit*!«

»Man sollte sich nicht den Kopf über ungelegte Eier zerbrechen.«

»Wie bitte, was meinst du damit?«

»Carrie, warum musst du …«

»Ich heiße nicht Carrie, ich heiße Carol!«, unterbrach sie ihn scharf.

»Für mich bist du Carrie!«, sagte er sanft.

Sie verschränkte die Arme, um ihn ihre Reaktion auf ihn nicht sehen zu lassen und blickte zum Fenster.

Er fasste sie bei den Schultern, dann hob er ihr Kinn mit einer Hand und blickte ihr in die Augen. »Carrie, wovor hast du Angst?«

»Es ist nicht richtig, was wir tun! Deborah ist meine Freundin.«

»Was tun wir denn? Wir stehen hier und betrachten ein Bild.«

»Na schön. Dann besser gesagt: was wir tun werden …«

Er lächelte. »Was werden wir denn tun?«

»Stanley, du weißt genau, was ich meine!«

»Das Leben ist unberechenbar. Schließ die Augen und genieße den Augenblick. Du wirst in deinem Leben wahrscheinlich nie wieder in den Genuss von dieser Art Abenteuer kommen.«

»Aber, ich kann doch nicht …«

»Doch«, unterbrach er sie scharf. »Du kannst! Du willst es

ja auch! Lass doch deinen Gefühlen freien Lauf.«

»Woher willst du wissen, ob ich auch will?«

Stanley atmete tief ein und aus, schloss kurz die Augen und als er sie öffnete, blickte er sie genauso sachlich an, wie sie redete. »Ich habe es bemerkt, stell dir vor. Ich bin ein menschliches Wesen mit Augen, Gefühl, Verstand und Kombinationsgabe.«

»Aber wir können nicht …«

»Hör auf, Carol!«, sagte er schroff.

»So, jetzt bin ich auf einmal wieder Carol!«

Stanley drehte sich um und ging.

Erschrocken blickte sie ihm nach. Was hatte sie getan? Sie schluckte hart. Das Richtige, bestätigte sie sich im Geiste. Letztendlich hatte sie nicht nur ihm, sondern auch ihr selber Einhalt geboten. So war es vernünftig, fand sie. Erleichtert betrachtete Carol wieder das Bild. Es war nicht fair, Deborah so zu hintergehen. Auch wenn Debbys und Stanleys Beziehung nicht bilderbuchmäßig verlief, wie sie es kurz vor einer Hochzeit eigentlich sollte, so war sie doch vorhanden, und Carol war jemand, der an die Liebe glaubte.

Noch während sie das Bild betrachtete, ohne es wirklich zu sehen, stellte sich ein Sehnen in ihrem Körper ein, das unerträglich wurde. *Schließe die Augen und genieße den Augenblick,* hallten seine Worte in ihrem Kopf nach. Ihre Vernunft rückte plötzlich in den Hintergrund und machte Carols eigenem Empfinden Platz. Warum um alles in der Welt zerbrach sie sich eigentlich für Stanley den Kopf, wenn er es *nicht* tat? Schließlich war es seine Entscheidung, was er mit seiner Beziehung machte!

Carol versuchte, ihren Kopf auszuschalten und nur das zu sehen, was ihr Herz sagte. Und ihr Herz antwortete, dass es

Stanley wollte, sich nach ihm sehnte, ihn schon jetzt vermisste. Seine Hände, wie sie schwer und doch einfühlsam auf ihrem Körper lagen. Seinen Duft, wie er ihre Sinne benebelte. Seine Nähe, wie sie ihren Geist verrückt machte. Ja, sie wollte ihn – unbedingt sogar! Es war kaum zum Aushalten, so sehr wünschte sie sich seine Nähe! Doch sie hatte es verpatzt, hatte ihn einfach gehen lassen!

Carol rannte zur Tür hinaus bis zum Mauervorsprung, der den Besucher vor dem Sturz in die Tiefe bewahrte. Sie blickte hinunter und suchte auf den von hier oben einsehbaren Treppen nach ihm: »Stanley!«, rief sie. Doch ihr Ruf verhallte im hypermodernen Gebäude. Sie zögerte keine Sekunde. Spontan rannte sie los, sprang die Stufen hinab und hielt sich kurz krampfhaft am Geländer fest, als sie eine Stufe übersprungen und nicht mit ihr gerechnet hatte. Dann lief sie weiter. Es war unmöglich, ihn in diesem Irrgarten zu finden. Bestimmt war er auf dem Weg zum Parkplatz. Aber, hätte sie ihn nicht längst einholen müssen? Er war nicht der Typ, der im Eilschritt davonlief.

Als Carol aus der Tür stürmte, schlug ihr die Abendsonne schräg entgegen, so dass sie schützend die Hand vor die Augen legen musste. »Stanley!«, rief sie. Keine Antwort. Sie drehte sich zur anderen Seite und rief erneut nach ihm. Beim dritten Mal war ihr Ruf nur noch ein schwaches Abbild. Carol konnte sie nicht zurückhalten: Die Tränen liefen ihr über die Wangen, und sie wusste, dass die Tränen die Wimperntusche gleich mitnahmen. Carol stand da und weinte wie ein Kind, das von seiner Mutter verlassen wurde. Hinzu kam das fürchterliche Sehnen nach Stanley, das ihren Körper nicht mehr loslassen wollte. Erneut sah sie ihn vor sich, spürte seine Hände auf ihren Hüften, als er hinter ihr gestanden und die Arme über ihre Brüste gelegt hatte, und sie spürte seine Hände auf ihrem Gesicht. Warm und weich. Und seine Lippen: sie waren zum Küssen nahe gewesen. Sie hätte sich nur an ihn pressen müssen.

Verzweifelt setzte sie sich auf den Boden, zog die Knie an und schlug die Hände vors Gesicht. Ihre Schultern zuckten.

»Taschentuch?«

Carol weinte und lachte zugleich, als sie seine Stimme hörte. Ohne die Hände vom Gesicht zu nehmen, nickte sie.

Stoff raschelte, und sie wusste, dass er neben ihr in die Hocke ging. Seine Hand streichelte über ihren Kopf. »Komm, gehen wir.«

Carol blickte nicht hoch, als sie ihm das Taschentuch abnahm, sich leise die Nase putzte und die Tränen wegwischte. Er hakte sie unter und half beim Aufstehen.

»Wo willst du hin?«, fragte Carol vorsichtig, als Stanley den Museumseingang ansteuerte.

»Wir haben doch noch einen Termin.«

»Einen Termin?«

Er trat an den breiten Kassentresen und fragte: »Wie lange haben Sie noch geöffnet?«

»Bis halb sechs, Sir.«

»Danke. Zwei Personen, bitte.«

»Aber … wir waren doch schon drin«, wandte Carol ein.

»Ich weiß, aber wenn wir draußen waren, müssen wir trotzdem noch einmal zahlen.«

»Warum tust du das?«, fragte Carol, als sie begannen, die Stufen hinaufzusteigen.

»Wegen unserer Verabredung«, lächelte er.

»Mit wem?«

»Einem Bild!«

***

Sie erreichten ihr Ziel. Es war der Raum von eben mit dem erotischen Bild, vor das Stanley sie postierte. »Ich glaube, hier haben wir aufgehört«, sagte er und legte seine Arme von hinten um sie.

Carol war unfähig, nach dem Vorgefallenen einen klaren Gedanken zu fassen. »Ich glaube, ich kann das immer noch nicht«, flüsterte sie.

»Okay, dann helfe ich ein bisschen nach.«

Carol spürte, wie er ein Tuch um ihre Augen band. »Nein, Stanley, bitte nicht so etwas. Damit habe ich keine Erfahrung. Ich kann mich in dieser Umgebung auch nicht fallenlassen.«

»Doch. Glaub mir, das kannst du. Du brauchst nur den richtigen Lehrer.«

Sie hörte ihn durch seine Stimme lächeln. Als er ihr das Tuch am Hinterkopf zusammenknotete, war Carol nicht in der Lage, sich mitten in diesem öffentlichen Gebäude zu entspannen. »Stanley, bitte nein. Wenn jemand reinkommt und wir …«

»Psst. Nun sei doch einfach mal still, Carrie. Ich werde dich führen. Schließ deine Augen.«

Carol stellte fest, dass trotz des Tuches ihre Augen geöffnet waren. Sie versuchte, sich auf ihn zu konzentrieren und alles andere auszublenden. Somit atmete sie tief durch und schloss die Augen.

»Erinnere dich an das Bild. Was hast du gesehen?«, murmelte Stanley ihr ins Ohr.

»Zwei Frauen.«

»Weiter.«

»Die Blonde auf dem Sofa. Die Dunkelhaarige zwischen ihren Schenkeln.«

»Wie sahen die Brüste aus? Waren sie erregt?«

»Ich glaube ja.«

Er suchte sich einen Weg unter ihr enges T-Shirt, fuhr über ihre Brüste und die Nippel, die sofort hart wurden, und presste sie mit den Fingern fest zusammen. »So wie deine?«, flüsterte er.

Ein Schauer überfiel ihren Körper, und sie spürte, wie es in ihrem Schoß warm wurde. Als sein Mund sich ihrem Hals näherte und er sie anatmete, bekam sie eine Gänsehaut.

»Erzähl mir, was du in deinen Gedanken gesehen hast. Was haben die Frauen gemacht?«, fragte er.

Zögernd antwortete Carol: »Sie haben sich geliebt.«

»Wie?«, hauchte er an ihren Hals und fuhr mit der Zunge darüber.

»Die Dunkelhaarige hat sich zwischen den Schenkeln der anderen nach vorn geschoben und hat die Spalte der Blonden geleckt …« Carol spürte eine Hand in ihrem Schritt und sog scharf die Luft ein. Und schon war die Hand wieder verschwunden, aber nur, um den knielangen Rock ein Stück hochzuziehen, damit sie über ihr nacktes Bein fahren konnte. Langsam glitt sie höher und erreichte ihr Höschen. Die andere Hand knetete leicht eine Brust und die Finger legten sich um die Brustwarze, um sie zu pressen und an ihr zu spielen. Carol seufzte. Dieses Doppelspiel seiner Hände machte sie schier verrückt. Sie atmete schwer und lehnte sich an ihn. Er nutzte die Gunst der Minute und zog ihr den Slip ein Stück hinunter. Sogleich war er wieder bei ihr und erforschte ihre Spalte. Erneut seufzte Carol und war froh, nicht sprechen zu müssen, sondern nur den Moment genießen zu können. Während er ihre Muschi erkundete, spürte sie seine Erregung, wie sie sich an ihren Po presste. Keine Sekunde ließ er von ihrer Brust, zwirbelte immer weiter an ihrer Warze und schickte somit unzählige Signale an ihren Schoß, der feurig in Wallung geraten war. Leichthin glitt er in ihr Loch und schob den

Finger rein und raus. Carol schnappte nach Luft und stöhnte. Ihre Lust schwoll an. Die Berührungen waren sehr intensiv, weil Carol durch das Tuch im Dunkeln gehalten wurde, selbst wenn sie ihre Augen öffnete. Es war das erste Mal, dass sie sich ganz dem Gefühl der Lust hingab. Seine Finger rotierten in ihrem Körper, während eine ihrer Brustwarzen bereits glühte und nach seinem Mund verlangte. Carol spürte, wie er nun mit dem Daumen zusätzlich über ihren Kitzler rieb und ihn anstieß. Dieser Doppelbearbeitung konnte sie nicht länger standhalten. Ihr Körper machte mit ihr, was er wollte. Stanley rieb und massierte sie, schob seinen Finger in immer kürzer werdenden Abständen in ihre heiße Möse, die nass und gierig war. Sie sehnte sich nach mehr, nach etwas Größerem, Dickerem. Am liebsten hätte Carol sich umgedreht, Stanley zu Boden gedrückt und sich auf seinen Schwanz gestürzt, um ihn tief in sich zu rammen und ihn so hart zu reiten, bis sie käme. Diese Vorstellung machte sie so sehr an, dass sie keuchte und stöhnte und versuchte, ihn hinter sich ergreifen zu können. Doch er entwand sich ihr, genau wissend, was sie wollte und brauchte. Deshalb stieß er immer schneller mit seinem Finger in sie. Dann zog er ihn raus, drehte Carol blitzartig zu sich um, und sie spürte etwas Heißes auf ihrem Geschlecht. Seine Zunge glitt energisch durch ihre glühende Spalte und sog den Kitzler in den Mund, um ihn mit der Zunge anzustacheln, darauf zu kreisen und ihn ins Fleisch zu pressen. Carol stöhnte hemmungslos, als sie kam. Sie krallte sich an ihm fest, die Beine weit gespreizt und rieb ihre feurige Möse an seinem Gesicht. Den Kopf mit den verbundenen Augen in den Nacken gelegt, kam sie mit solcher Wucht, dass noch Minuten später ein Zucken durch ihren Körper lief.

***

Carol wusste, es war ein Fehler, diese Art von Sex mit Stanley zu haben. Sie wusste, es war ein Fehler, danach mit ihm Arm in Arm durch Denver zu gehen, einen Hot Dog an einer Bude zu essen, im Civic Center Park spazieren zu gehen und sie wusste, es war ein Fehler, den Abend in einer Cocktailbar ausklingen zu lassen.

Als sie nach Hause kamen, stiegen sie langsam die Treppe nach oben. Carol fragte sich, ob jetzt jeder brav in sein Zimmer gehen würde, und sie glaubte, dass Stanley auch sich diese Frage stellte. Insgeheim hoffte sie, er würde sie in ihr Zimmer schieben und dort weitermachen, wo sie im Museum vor dem Bild der Frauen aufgehört hatten. Leider war dem nicht so. Er hob die Hand zum Gruß, lächelte ihr geheimnisvoll zu und flüsterte, dass es ein wunderschöner Abend gewesen sei. Nur mit Zwang konnte sie den Gruß erwidern.

»War es nicht so schön für dich heute Abend?«, fragte Stanley plötzlich.

Carol fühlte sich überrumpelt. »Doch, natürlich. Es war sehr schön. Warum fragst du das?«

»Du guckst gequält.«

Carol wusste nicht, was sie sagen sollte.

Er trat einen Schritt auf sie zu und nahm ihre Hand. »Wenn ich mit reingehe, dann passiert etwas, das weißt du. Willst du das?«

»Willst du es denn? Schließlich ist es deine Hochzeit. Und es ist deine Zukünftige, die wir betrügen.«

»Deine Freundin.«

»Ja, ganz recht.« Carol blickte auf den Boden.

Nach einer Weile fragte Stanley: »Sag mal, hast du jetzt ein schlechtes Gewissen, wegen unserer leidenschaftlichen Bildbetrachtung?«

Carol traute sich nicht ihn anzublicken, als sie beschämt nickte.

Er hob ihr Kinn mit der Hand. »Carrie, ich wollte es auch, genau wie du. Aber ich denke, dass es okay ist, was wir getan haben, und auch, was wir noch tun könnten. Mein Gott, ich habe das letzte Mal Sex mit einer anderen Frau, bevor ich jahrelang, wenn nicht für den Rest meines Lebens, enthaltsam sein werde, das heißt, es mit keiner anderen Frau tun werde. Was zählen da schon die paar Stunden, die ich jetzt mit dir genieße?«

Carol lächelte. »So habe ich das noch nie betrachtet.« Nach einer Weile fragte sie: »Liebst du Deborah?«

»Himmel, Carrie, was ist das denn für eine Frage!«

»Eine ganz einfache.«

Er zuckte leicht die Schultern. »Was soll ich sagen … Da kommen einfach viele Komponenten zusammen und … ja, ich denke, ich liebe sie.« Nach einer Weile fügte er hinzu: »Aber du gefällst mir leider auch sehr gut. Eigentlich mehr als sehr gut.« Stanley schlang die Arme um Carol und zog ihren Körper dicht an sich heran. Sie spürte seine Erregung durch den Stoff. Sofort rauschte eine Sinneslust durch ihren Körper, die von ihr verlangte, augenblicklich die Beine für ihn zu öffnen. Er küsste ihren Hals. Doch sie entzog sich ihm, trotz all der Lust, die in ihrem Körper tobte.

»Nein Stanley, wir dürfen das nicht noch einmal tun.«

»Ich möchte es – und du weißt, dass ich es ernst meine.«

»Ja, ernst mit der Nacht.«

»Es ist mehr bei dir. Ich habe so eine Frau wie dich noch nicht kennengelernt. Mein Körper zerfrisst sich gerade nach dir. Bitte guck nicht so! Was soll ich denn gegen meine Gefühle machen?«

»Hast *du* Gewissensbisse?«

Stanley lachte. »Ja! Ja, verdammt, ich habe welche. Ich liebe die Frau, die ich heiraten werde, aber du bist etwas ganz Besonderes, und ich weiß noch nicht, wo es mich gerade hinführt. Ich frage mich nämlich, ob du die Richtigere wärst.«

Erschrocken wich Carol einen Schritt zurück. Stanley entließ sie aus seiner Umarmung.

»Was hast du da gesagt?« Mit geweiteten Augen blickte sie ihn an.

»Carrie, es sollte dich nicht verschrecken. Ich wollte bloß ehrlich sein. Meine Gefühle spielen momentan verrückt.«

»Du kannst mir ruhig sagen, dass du mit mir Bock auf geilen Sex hast.«

»Ja, das habe ich auch. Sehr sogar. Aber es ist eben nicht nur das. Nicht nur die letzte Nacht mit einer anderen Frau vor der eigenen Hochzeit, sondern mehr. Verstehst du mich, Carrie?«

»Vielleicht ist es nur die Panik vor der Hochzeit. Viele Menschen haben das. So unter dem Motto: es ist dann endgültig.«

»Nein!«, sagte er entschlossen. »Das ist es nicht. Ich drücke mich nicht vor Entscheidungen und habe davor auch keine Angst. Es herrscht bloß ein Widerspruch in mir.« Er fuhr sich mit der Hand über die Augen, dann seufzte er. »Vielleicht war es auch nicht gut, meine Gefühle in so einem Augenblick vor dir auszubreiten. Ich fürchte, es hat gerade einiges kaputt gemacht, oder?«

»Ja, das hat es.«

Er lachte kurz auf. »Schön, dass du so ehrlich bist.«

»Tut mir leid.«

»Nein, das meine ich ernst. Es ist gut so.«

Unsicher standen sich beide gegenüber. Carol hatte Lust auf ihn, wollte dringend das beenden, was er angefangen hatte, wollte ihn sehen, ihn berühren, ihn in sich aufnehmen. Doch fürchtete sie, genau wie er, dass sie den Moment zerredet hatten.

»Gute Nacht, Carrie.«

»Gute Nacht, Stanley.«

»Übrigens: Alle nennen mich Stan.«

»Ich finde Stanley schöner. Er ist echter, klingt nach dir.«

Er lächelte, drehte sich um und schloss die Schlafzimmertür, wobei er sie noch einmal kurz anblickte. Carol war glücklich und unglücklich. Sie war unglücklich, dass es zu nichts mehr gekommen war, aber glücklich, dass er etwas für sie empfand. Ihr ging es ja ähnlich. Doch wo sollten ihre beiden Empfindungen sie hinführen?

***

Am nächsten Tag versuchte Carol sich so gut wie möglich abzulenken. Sie war froh, dass Stanley heute wieder arbeiten musste. So bummelte sie alleine durch die Stadt. Nachdem sie drei Stunden herumgelaufen war und nichts gekauft hatte, trank sie einen Cappuccino in einem Coffee Shop. Permanent kreisten ihre Gedanken um Stanley, aber auch um Deborah. Wenn Carol heute Abend alleine mit Stanley war, wollte sie versuchen, stark und vernünftig zu sein. Eine Affäre konnte sie ihrer Freundin einfach nicht antun.

Carol erschrak, als sie plötzlich wieder vor dem Museum stand. Sollte sie noch einmal hineingehen? Nein, das würde sie nicht schaffen. All die schönen Erinnerungen an Stanley wieder aufleben lassen? Nein, sie musste nach Hause. Schnellstens. Dort würde sie sich ein gutes Buch schnappen, vielleicht sogar eine Runde baden und ihre Sachen für die morgige Abreise packen. Sie würde zwar erst abends fliegen, aber so konnte sie sich wenigstens etwas ablenken. Morgen käme auch Deborah zurück. Kaum hatte Carol das gedacht, wallte ihr schlechtes

Gewissen auf. Sie atmete tief durch und winkte den Kellner zum Bezahlen ihres Cappuccinos heran.

***

»Du packst schon?«

Carol zuckte zusammen und drehte sich zu Stanley um. Er stand im Türrahmen und beobachtete sie mit schiefgelegtem Kopf. Carol war erleichtert, dass er sie nicht in der Wanne erwischt hatte, die sie vor etwa fünf Minuten verlassen hatte. Doch sie trug noch den Bademantel und ihre Haare, die nicht nass werden sollten, waren noch in ein Handtuch gewickelt.

»Ja, ich dachte, was ich hab, das hab ich.« Ihr Herz klopfte wild, doch sie tat so, als sei es das Selbstverständlichste von der Welt, dass er da war und sie beobachtete.

Er trat ins Zimmer und Carols Herz machte einen Hüpfer. Sie glaubte, er würde sie packen und küssen. Stanley packte und küsste sie. Seine Zunge schob sich in ihren Mund, und seine Hände zogen den Bademantel auf.

»Nein, Stanley, nicht, bitte …«, kam es schwach und dumpf aus ihrem Mund, da seine Lippen noch auf ihren lagen.

»Ich kann einfach nicht von dir lassen. Ich kann auch nicht glauben, dass du morgen aus meinem Leben verschwindest. Oh, Carrie, ich bin verrückt nach dir, ich will dich so sehr!«

Seine Wollust übertrug sich auf Carol. Sie atmete schwer und ging einen Schritt rückwärts, so dass sie direkt vor dem Bett stand. Er ließ sich mit ihr fallen, küsste sie noch immer, hob nur einmal kurz den Kopf, um ihren Körper zu betrachten. Sein Kopf fuhr nach unten und sein Mund legte sich auf eine ihrer Brüste. Er bekam die Brustwarze zu fassen und stimulierte sie. Carol stöhnte. Mit einem Mal kam er nach oben, stieg von ihr ab und rückte sie so auf dem Bett zurecht, dass sie der Länge nach drauflag, zog dann sein T-Shirt aus und legte sich auf sie. Geschickt spreizte er mit seinen Beinen ihre und presste sich dazwischen. Sein Schwanz war erregt und hart. Stanley bewegte sein Becken als würde er in ihr stecken. Carol stöhnte und krallte sich an den Bettpfosten fest. Sie schloss die Augen und reckte ihm ihr Becken entgegen. »Oh Gott, zieh dich endlich aus, damit ich deinen Schwanz in mich aufnehmen kann!«, zischte sie. Er hechtete von ihr, fummelte an seiner Jeans und dann hörten sie es beide …

Ein Klicken, ein Türzuschlagen und dann ein freudiges »Hallo, Schaaatz, ich bin wieder da-ha!«

Stanley gefror alles auf dem Gesicht. Carol sprang vom Bett, glitt wieder in ihren Bademantel und zog ihn schnell zu. »Los, geh in dein Zimmer«, flüsterte sie ihm zu, denn Stanley stand noch immer reglos da. Endlich schienen ihre Worte ihn zu erreichen. Er nickte und wollte anscheinend noch etwas sagen, wusste wohl nicht was und ging. Dabei vergaß er, die Tür zu schließen. Carol hörte schon die Schritte auf der Treppe. So ließ sie die Tür offen. Geschäftig packte sie den Koffer weiter. Da fiel ihr Blick plötzlich auf das T-Shirt von Stanley.

»Hallo, Carol, ich bin wieder da!«

Mit einem Ruck zog Carol das T-Shirt in den Koffer und tat so, als würde es ihr gehören. Schnell packte sie noch ein Top von ihr darüber. »Oh, hallo, Debby. Du bist ja schon zurück!«, sagte Carol mit glühenden Wangen. »Wir hatten dich erst morgen erwartet.«

Deborah ließ sich in einen Sessel fallen. »Ja, ich weiß, war auch so geplant. Aber sie haben mich ab heute Mittag nicht mehr gebraucht und da bin ich einfach zum Flughafen und in den nächstbesten Flieger gestiegen, der mich mitnehmen wollte.« Sie lachte.

Carol lachte gezwungen mit. »Oh, das ist toll!«

»Hi, Darling!«, sagte Stanley und erschien im Türrahmen.

»Hallo, Schatz«, sagte Deborah leichthin und gab ihm einen flüchtigen Kuss. »Na, hast du dich amüsiert?«

»Amüsiert?«, fragte er sachlich nach.

»Ja, mit anderen Frauen!«

Er schüttelte den Kopf. »Nein, war nicht nötig. Ich hatte ja Carol.«

Carol hielt die Luft an. Sie hörte den Wecker von ihrem Nachttisch ticken, draußen hupte ein Auto. Carol versuchte, unbeteiligt zu gucken, doch das hatte sie wohl nicht geschafft, denn Deborah brach in Gelächter aus. »Wie du guckst, Carol, als hätte Stan gesagt, er hätte mit dir gevögelt.«

Carol versuchte, sich zu fangen und lächelte.

»Ach, ihr Lieben, schön, wieder da zu sein. Es war recht anstrengend. Und, was habt ihr so getrieben? Ach, erzählt es mir unten in der Küche. Ich muss mir was zu essen machen. Oder wollen wir uns etwas vom China-Mann kommen lassen?«

***

Deborah warf die leeren Chinaessen-Becher in den Müll und setzte sich zu Carol an den Tisch. Dann stand sie wieder auf, blickte durch den Flur ins Wohnzimmer und schob die Küchentür zu. Carol war sich sicher, sie überprüfte, ob Stanley vor dem Fernseher saß.

»Carol, ich muss dir etwas sagen.«

»Nein, Debby, ich muss dir zuerst etwas sagen. Ich kann nämlich nicht länger damit leben und schon gar nicht, damit nach Hause zu fliegen.«

Erschrocken blickte sie ihre Freundin an. »Carol, das klingt ja furchtbar. Was ist denn passiert? Hast du ein Problem? Bist du krank?«

Carol schüttelte peinlich berührt den Kopf. »Nein, es ist

etwas ganz anderes. Als du nicht da warst, da habe ich doch die Ausstellung besucht, nicht wahr?«

»Ja, richtig. Ich weiß.«

»Und als ich mir gerade ein Bild ansah, da kam …«

»Kommt schnell ins Wohnzimmer, das müsst ihr sehen!«, rief Stanley und riss die Küchentür auf. Beide Frauen waren im Nu auf den Beinen und liefen hinter Stanley ins Wohnzimmer. Dort flimmerte der Fernseher. Eine Tiersendung lief.

»Da, seht ihr das?«

Verwirrt blickten die Frauen auf den Bildschirm. Außer sich im Wasser wälzenden Krokodilen war nichts zu erkennen. Carol blickte neben und unter den Fernseher, vielleicht befand sich dort eine Riesenspinne oder ein großes Denver untypisches Insekt. Doch nichts war zu erkennen.

»Mein Gott, Stan! Was ist denn? Ich weiß nicht, was du meinst!«, reagierte Deborah genervt.

»Na, da! Dieses riesige Krokodil. Habt ihr schon mal ein so großes Reptil gesehen?«

Beide Frauen musterten Stanley, wie er mit offenem Mund vor dem Fernseher stand und so tat, als würde es ihn brennend interessieren. Das Schlimme daran war, dass nicht nur Carol ihn durchschaute, sondern Deborah es wohl ebenso tat.

»Darling, du spinnst. Mach die Glotze aus und lass mich hören, was Carol mir zu erzählen hat.«

»Ach, lass uns doch lieber wieder in die Küche gehen«, schlug Carol vor, der nicht sehr wohl bei dem Gedanken war, vor Stanley ihr beider Geheimnis auszuplaudern.

»Nein, ich will es hier und jetzt wissen!«, beharrte Deborah.

Carol blickte kurz zu Stanley, der den Fernseher tatsächlich ausschaltete und sich von oben in eine Sofaecke fallen ließ. Er schlug die Beine übereinander und legte den Kopf schief.

Deborah setzte sich auch und bedeutete Carol, es ihr gleich zu tun. Nur ungern leistete Carol Folge, doch sie tat es. Allerdings ließ sie ein wenig Abstand zu Deborah, befürchtete Carol doch, ihre Freundin könnte ausholen und ihr eine knallen, was durchaus gerechtfertigt wäre. Gut, dass Carol den Koffer schon gepackt hatte, denn der Rauswurf würde in Sekundenschnelle über die Bühne gehen.

»Ich habe Gewissensbisse«, stieß Carol hervor. Sie hörte, wie Stanley in seiner Ecke tief durch die Nase atmete. »Ich habe, das heißt, wir haben … Also, ich habe, denn ich rede ja jetzt eigentlich nur von mir, denn, was andere tun, egal, ob sie mitschuldig sind oder nicht, ist ja egal, denn …«

»Carol, bitte! Was willst du mir sagen? Ich mag es nicht, ewig warten zu müssen. Sag es frei heraus. Jetzt bitte auf den Punkt!«

»Ich hatte mit Stanley Sex!«, platzte Carol heraus.

Stanley blieb ungerührt sitzen. Deborah blickte sie noch immer erwartungsvoll an, es sickerte wohl ganz langsam in ihr Gehirn, was diese Aussage für eine Bedeutung hatte.

Gebannt starrte Carol zu Deborah hinüber und war auf alles vorbereitet, nur nicht auf diese Reaktion: Deborah fing an zu lachen. Sie lachte und lachte. Irgendwann liefen ihr die Tränen über die Wangen und sie lachte noch weiter. Carol dachte, dass sie jetzt gleich völlig durchdrehen und schreien, wüten und in Ohnmacht fallen würde. Doch nichts dergleichen geschah. Stattdessen beruhigte sie sich einigermaßen und brachte unter einigen Lachsalven hervor: »Das ist super! Das ist toll! Ich habe mich nämlich in einen anderen Mann verliebt und wusste nicht, wie ich es Stan sagen sollte. Ich traute mich nicht, die Hochzeit platzen zu lassen. Oh Mann, das ist fantastisch – das ist märchenhaft!«

Carol, die Stanley bisher nur aus den Augenwinkeln sehen

konnte, blickte nun ganz zu ihm hinüber. Sein Gesicht hatte nur noch eine blassrosa Färbung, und er beugte sich im Sofa nach vorn. »Du hast dich in einen anderen Mann verliebt?«, fragte er ungläubig.

Deborah nickte und wischte sich die Lachtränen weg. Dabei benutzte sie einen Taschenspiegel.

»Und wann, wenn man fragen darf?«

»Ach, das ist schon eine Weile her. Seit vielleicht fünf Monaten.«

»Fünf Monate?!« Stanley erhob sich. »So lange machst du mir einen Film vor?«

»Darling, was regst du dich auf? Du hast doch auch eine neue Flamme. Und eine gute noch dazu. In diesem Fall kenne ich sie ja sogar. Ich muss sagen, ich bin sehr froh über diesen Umstand! Wenn ihr euch gefunden habt: na wunderbar! Ich werde dann bald nach Chile fliegen und mit Alejandro zusammenziehen.«

»Alejandro? Chile? Zusammenziehen? Ich glaube, mir geht das ein bisschen zu schnell!«

»Macht nichts, Darling, du hast ja die nächsten Jahre, um darüber nachzudenken.«

Stanley baute sich vor Deborah auf. »Verdammt, Debby, was soll das? Was tust du denn da und vor allem: Was redest du denn da?!«

»Ich blase gerade unsere Hochzeit ab. Hoppla, Verzeihung, ich wollte euch nicht vorgreifen, aber vielleicht seid ihr ja schon soweit gekommen!« Deborah brach wieder in Gelächter aus.

Stanley und Carol blieben still, blickten sie nur an, als hätte sie gerade den Verstand verloren.

»Debby, das kann doch nicht wahr sein! Du hattest die ganzen fünf Monate eine Affäre mit einem Mann aus Chile?

Es gab also gar keine Geschäftsreisen?«

»Oh doch, die stimmten, aber die konnte ich natürlich wunderbar kombinieren.«

»Das glaube ich nicht!« Stanley ließ sich in einen Sessel fallen. »Du hast mich die ganze Zeit betrogen. Deborah, wir wollten heiraten! Wann hättest du mir es erzählen wollen? In der Hochzeitsnacht?«

Sie zuckte mit den Schultern. »Ich weiß es nicht. Wie gesagt: Ich bin ja froh, dass ihr euch auch gefunden habt, so macht die Trennung keinem von uns etwas aus.« Sie strahlte übers ganze Gesicht.

Stanley schüttelte den Kopf. »Da irrst du dich aber ganz gewaltig. *Mir* macht die Trennung etwas aus. Sehr viel sogar! Debby, verdammt, ich liebe dich!«

»Und was war das dann mit Carol?«

»Ein Abend, eine Affäre ...« Er blickte zu Carol. Zwei Sekunden begegneten sich ihre Augen. Dann riss er sich los. »Ich hätte nie gedacht, dass damit die Ehe gefährdet ist. Mein Gott, Carol und ich hatten ja nicht mal richtigen Sex. Wir waren wirklich vernünftig. Diese enge Bindung, die ich zu dir habe, Debby, kann doch an einem Abend nicht wachsen.«

»Tja, mein Lieber. Ich kann leider nur sagen, dass ich sehr froh über diesen Wandel bin. Ich mag dich. Du bist ein netter Kerl, aber mehr leider auch nicht. Ist doch gut, wenn wir ehrlich sind, oder?«

***

Carol blickte auf den See. Die Abendsonne spiegelte sich auf der glatten Wasseroberfläche und tauchte das sonst so kristallklare, blau schimmernde Wasser in ein warmes Orange. Dahinter waren die Berge tief verschneit, und auch der Schnee besaß eine Färbung. Unwillkürlich landeten Carols Gedanken bei dem Abend, an dem Deborah und Stanley sich getrennt hatten – wie so oft in letzter Zeit. Nie würde sie Stanleys Abschied vergessen: Deborah hatte er mit den Worten: »Mach's gut«, die Hand gereicht und Carol einen tiefen, wilden Zungenkuss gegeben. Dem hatte er ein »Wir sehen uns noch!« hinzugefügt und war gegangen.

Carol und Deborah hatten noch bis tief in die Nacht geredet und sich unter anderem über Affären ausgetauscht. Carol, die lange Zeit angenommen hatte, der chilenische Mann sei eine Noterfindung, stellte mit Überraschung fest, dass es sich um einen tatsächlichen Mann handelte, der gewillt war, Deborah in Chile zu heiraten. Heute Morgen hatte Carol die Hochzeitsanzeige bekommen und war wirklich erstaunt über die Wendung der Ereignisse und auch, dass beide Freundinnen im Guten auseinandergegangen waren.

Carol seufzte und erhob sich. Langsam kroch die Kälte durch ihre dicke Jacke und Hose. Sie wickelte den Schal noch einmal mehr um ihren Hals und stand auf. Im Auto schaltete sie die Heizung auf volle Touren. Sie hatte einfach die Zeit am See vergessen und dort viel zu lange sinniert. Darüber ärgerte sie sich, denn die kurze Strecke bis nach Hause würde sie auch nicht so schnell aufwärmen können.

Zwanzig Minuten später suchte sie mit kalten, steifen Fingern am Schlüsselbund nach dem richtigen Haustürschlüssel, als sie plötzlich ein Geräusch hörte und neben sich im schwachen Licht der Dämmerung einen Mann erkannte. Carol stieß einen Schrei aus, und ihr Herz hämmerte bis zum Hals.

»Hallo, Carol«, sagte er gelassen.

Sie war unfähig, Stanley zu antworten. Groß und bedrohlich stand er vor ihr. Seine seidigen Haarsträhnen fielen ihm ins Gesicht.

Mit einer Mischung aus Angst, Freude und Wut blickte sie ihn an. Noch immer rief er die gleichen Gefühle, wie vor dreizehn Monaten in ihr hervor. Er trat einen Schritt auf sie zu, und sofort wich Carol zurück.

Erschöpft lächelte er. »Ich habe dich gesucht. Du bist verdammt schwer zu finden.« Dann fügte er leise hinzu: »Die Zeit nach der Trennung war schwer für mich. Zwar habe ich Debby geliebt, aber in den zwei Wochen im Hotel dachte ich nur an dich. Mir kam es vor, als hättest *du* dich von mir getrennt. Hast du das, Carrie?«

Bei dem Namen wurden ihre Knie weich, doch sie spürte, wie die Wut in ihr die Oberhand gewann. Wut über seine Art, wie er sie am Trennungsabend als Affäre abgetan hatte, Wut über ihre Reaktion auf ihn. »Verschwinde, Stanley.«

Überrascht blickte er sie an. »Ups, damit hatte ich nicht gerechnet.« Er verschränkte die Arme vor der Brust.

»Was erwartest du? Du kommst einfach hierher, sagst, du hättest an mich gedacht und hoffst, dass ich dir vor Freude an den Hals springe?«

»Was wäre so schlimm daran?«

»Es kann so einfach nicht funktionieren! Du hast mich mit Füßen getreten, indem du das, was uns beide verband, als Affäre abgetan hast. Es schien ja nicht sehr bedeutungsvoll für dich gewesen zu sein! Obwohl du mir am Vortag gestanden hattest, dass ich angeblich die Richtigere für dich sei! Und kaum, dass Debby dir den Laufpass gibt, sind diese Worte nur noch leere Worte!«

»Carrie, du kannst doch nicht erwarten, dass ein Mann sofort umschaltet und sich innerhalb von einem Tag für eine neue Frau entscheidet. Ich wollte Debby heiraten. Das, was du und ich hatten, konnte nur eine Affäre sein.«

»Ich hatte das Gefühl, dass du dir bei Debby nicht mehr sicher warst.«

»Debby und ich hatten eine Zukunft vor uns. Sie war zwar nicht sehr aussichtsreich, aber sie war trotzdem da. Und diese gewachsene Bindung wurde innerhalb von wenigen Sekunden zerstört. Das musste ich erst einmal verarbeiten.«

»Verstehe. Aber warum das dann mit uns? Wolltest du Debby als Sicherheit im Hintergrund wissen, während du dich mit mir in den Betten wälzt?«

»Carol ...«

»Und was wäre passiert, wenn mehr Gefühle zwischen uns gewachsen wären, hättest du *mich* dann abgespeist? Bin ich vielleicht nur die zweite Wahl, die man gut ficken kann?«

Stanley blickte sie starr an. Carols Worte schienen ihn zu treffen. Das wollte sie auch! Es hatte sich einfach zu lange zu viel angestaut. Schwer atmend, als hätte sie einen Sprint hinter sich, stand sie vor ihm und blickte ihn wütend und herausfordernd an. Doch nach und nach verblassten diese Empfindungen und machten verlangenden Gefühlen Platz. Sie hatte insgeheim so sehr gehofft, dass er kommen und sie an sich reißen würde. Doch das wollte sie nicht zugeben. Er schüttelte den Kopf und blickte in die Ferne. Carol betrachtete ihn. Es erfüllte ihren sich nach ihm sehnenden Körper mit Wärme und Lust. Trotzdem zog sie den Schal enger und sagte: »Ich möchte rein. Mir ist kalt.«

»Bitte, nur zu.«

Carol versuchte, den Schlüssel mit ihren kalten, steifen Fingern ins Schloss zu stecken. Es fiel ihr sichtlich schwer, zumal ihre Hände zitterten, was aber nicht nur an der Kälte lag.

»Soll ich helfen«, bot er an.

»Nein«, schoss ihre Antwort heraus. »Ich kann meine Tür

ganz gut alleine aufschließen. Danke. Du wolltest, glaube ich, gehen, richtig?«

»Nein, wollte ich nicht. Meine Absicht war, dich endlich mal zu vögeln.«

»Was?!« Heiß-kalte Schauer liefen Carol über den Rücken und in ihrer Muschi zuckte es.

»Wenn ich schon alles vermasselt habe, dann möchte ich wenigstens ein bisschen Spaß mit dir haben. Außerdem sind wir soweit ja noch nicht gekommen.« Er zog einen Mundwinkel zum Lächeln hoch.

»Du spinnst ja!« Sie hatte den falschen Schlüssel genommen und nahm jetzt den richtigen vom Bund, doch beim Reinstecken, fiel er in den Schnee. Beide bückten sich. Stanley war schneller und legte ihn sich in die Hand. Wie ein Stromschlag schoss die Berührung durch ihre Finger über ihren Arm in ihren Körper, als sie den Schlüssel aus seiner warmen Handfläche nahm. Verärgert, dass er nicht ging und verärgert über ihre eindeutige Köperreaktion, drehte sie umständlich den Schlüssel im Schloss. Stanley stand dicht hinter ihr, beugte plötzlich seinen Kopf zu ihrem Hals und küsste ihn. Noch ein Stromschlag raste durch Carol hindurch und augenblicklich stieß sie ihn zur Seite. »Lass das, verdammt, und verschwinde endlich!«, fauchte sie.

Eine Weile blickte er ihr in die Augen, dann lächelte er gefährlich. »Ich weiß, dass du nicht sagst, was du meinst.«

»Dann bist du ja ein richtiger Hellseher – herzlichen Glückwunsch!«

»Ich lese Lust und Verlangen in deinen Augen.«

Carol lachte laut auf, doch es klang unecht in ihren Ohren. »Du spinnst ja! Ich empfinde einfach nichts für dich. Akzeptiere das endlich!«

»Ach, wirklich?! Na dann dürfte dich das hier ja total kalt lassen.« Er drehte sie zu sich und presste seine Lippen auf ihre. Gierig drang seine Zunge in ihren Mund.

Carol versuchte, sich von ihm zu lösen und unterdrückte Laute entkamen ihr. Doch Stanley hielt sie eisern fest und war nicht von seinem Vorhaben abzubringen. Carol zappelte, wandte all ihre Kraft auf und stieß ihn weg. Dann schlug sie ihm ins Gesicht. Für eine Sekunde wirkte er erschrocken. Doch seine Augen durchbohrten die ihren und zeigten die pure Lust. »Kleines Biest«, zischte er und zog sie mit einem Ruck an seinen Körper. Sie spürte seine Erektion, und Hitze schoss durch ihren Unterleib. Seine Lippen bestürmten die ihren und seine Zunge stieß tief in ihren Mund. So sehr Carols Verstand sich auch dagegen wehrte, ihre Sinne waren geweckt und die Lust unstillbar groß. Ohne Nachzudenken presste sie sich nun an ihn, erwiderte stürmisch seine Küsse, vergrub die Hände wühlend in seinen Haaren. Ihre Münder ließen nur von einander ab, um nach Luft zu schnappen. Er nahm Carol den Schlüssel aus der Hand, schloss die Tür auf, während er sie weiterküsste.

Kaum im Inneren, stieß er die Tür mit einem Tritt zu, ließ seinen Blick kurz durch den Raum schweifen, fand das Sofa und drückte Carol darauf nieder. Wie zwei Wilde rissen sie sich die Klamotten von den Leibern und fielen wieder übereinander her. Stanley bedeckte ihren Körper mit Küssen und leckte ihre Brüste, ihren Hals und schob seine Zunge in ihren Mund.

Carol bäumte sich unter seinen stürmischen Liebkosungen auf und präsentierte ihre volle Weiblichkeit. Sie spürte, wie seine Finger in ihre heiße Spalte eindrangen und sie heftig massierten. Sofort jaulte Carol auf und drängte sich seinen Fingern entgegen, wühlte in seinen Haaren, zog seinen breiten

Oberkörper dicht zu sich heran, krallte sich in seine Arme und keuchte an seinen Hals. Wie von Sinnen, zog sie seinen schweren Körper auf ihren, wobei Stanley sofort verstand, denn er nahm seine Finger aus ihr heraus und schob stattdessen seinen harten, großen Schwanz in sie.

Carol schrie vor Entzücken und Lust auf und stieß ihm ihr Becken entgegen, wobei er sein gesamtes Gewicht auf sie legte und sie damit auf die Matratze drückte. So war Carol bewegungsunfähig.

Verwundert blickte sie ihn an. »Was tust du?«

»*Ich* gebe hier den Ton an«, sagte er scharf lüstern.

Damit bewegte er sein Becken vor und zurück. Carol spürte, wie die ganze Härte sich in ihr bewegte und ihr die größten Wonnen der Lust verschaffte. »Oh Gott, Stanley …«, stöhnte sie.

Wieder und wieder stieß er in sie und keuchte selber nach einigen Minuten. Kurz hielt er an, um zu verschnaufen. »Ich halte so leider nicht mehr lange durch«, flüsterte er.

»Das brauchst du auch nicht. Gib mir alles, Baby!«

Das ließ er sich nicht zweimal sagen und legte los. Mit schnellen, heftigen Bewegungen stieß er, ohne Rücksicht zu nehmen, in sie rein und biss die Zähne zusammen, als er kam. Carol sah die Welle der Ekstase immer näher kommen, konnte sie förmlich greifen und spürte, wie sie von ihr überrollt wurde.

»Stanley!«, rief Carol und nahm wahr, wie ihr Becken sich mit dem in ihr steckenden Schwanz aufbäumte, um ihn noch tiefer in sich aufzunehmen. Ihre Möse zuckte wild.

***

Arm in Arm lagen beide in eine Decke gehüllt auf Carols Bett und genossen den Ausklang. Carol hatte inzwischen einen Kaffee gekocht und Stanley den Kamin angefeuert.

»Und, was soll nun aus uns werden?«, fragte Stanley und

streichelte mit dem Fuß unter der Decke den ihren.

»Wie wäre es mit einer nie enden wollenden Affäre?«, bot Carol an.

Stanley nickte. »Hm, sehr gute Idee.«

Undercover No. 3: Gefesselt!

Was bisher geschah:

Terry McNeill begann ihre Karriere beim englischen Geheimdienst MI5, wo sie einige Jahre als Undercover-Agentin arbeitete. Durch einen Wohnortwechsel verschlug es sie vor einem Jahr in die USA. Wegen ihrer guten Qualifikationen schaffte sie es, als Undercover-Agentin beim FBI in Los Angeles Fuß zu fassen.

Bei einem großangelegten Waffenhandel (siehe: »Ich will dich noch mehr«) konnte sie undercover zur Verhaftung des Schmugglerrings beitragen. Ein paar Wochen später war es ihr unter vollem Körpereinsatz möglich, die Geiselnahme auf einem Luxusliner (siehe: »Ich will dich ganz«) zu beenden. Dabei lernte sie den FBI-Agenten Lewis kennen, der undercover bei den Gangstern eingeschleust war.

Seit der Kreuzfahrt sind Terry und Lewis ein Paar.

***

»Hi, Gordon.«

Gordon blickte zu der Stimme hoch, die durch die laute Musik dröhnte. Er schluckte und fragte unsicher: »Wer sind Sie?«

»Ich bin Stella«, hauchte Terry ihm ins Ohr.

Er wich skeptisch vor ihr zurück und musterte sie.

Terry hatte sich heute besonders in Schale geworfen. Unter

ihrem kurzen, schwarzen Sommerkleid trug sie rote Spitzenwäsche, dazu schwarze halterlose Strümpfe und passende, hohe Stiefel. Einen davon stellte sie auf das dunkelrote Rund-Sofa, auf dem er mit zwei weiteren Männern saß. Die Männer stießen sich an und grinsten breit.

»Was wollen Sie?«, schnaubte er.

»Du bist mir aufgefallen«, sagte Terry.

»Und woher kennen Sie meinen Namen?«

»Von Rusty.«

Gordon blickte sofort zu einem der Männer auf dem Sofa. Rusty zuckte zurück und zeigte verwundert auf sich, dazu zog er unschuldig die Augenbrauen hoch.

Der dritte Mann lachte: »Du müsstest dich mal sehen, Alter.« Er lachte wieder und fügte hinzu: »Los, gib es zu, Rusty, du hast es der Kleinen schon einmal besorgt.«

Rusty blickte noch immer unschuldig und schien zu überlegen. Der dritte Mann blickte zu Terry. Diese nickte mit großen Augen. »So ist es, Rusty. Du bist derjenige, der gesagt hat, Gordon sei lange nicht so gut im Bett wie du. Du seist die Granate und Gordon ist nur ein Rohrkrepierer!«

Der dritte im Bunde lachte laut.

»Halt's Maul, Leon!«, bellte Gordon, wobei sich sein Blick wütend auf Rusty richtete. »Du hast sie ja nicht mehr alle, solche Lügengeschichten zu erzählen! Woher willst du überhaupt wissen, wie ich meine Miezen vögel'?!«

»Das hab ich bestimmt nie gesagt! Wirklich Gordon! Dieses Weib kenne ich ja gar nicht. Glaubst du dieser Frau eher als mir?«

Gordon blickte mit zusammengezogenen Brauen zu Terry und verschränkte die Arme. Das hatte was! Von diesem Mann würde sie wirklich gerne mal ausgepackt werden und dann eine geile, heiße Nacht verbringen.

»Ach, Baby, komm! Wir haben es getrieben wie die Karnickel!«, versuchte Terry Rustys Gedächtnis auf die Sprünge zu helfen. »Du hast mir drei Mal die Muschi geleckt, konntest gar nicht genug bekommen. Du hast gesagt, ich schmecke wie Marzipan. Dann habe ich dir deinen Schwanz geblasen und deinen Saft geschluckt. Wir haben es die ganze Nacht getrieben, bis wir vor Erschöpfung eingeschlafen sind.«

Rusty schüttelte den Kopf. »Das kann nicht sein. Sie spinnt! Ich habe eine Frau, bin seit drei Jahren verheiratet.«

»Brenda, ja ich weiß, du hast mir von ihr erzählt. Aber ihr seid nicht glücklich. Sie geht dir zu oft ins Fitness-Studio. Und als sie dich mit einer anderen Frau in eurem Ehebett erwischt hat, warf sie dich raus. Deswegen haben wir es im Hotel getrieben.«

Die anderen Männer blickten Rusty an. Er schüttelte ungläubig den Kopf. »Das kann doch jeder von meiner Frau erfahren!«

»Süßer! Ich weiß, dass du eine Narbe am Penis hast. Es war von deiner ersten Liebe. Sie hatte hübsche, lange Fingernägel, die dir zum Verhängnis wurden …«

Rusty sprang auf. »Jetzt reicht's!«, brüllte er.

Terry blickte ihn mitleidig an: »Tut mir leid, Rusty, dass ich so etwas Intimes ausgeplaudert habe, aber ich hatte das Gefühl, du würdest dich nicht mehr an unsere Liebesnacht erinnern.«

Er schüttelte noch immer ungläubig den Kopf.

Terry sagte: »Denk noch mal in Ruhe darüber nach. Sollte es dir nicht gefallen haben? Ist nicht schlimm. Ich möchte es diesmal ja mit deinem Freund treiben. Sozusagen testen, ob er wirklich nur der Rohrkrepierer ist.« Terry beobachtete, wie es sich in Gordons Hose beulte. Hätte sie die von Leon erblicken können, sähe es dort mit Sicherheit nicht anders aus.

Gordon streckte seine Hand aus und fuhr langsam am Bein von Terry hinauf, das noch immer provokativ auf dem Sofa stand.

»Das ist mir zu albern!«, bellte Rusty und ging.

»Hey, Rusty, komm, bleib hier, gerade wo es spannend wird«, sagte Leon und fügte hinzu: »Du bist doch nur sauer, weil du heute nicht dran bist.«

»Und, wie hast du dir das vorgestellt, Stella«, fragte Gordon, als seine Hand ihrer Rand der halterlosen Strümpfe erreichte.

Sie zuckte die Schultern und schlug vor. »Wo es dir am liebsten ist. Hier, im Auto, in deinem Liebesnest. Mir ist es egal, wo du mir zeigst, ob du nur ein Rohrkrepierer oder doch die Granate bist.«

Gordon legte den Kopf schief. »So, du bist also nur auf meine Granate scharf.« Er lachte kurz auf. »Leon, du kannst dich meinetwegen vom Acker machen. So eine Braut bekommt man nicht alle Tage zu sehen und zu probieren, besonders so eine, die auch noch Humor hat.«

»Gordon, tu mir den Gefallen und treibt es hier, dann hab ich auch meinen Spaß.«

»Nein, nein, kommt nicht in Frage. Ich präsentiere meinen Schwanz doch nicht der Öffentlichkeit. Wir machen es in ›unserem‹ Zuhause. Dann könnt ihr, du und Rusty, hören, wie gut es uns geht.« Gordon lächelte zufrieden. Inzwischen hatte er Terrys Höschen erreicht. Er schob seine Finger darunter und glitt durch die Schamlippen. Terrys Seufzer wurde von der Musik verschluckt.

»Ja, so machen wir es«, sagte er zufrieden und stand auf. »Wollen doch mal sehen, wer hier die Granate ist!«

***

Die Fahrt führte aus der Stadt hinaus, womit Terry nicht gerechnet hatte.

Da sie erst seit einem Jahr für das FBI in Los Angeles arbeitete, wollte sie gute Arbeit abliefern und versuchte, so exakt wie möglich zu recherchieren. Seit mehreren Monaten beobachtete sie nun die drei Männer und redete mit deren Ex-Freundinnen und Kumpeln.

Die drei Männer verfügten über geheime, militärische Dokumente, die sie ans Ausland verkaufen wollten. Es handelte sich hierbei um die Baupläne von neuen militärischen Waffen. Terry musste unbedingt an diese Pläne gelangen, die, sollten sie ins Ausland geraten, jede Menge Schaden anrichten konnten. Terry würde alles versuchen, sogar unter Einsatz ihres nackten Körpers.

Dass sie mit Rusty noch nicht im Bett war, stimmte. Rusty hatte sie noch nie in seinem Leben gesehen. Die »Wer-hat-den-Längsten«-Nummer ist eine verlässliche Eintrittskarte in ein Bett, in das man gerne rein möchte.

Was nun kam, war für Terry Neuland. Sie hatte beim FBI nicht Bescheid gegeben, was sie vorhatte. Der Fall war natürlich äußerst bekannt und auch prekär. Von mehreren Seiten versuchte das FBI, sich heranzupirschen und die schnellste und beste Lösung zu finden. Hätte Terry ihr Vorhaben den Kollegen mitgeteilt, hätte man ihr mit Sicherheit dazwischengefunkt, was bedeutete, entweder ihr das Vorhaben auszureden oder einen anderen Kollegen damit zu betrauen. Womöglich noch einen *Mann,* und ihr damit zu suggerieren, dass Männer die besseren Detectives waren.

Nein, sie wollte dieses Ding alleine durchziehen, und bisher lief es gar nicht so schlecht. Gordon hatte den Köder geschluckt und wollte sie, Terry, haben. Mit Glück führte Gordon sie auf direktem Weg zu den geheimen Plänen, und wenn Terry dafür ein wenig nacktes Fleisch zeigen sollte und sich ein harter Schwanz in ihre Muschi bohrte, dann war das eher ein wünschenswerter Nebeneffekt! Und außerdem tat sie es für die Regierung!

Die Vorstellung, von Gordon gevögelt zu werden, jagte ihr heiß-kalte Schauer über den Rücken und ließ ihre Muschi feucht werden. Gordon war ein sehr attraktiver, hübscher Kerl, der aus der Nähe noch umwerfender aussah, als auf den Fotos. Seine Ausstrahlung konnte einen aus der Fassung bringen.

Trotzdem versuchte Terry, sich auf den Weg zu konzentrieren. Es war wichtig, dass sie in etwa wusste, wo sich das Zielobjekt der Männer befand.

Musik lief. Irgendein Country-Sender. Die Stimmung im Wagen war zwiespältig: Rusty, der genervt war und schmollte, weil keiner ihm Glauben schenkte. Leon, der gut gelaunt neben Terry saß und ihr vermehrt längere Seitenblicke zuwarf, wahrscheinlich mit viel Hoffnung, auch in den Genuss ihres nackten Körpers zu kommen und Gordon, der geduldig den Wagen fuhr, in Erwartung auf einen guten Fick mit einer Puppe, die ihn anmachte. Zu guter Letzt Terry, die alle an der Nase herumführte und etwas nervös war.

Die letzte Straßenlaterne schwebte an ihnen vorbei, dann wurden sie von Dunkelheit umgeben. Gordon pfiff zum Country-Song und führte den Wagen sicher durch das nächtliche Schwarz. Terry machte sich ein paar Sorgen: Wie sollte sie jemals hier draußen gefunden werden? Sie versuchte, ruhig zu bleiben und sich nicht von solchen Details verrückt machen zu lassen. Ihre Gedanken kreisten um die Situation. Warum hatte Gordon sie nicht einfach geschnappt und war mit ihr ins nächstbeste Hotel gefahren? Terry vermutete, dass er die Dokumente bei sich trug. Das hätte ihr die Sache enorm vereinfacht. Nun waren auch noch seine beiden Spürhunde dabei, die mit Sicherheit nicht gleich schlafen, sondern auf jedes Stöhnen und Keuchen lauschen würden. Mist! Vielleicht war ihre Idee doch nicht so schlau gewesen …

»So, wir sind da«, unterbrach Gordon ihre Gedanken und stoppte den Wagen. »Hat ein bisschen gedauert, dafür können wir hier wild und hemmungslos sein.«

Terry blickte stumm zum Haus, das vom Auto aus kaum zu erkennen war, so sehr hatte die Dunkelheit es umfangen.

»Du hast doch keine Angst, Stella?«

»Nicht, wenn du mich beschützt«, zwitscherte Terry.

»Hey, Süße, wir werden dich alle beschützen!«, mischte Leon sich ein.

Rusty grunzte und stieg aus. Laut knallte er die Tür. Die anderen beiden Männer lachten und Leon strich Terry sanft übers Bein nach unten. Schnell stieg Terry aus, wollte sie doch verhindern, dass er irgendeine Dummheit beging, die soweit führte, dass er in ihren Stiefel glitt und ihren Revolver fand. Sie folgte Gordon zum Eingang eines Landhauses, soweit Terry das im Dunkeln ausmachen konnte.

Sie stiegen die Verandatreppe hinauf. Gordon schloss auf – er war eben der Boss. Terry spürte, wie Leon sich von hinten an sie presste und ihr mit einer Hand unter den Rock fuhr. Dort knetete er ihre Pobacken und glitt mit einem Finger in die Ritze. Terry drehte sich um und schubste ihn mit den Worten: »Lass deine dreckigen Pfoten da, wo sie hingehören«, zur Seite. Fast wäre er die Verandatreppe hinuntergestürzt.

»Noch ein Mal und ich setze dich in zwanzig Kilometern Entfernung aus!«, sagte Gordon bedrohlich ruhig.

Leon nickte kurz und verschwand mit mürrisch genuschelten Worten, die Terry nicht verstand.

»Komm, meine Süße, hier entlang.« Gordon legte einen

Arm um ihre Schultern und führte sie in einen Raum, der von einem langen Gang abzweigte. Das Zimmer war groß und das Licht schummrig. Gordon warf erst die Tür zu, dann die Jacke auf den Tisch. Terry starrte fasziniert auf sein Kleidungsstück; erhoffte sie sich doch, darin fündig zu werden.

»Hey, Süße, ich bin deine Musik!«, sagte Gordon.

Innerlich erschrak sie. So ein dummer Fehler durfte ihr nicht noch einmal unterlaufen! Sie blickte zu ihm hinüber und beobachtete, wie er Hemd und T-Shirt auszog und achtlos auf den Boden fallen ließ. Sein Oberköper war muskulös und die typisch männlich schwarze Haarlinie, die unterhalb des Bauchnabels begann, verschwand in einem schwarzen Slip, der aus seiner Jeans herausragte. Seine Jeans, das bemerkte Terry erst jetzt, lag eng um seine kräftigen Oberschenkel. Dazwischen beulte sich die Hose verdächtig. Selbst wenn Terry diese ganze Geschichte mit den drei Männern rein geschäftlich betrachtete, so sprang ihr Körper auf Gordon an. Sie wollte ihn und hätte nie für möglich gehalten, dass er sie hätte haben wollen und mit ihrem einfachen Trick sofort auf sie angesprungen wäre! Fasziniert ging sie einen Schritt auf ihn zu. Selbstsicher erwartete er sie und lächelte sanft.

Als sie vor ihm stand, flüsterte er: »Los, zieh dich aus.«

Mit zitternden Händen öffnete Terry Knopf für Knopf von ihrem Kleid.

»Das ist doch bei diesem Teil gar nicht nötig«, raunte er und zog ihr ungeduldig das Kleid von den Schultern.

Terry bekam Herzklopfen, als sie sah, wie er ihren Körper studierte. Ganz leicht wiegte sie ihren Körper nach vorne und näherte sich seinem Gesicht. Doch er wich ihr aus und ging stattdessen um sie herum. Dabei fuhr eine Hand über ihren Körper und schließlich umfassten beide Hände von hinten ihre Brüste. Erst strich er nur über den Stoff, dann schoben sich seine Hände unter den roten BH und glitten von der Unterseite über das Gewebe. Sogleich ließ er wieder vom BH ab, ohne ihre Brüste gestreichelt oder ihre steifen Nippel gedrückt zu haben.

Verwundert wollte Terry sich zu ihm umdrehen, als sie auch schon seine Hände in ihrem Slip fühlte und unter seinen suchenden Fingern dahinschmolz. Zwar strichen seine Hände über ihren rasierten, weichen Hügel, doch mit nur wenig Interesse. Diesmal blickte sie sich zu ihm um und fragte leise: »Ist irgendwas?«

»Nein, warum fragst du?«

»Weil ich das Gefühl habe, du bist nicht voll bei der Sache, oder du hast das Spiel noch nicht ganz verstanden.«

»Ich wollte mich erst versichern, dass *du* das Spiel verstanden hast und ein richtiges spielst.« Damit zog er ihr die Handgelenke auf den Rücken und hielt sie mit starkem Griff fest. Noch immer stand er hinter ihr.

Terrys Herz hörte für einen Schlag auf zu arbeiten. Hatte er sie schon jetzt enttarnt? Mit Wucht kam der Herzschlag zurück und hämmerte in ihrem Körper. Mit viel Mühe versuchte Terry ihre Maskerade beizubehalten und raunte: »Süßer, was meinst du denn damit? Das Spiel, was die starken Männer mit den schwachen Frauen gerne spielen? Doch, das kenne ich.« Mit diesen Worten beugte sie sich zurück und leckte über seinen Hals, dann saugte sie sich sanft an ihm fest und suchte seinen Mund. Für einen kurzen Moment hatte sie ihn, denn er beugte sich so dicht zu ihr, dass ihre Lippen sich fast trafen, dann zuckte er zurück und stieß sie barsch von sich.

»Los, zieh dich ganz aus!«, bellte er.

»Süßer, was ist los mit dir?«

»Halt die Klappe! Ich traue dir und deiner Unschuldsmiene kein Stück. Los, Stiefel aus!«

»Was ist denn in dich gefahren?«

»Ich bin ein wichtiger Mann, ich muss mich einfach nach allen Seiten absichern, dass mir niemand in einer wollüstigen Minute die Birne wegpustet. Los, zieh die Stiefel aus!«

Terrys Herz raste zum Zerspringen. Was sollte sie tun? Ihre Stiefel ausziehen und ihm ihren Revolver unter die Nase halten mit den Worten: *Ups, das hab' ich gar nicht gewusst – wo kommt der denn plötzlich her?*?

»Los, mach schon, oder soll ich ewig warten?«

Terrys Hände zitterten, als sie sich den BH aufhakte und ihn sich über die Schultern streifte. Gänsehaut überzog ihren gebräunten Körper. Sie spürte seinen Blick. Langsam schob sie ihre Daumen unter den Seitenriemen ihres roten Strings und drückte ihn über die Stiefel hinunter. Beim Wegwerfen mit einem Fuß öffnete sie kurz ihre Beine dafür.

Als Terry zu Gordon blickte, las sie Gier und pure Wollust in seinen Augen. »Komm her«, zischte er.

Terry folgte seinen Anweisungen. Dicht stand sie mit leicht gespreizten Beinen vor ihm. Seine Brust hob und senkte sich stark. Seine Finger glitten zwischen ihre Beine durch die Spalte. Terry seufzte und blickte ihm in die Augen, dabei öffnete sie ihren Mund und spürte, wie er einen Finger tief in ihre Möse schob. Gordon beobachtete sie genau, als Terry stöhnte und sich unter seinem Finger wand. Sofort griff ihre Hand nach seinem harten Schwanz, der noch vom Jeansstoff zurückgehalten wurde.

»Oh, geiles Stück«, stieß Gordon unter zusammengepressten Zähnen hervor. Dieser Satz gab Terry Mut und sie zog mit einem Ruck seine Knopfleiste auf. Schnell schob sie Jeans und Slip nach unten und ließ seinen prächtigen Schwanz in die Freiheit. Terry zögerte keine Sekunde, ihn in den Mund zu nehmen. Ihre Zunge schlang sich um sein weiches, heißes Glied und umrundete es. Mit geschlossenen Augen saugte Terry an seinem Schaft und zog ihn schließlich aus dem Mund, um ihn sich sofort wieder reinzuschieben. Sie wurde schneller. Gordon stöhnte und hielt ihr den Kopf.

Plötzlich zog er sich aus ihr zurück und stand keuchend vor ihr. »Bis dahin erst mal. Nicht alles auf einmal. Komm.« Er reichte ihr die Hand und nahm sie mit in Richtung Bett. Terry stellte enttäuscht fest, dass es sich nur um eine Matratze auf dem Boden handelte. Fast kam sich ihr hübscher Hintern zu schade für diese Liebeswiese vor. Doch sie legte sich lang und sagte sich, dass es nur seinem Zweck in Form ihres Auftrages diene.

»Ich mag das«, sagte Gordon und glitt mit der Hand über Terrys Stiefel und dann weiter über ihre halterlosen Strümpfe. »Das macht mich wirklich an!«

»Wolltest du nicht überprüfen, ob ich dir Böses will?«, fragte Terry und verfluchte sich sofort im Stillen für diese geistesarme Bemerkung. *Nur keine schlafenden Hunde wecken*, dachte sie. Mit klopfendem Herzen erwartete sie seine Antwort.

»Wenn du etwas zu verbergen hättest, dann würdest du so einen Satz nicht sagen.«

Terry bekreuzigte sich im Stillen.

»Zieh die Beine an«, hauchte er.

Sie tat es und spürte, wie er sich auf sie zog. Sein Mund nahm eine ihrer Brustwarzen auf und spielte sie hart. Dann widmete er sich der anderen und tauchte zeitgleich zwei seiner Finger in ihre Möse. Mit schnellen Bewegungen stieß er in ihre nasse Grotte. Terry atmete stoßweise und stöhnte ihre

Lust heraus. Mit solch einem schnellen Angriff hatte sie nicht gerechnet. Sie reckte ihm ihr Becken noch mehr entgegen und bedeutete ihm, wie geil sie seine Fingerspiele fand. Sein kleiner Finger glitt nach hinten und suchte zwischen ihren Pobacken das kleine Loch.

»Nein! Bitte nicht!«, sagte Terry ernst.

»Vertrau mir, es tut nicht weh, es ist geil!«

»Nein, das will ich aber nicht. Bitte, Gordon!«

Gordon ließ seine rechte Hand, wo sie war, griff Terry mit der linken in den Nacken und zog ihren Kopf zu sich heran. Dann küsste er sie mit einem tiefen Zungenkuss. Seine Zunge versenkte sich in ihr und sie fühlte sich willenlos und unterwürfig. Während er sie fast verschlang, tauchte sein kleiner Finger nun in ihr enges Loch. Terrys Wangen färbten sich feuerrot, als eine Welle der Erregung durch ihren Körper flutete. Sie schnappte nach Luft und spürte, wie sie noch nasser wurde. Gordon zog alle Finger aus ihr heraus, löste den Griff im Nacken und rutschte so weit hoch, dass er mühelos in ihre nasse Spalte tauchen konnte. Sein Schwanz war dick, prall und geil. Sofort stieß er hart in sie und ließ sein Becken auf ihres fallen. Terry warf ihm ihren Unterleib entgegen. Sie war so angeturnt von seinen Fingerspielen, dass sie zum erlösenden Höhepunkt kommen wollte. Sein Schwanz sollte sie komplett ausfüllen und sie hart aufspießen, ihre Möse so stark reiben und malträtieren, dass sie nur noch von der Wollust mitgerissen wurde. Er tat es und sie stöhnte und wimmerte vor Geilheit. Gordon zog das Tempo noch mehr an und beide verfielen in einen fiebrigen Wahn, bei dem nur noch die Sinneslust und der Rausch in ihren Körpern zählten. Terry kam mit solcher Wucht, dass sie aufschrie und ihm in die Schulter biss. Gordon jaulte auf von dem Schmerz, aber auch von seiner eigenen lustvollen Befreiung. Er pumpte noch ein paar Mal nach, ehe er auf ihr zusammensackte. Schwer atmend lagen beide schweigend in der stillen Dunkelheit und warteten, dass der Orgasmus abklang und ihr Atem sich normalisierte.

Bevor Gordon auf ihr einschlief, schob sie ihn von sich herunter. »Was ist?«, fragte er schlaftrunken.

»Du bist so schwer«, sagte sie verlegen.

Er schob sich mit einem Grunzen zur Seite und schlief augenblicklich ein. Terry blickte sofort zum Tisch, wo seine Jacke lag und ihr Herzschlag beschleunigte sich. Sollte sie sofort nach den Unterlagen suchen? Aber jetzt, wo Gordon schlief, hatte es keine Eile, sagte sich Terry. Ein paar Minuten konnte sie noch das wunderbare Erlebnis ausklingen lassen.

***

Mit einem Ruck erwachte Terry von einem Geräusch. Sie versuchte augenblicklich, einen klaren Kopf zu bekommen und zu orten, wo sie war. Auf dem Boden stand eine kleine Lampe und erhellte nur spärlich das Zimmer. Eine Sekunde später wusste sie wieder alles. Ihr Blick glitt hinüber zu Gordon. Er war nicht da. Sofort sprang Terry auf und lief zum Tisch, wo sie vor dem Einschlafen noch seine Jacke gesehen hatte, doch sie war verschwunden. Das Geräusch verstummte. Mit schnellem Blick suchte Terry das Zimmer ab, ohne fündig zu werden. »So ein Mist!«, fluchte sie.

»Na, Süße, alles okay?«, fragte Gordon, als er in diesem Augenblick das Zimmer betrat.

»Wo warst du?«, fragte Terry.

»Warum?«

»Ich war einsam.«

»Ach, Süße, komm. So schlimm kann's nicht gewesen sein. Und schon gar nicht nach einer so geilen Nummer wie vorhin.«

Er kam zu ihr und küsste sie auf den Mund.

»Wo warst du denn?«, wollte Terry noch immer wissen.

»Hey, was wird das – ein Verhör?«

Terrys Herz machte einen Satz und sie schüttelte den Kopf.

»Ich war auf der Toilette, wenn's recht ist.«

»Ja klar, kein Problem. Kann ich auch?«

»Sicher. Gleich hier schräg gegenüber im Gang.«

»Okay.«

»Warte!«

Langsam drehte Terry sich um.

»Du solltest dir etwas überziehen.« Er grinste breit.

Terry blickte an sich hinunter. Sie trug nichts außer ihren halterlosen Strümpfen und den Stiefeln. »Hast recht.« Sie zog sich ihr schwarzes Kleid über und ging los, nicht, ehe Gordon durch den Stoff an ihren Brustwarzen gezwirbelt hatte. Mit einem Klaps auf den Po entließ er sie.

Terry hielt die Augen offen nach der Lederjacke. Wo hatte er sie hingelegt? Sie drehte sich um und schloss seine Zimmertür. Dann ging sie ins erste Zimmer auf dieser Seite des Ganges. Terry machte Licht. Hier schnarchte Leon, wie sie an seinen Schuhen und Klamotten, die kreuz und quer im Zimmer lagen, ausmachen konnte. Schnell blickte sie sich im Zimmer um und löschte enttäuscht das Licht, weil sie so erfolglos war. Sogleich nahm sie sich das nächste ihm gegenüberliegende Zimmer vor. Hier schlief wohl Rusty. Mutig machte sie Licht.

»Hey, was soll das?«, herrschte er sie schlaftrunken an.

»Sorry, hab mich in der Tür geirrt«, flüsterte Terry und blickte sich schnell im Zimmer um.

»Dann mach endlich das Licht aus, verdammt. So kann ich nicht pennen!«

Auch hier war nichts von Gordons Jacke zu sehen. Die Toilette grenzte an Leons Zimmer. Daneben befand sich noch eine Tür. Terry schlich hinein. Es war ein Arbeitszimmer. Der Raum war klein und entsprechend vollgestellt mit Regalen, auf denen sich Bücher, Ordner, Mappen und viele Schriftstücke befanden. Außerdem gab es einen Schreibtisch mit Laptop, Aktenvernichter, Drucker und Scanner. Vorsichtig stieg Terry über das Zettel-Chaos auf dem Boden und betrachtete den Schreibtisch. Ihr Blick blieb beim Aktenvernichter hängen. Papier hing dort fest. Darunter befand sich ein simpler Plastik-eimer, in dem sich das gehäckselte Papier türmte. Terrys Blick wanderte wieder zum Schreibtisch und Laptop. Sie horchte auf. Ihr Herz schien stillzustehen. War da eine Tür gegangen? Angespannt lauschte sie. Doch es war ruhig. Mit klopfendem Herzen suchte Terry weiter. Wo waren bloß die verdammten Unterlagen?

»Sieht das etwa wie eine Toilette aus?«, fragte Gordon bedrohlich ruhig.

Terrys Herz machte einen Satz. »Nein, nein«, stammelte sie.

»Aha, und was machst du dann hier?«

»Ich möchte mir auch ein ›Lap-Book‹ kaufen und dieses sieht toll aus. So eins will ich auch haben.«

Mit zusammengekniffenen Augen blickte Gordon sie prüfend an. »Und den Schwachsinn soll ich dir glauben?«

»Ich wollte schon immer ein ›Lap-Book‹.« Terry bemerkte erst jetzt, dass sie mit dem »Lap-Book« tatsächlich Unsinn redete und biss sich auf die Lippen.

Gordon fing an zu lachen. »Komm her, Süße, du weißt nicht, wovon du redest. Das ist kein ›Lap-Book‹, sondern ein Notebook. Auch Laptop genannt.« Er lachte wieder und nahm sie bei der Hand. Erleichtert ließ sich Terry mitziehen. Gordon schob sie durch die richtige Tür und wünschte sie schnellstmöglich zurück.

Auf der Toilette, die keinen Klodeckel besaß, ließ Terry sich nieder und rieb sich die Augen. Was sollte sie tun? Sollte sie ihren Freund Lewis anrufen, den Einsatzleiter der FBI-Mover? Er war zur Stelle, wenn schnelle Hilfe gebraucht wurde. Doch was sollte sie ihm erzählen? Dass sie sich gerade kräftig von dem Kopf der Dreierbande hatte durchvögeln lassen und sie nicht wusste, wo sich die Unterlagen befanden? Sie war sich ja noch nicht einmal sicher, ob Gordon die Geheimdokumente überhaupt bei sich getragen hatte. Eigentlich wusste sie nichts, nur dass Gordon einen verdammt geilen Schwanz hatte.

Und wie sollte sie in diesem Haus weitersuchen, wenn Gordon jetzt auf sie aufmerksam geworden war? Es war so aussichtslos wie ein Kinoabend mit dem Präsidenten! Wenn Joseph Crowley, der FBI-Leiter, herausbekam, dass sie dem FBI den ganzen Fall vermasselte, dann würde er sie entweder hochkant hinausschmeißen oder standrechtlich erschießen.

»Alles okay bei dir?«, hörte sie Gordon durch die Tür.

»Ja, ja. Ich komme gleich.«

»Ich dachte, ich frag mal, weil es so lange dauert.«

»Es ist alles in Ordnung. Frauen brauchen immer mehr Zeit als nötig.«

»Na schön.«

Von Terrys Bauchgefühl her, war der einzig sinnvolle Ort, die Unterlagen zu finden, im Arbeitszimmer.

Trotzdem wollte sie Lewis Bescheid geben, dass Terry sich in nördlicher Richtung außerhalb von LA in einem Landhaus befand. Schnell zog sie ihr Handy aus dem linken Stiefel und tippte eine Nachricht an Lewis. Doch sie stellte fest, dass sie kein Netz hatte. Dann kam der Empfang wieder und kurz darauf verschwand er erneut. Terry hielt das Handy in verschiedene Richtungen.

»Stella!«, donnerte Gordon. »Was zum Teufel machst du so lange da drin?!«

»Ich … ich muss mir wohl den Magen verdorben haben.«

»Unsinn! Ich komme jetzt rein!«

»Nein, bitte nicht. Warte noch einen Moment!«

Sie hörte seine sich nähernden Schritte. Mit einem lauten Krachen trat er die Toilettentür ein. Sein Blick schoss auf das Handy und verfinsterte sich. »Wem hast du geschrieben?! Gib es her!«

»Nein, das ist meine Privatsache!«

Er zögerte nicht, danach zu greifen. Es gab ein Gerangel. Plötzlich stieß Terry einen kleinen Schrei aus und ihr Handy fiel in die offene Toilette. Sofort tauchte Gordons Hand ins Wasser und riss das Handy nach oben. Sein Blick heftete sich auf das Display. Langsam und bedrohlich guckte er hoch. Terrys Herz hämmerte. Hatte er die SMS noch lesen können?

»An wen ging die Nachricht?«, fragte er gedehnt.

»An eine Freundin.«

»Was hast du ihr geschrieben?«

Mit Erleichterung, dass er anscheinend nichts hatte lesen können, erklärte sie: »Ich habe ihr gesagt, wie …«

»Na? Was!« Gordon kam einen Schritt auf sie zu.

»Ich sagte ihr, wie geil du im Bett warst!«

»Und das soll ich dir glauben?«

»Was soll ich wohl sonst geschrieben haben?«, schrie Terry jetzt. »Willst du noch Details hören, wie verdammt gut du warst und wie kirre du mich gemacht hast?!«

Fünf lange Sekunden starrte er sie an. Dann stieß er Luft durch die Nase aus und schüttelte den Kopf. »Das gibt es doch gar nicht! Wie soll ich dir das glauben?«

»Was denkst du denn eigentlich von mir?! Ich glaube, du leidest unter Verfolgungswahn.«

Er dachte darüber nach und kratzte sich am Kopf. »Vielleicht tue ich das …«

»Mein schönes Handy«, seufzte Terry und streckte die Hand danach aus. Er reichte es ihr und zog sie ran, um ihr einen Zungenkuss zu geben.

»Komm, Süße, unser Bett ist kalt geworden. Ich will dich noch mal spüren.« Er nahm ihre Hand und zog sie hinter sich her. Auf dem Weg ins Zimmer sagte er, dass es ihm leid täte, dass er ihr Handy versenkt hätte. Dabei lachte er leise. Terry war einerseits froh, dass sein Misstrauen geschwunden war, denn nichts wäre schlimmer gewesen, als dass er ihr nicht mehr traute und dann hätte sie verdammt schlechte Karten! Aber andererseits wusste nun niemand, wo sie sich aufhielt. Außerdem verstimmte sie der Umstand, dass Lewis nicht Bescheid wusste, dass sie sich selbst undercover eingeschleust hatte und vielleicht Gefahr für sie bestand.

Nachdem Gordon ein weiteres Mal über Terry hergefallen war, und sie das Spiel mitgespielt hatte, schlief sie ein.

***

Mit einem Ruck erwachte Terry. Sie schalt sich im Stillen, nicht genug an ihren Job zu denken. Wie konnte es ihr passieren, schon wieder einzuschlafen! Vorsichtig tastete sie nach Gordon. Doch der Platz neben ihr war wieder leer. Sie zog sich das Laken vor die nackten Brüste und machte sich auf den Weg zum Arbeitszimmer. Es war wichtig, die geheimen Dokumente zu finden und das so schnell wie möglich!

Leise schlich sie über den Flur und versuchte, nicht über das Laken zu stolpern. Als sie das Arbeitszimmer erreicht hatte und hineinspähte, entdeckte sie Gordon, wie sein Gesicht von der Helligkeit des Laptops angestrahlt wurde. Lautlos wollte sie sich wieder davonstehlen, als Gordon sie bemerkte und ohne hochzublicken sagte: »Hallo, Stella-Maus, so früh schon unterwegs?«

Mit klopfendem Herzen antwortete sie: »Ich habe dich gesucht.«

»Schon wieder!«

»Du bist ja auch schon wieder nicht da.« Vorsichtig ging sie auf Gordon zu, umrundete ihn und legte ihre Hände auf seine nackten Schultern. Behutsam ließ Terry ihre Handflächen an seiner breiten Brust nach unten gleiten, sodass sie mit ihren Brüsten an seine Schultern stieß. Ihre Augen weiteten sich, als sie bemerkte, dass er unbedachterweise an den geheimen Dokumenten zu Gange war. Er verschob sie in diverse Order und gab ihnen Passwörter.

»Süße, das ist jetzt kein guter Zeitpunkt. Papi muss etwas arbeiten und du solltest deinen hübschen Arsch wieder über den Flur ins Bett tragen. Ich komme gleich zu dir.«

»Es macht mir nichts aus zu warten.«

Er drehte sich abrupt um, sodass Terry Mühe hatte, ihre Arme rechtzeitig zurückzuziehen. »Wenn ich sage, du sollst gehen, dann machst du das gefälligst, verstanden?!«

Terry überlegte, ob sie genug gesehen hatte. Das ein oder andere Passwort wäre schon nicht ganz unwichtig und so versuchte sie, ihn für sich zu gewinnen, um bleiben zu können.

»Wieso treiben wir es nicht einfach hier auf deinem Schreibtisch?«

Er zögerte. Es schien tatsächlich eine Option für ihn zu sein. Dann schüttelte er den Kopf. »Nein, geh jetzt.«

»Schade.« Terry versuchte, einen klaren Gedanken zu fassen. Männer denken gerne mit dem Schwanz, fiel ihr ein. Augenblicklich griff sie ihm zwischen die Beine und rieb ihn. Es zuckte ihn ihrer Hand.

»Stella, bitte, hör auf damit.«

Grob drückte sie seinen Stuhl zur Seite, hockte sich zwischen seine gespreizten Schenkel und biss sanft durch die Boxershorts. Sein Glied zuckte ihr entgegen. Geschickt zog sie es durch den Eingriff und legte ihre Lippen darum.

Gordon entfuhr ein Seufzer und flüsterte: »Du bist wirklich eine ganz schön kleine Schlampe.«

Mit viel Mühe saugte und leckte sie an seinem immer größer werdenden Schaft. Gordon ließ es geschehen und stöhnte genüsslich dazu. Terry machte es Spaß, einen so starken und großen Schwanz im Mund, und vor allem die Macht darüber, zu haben. Sie umfasste seine Oberschenkel von oben und grub ihre Fingernägel in seinen Oberschenkelinnenseiten von unten. Es zuckte in ihrem Mund. Auch wenn Gordon sie dabei nicht berührte, nur lässig, es sich besorgend, die Arme rechts und links hinunterbaumeln ließ, so spürte Terry, dass sie ihm höchste Wonnen der Lust bereitete. Das schnellere Heben und Senken seines nackten Brustkorbs verriet ihr, dass er kurz vorm Kommen war und zog das Tempo an. Schnell stieß sie sich seinen harten, kurz vor dem Bersten befindlichen Schwanz in den Rachen und ließ ihn kommen. Mit einem lauten Aufstöhnen entlud sich sein Samen und schoss in ihren Mund. Ihren Job beherrschend, schluckte sie alles hinunter und leckte sich provokativ die Lippen.

»Hammer! Du bist echt gut!«, stieß er hervor, drehte sich seitlich zu ihr und zog sie hoch. Er legte seinen Kopf an ihren Bauch und umschlang ihren Körper. Es war eine so innige Geste, dass sie sofort an Lewis dachte. Würde er sie hier jemals finden? Ihr Kopf schob sich langsam herum, um auf den Bildschirm blicken zu können. Sie schaffte es und schaute auf die von Gordon neu angelegten Ordner und versuchte, einen

Sinn in die Aufteilung zu bekommen.

»Da ist aber jemand verdammt neugierig!«

Terry erschrak. Gordons Kopf ruckte von ihr weg und blickte, genau wie Terry, zum Flur. Dort stand Rusty und nickte zu Terry. Gordon stand sofort auf und überragte sie. Von dort oben hatte er anscheinend einen besseren Blick, denn dieser bohrte sich in ihre Augen. »Wer bist du?«

»Was? Wie bitte? Wer soll ich wohl sein? Stella.«

Gordons Blick glitt zu Rusty. »Warum bist du hier?«

»Ich hörte, äh, Geräusche …«

»Aha.« Eine Weile studierte er Terrys Gesicht und fragte Rusty: »Was hat sie getan?«

»Angestrengt auf den Bildschirm geblickt.«

»Ich wollte mir den Laptop einfach noch einmal ansehen …«

»Ich glaube dir kein Wort! Komm, Rusty, wir bringen sie in den Abstellraum, bis wir Näheres über sie herausgefunden haben.«

»Gordon, bitte, was soll das! Bis vor wenigen Minuten hatten wir noch ungeheuer viel Spaß und du scheinst es auch sehr genossen zu haben, und nun soll ich irgendwo eingesperrt werden? Das verstehe ich nicht!«

»Rusty, du nimmst die Beine«, wies Gordon an.

»Ich kann allein laufen«, zischte Terry.

»Halt die Klappe, Stella, oder wie auch immer du heißt.«

Rusty packte ihre Beine an den Stiefeln und Gordon hielt sie an den Armen. Dabei rutschte ihr das Laken vom Körper. Rustys Gesicht färbte sich weinrot. Nicht, dass er jetzt ihren nackten Körper, bis auf Stiefel und halterlose Strümpfe sah, er hatte auch noch vollen Einblick zwischen ihre gespreizten Beine.

Gordons schien es sofort bemerkt zu haben und seine Stimme wirkte gönnerhaft, als er sagte: »Sieh sie dir genau an. So eine geile rasierte Muschi bekommt man nicht jeden Tag zu sehen! Ach, Rusty, du kennst diese Muschi ja schon …«

»Ich sagte dir bereits, diese Maus habe ich noch nie gesehen! Und ich weiß, verdammt noch mal, mit wem ich gevögelt habe und mit wem nicht! Ich bin doch nicht senil.«

Gordon lachte leise. »Gut, dann stimmt wohl doch etwas nicht mit der Kleinen. Umso besser, dass sie jetzt ein wenig Zeit zum Nachdenken bekommt.« Mit diesen Worten trat er die Tür der Abstellkammer auf. Gordon und Rusty hatten Terry über den Flur getragen und setzen sie nun auf einen Stuhl, den Gordon in die Mitte rückte. Mit zwei dünnen Seilen eines Wäscheständers wurde Terry mit Händen und Füßen an den Stuhl gefesselt. Gordon spreizte ihr die Schenkel, band die Füße rechts und links ans Stuhlbein und blickte ihr im knienden Zustand in die Lusthöhle.

»Wow, du duftest einfach verdammt verführerisch. Schade, dass es mit uns beiden aus ist!« Damit erhob er sich und verließ den Raum.

»Gordon, ihr könnt mich doch nicht einfach hier lassen! Ich habe nichts getan. Wirklich! Warum glaubst du Rusty mehr als mir?«

»Ich habe dir schon gesagt, dass ich mir unsicher bei dir bin. Von Anfang an hatte ich da so ein undefinierbares Gefühl … Ich gebe zu, dass ich mich täuschen kann, aber: sicher ist sicher!«

Terry kam noch ein letzter verzweifelter Gedanke: »Gordon, lass mich dir beweisen, dass es mir nur um dich geht. Ich möchte mich gerne bei dir entschuldigen. Aber nicht mit Worten … Wir hatten schon so eine wunderbare Nacht. An die würde ich gerne anknüpfen. Wenn du willst, dann darf Rusty auch mit dabei sein.«

Dieser bekam Stielaugen.

Gordon winkte ab. »Kommt nicht in Frage.«

Rusty stieß ihn an und flüsterte halblaut: »Warum denn nicht?! Sie ist doch in unseren Fängen. Fliehen geht in dieser Einöde wohl kaum und verständigen kann sie auch niemanden. Außerdem möchte ich endlich mal von ihr probieren.«

Gordon zögerte, ehe er brummte: »Nein, unsere Sache ist einfach zu wichtig. Morgen ist ein bedeutender Tag, wo wir alle einen klaren Kopf brauchen. Los, komm jetzt, Rusty.« Mit diesen Worten schaltete Gordon das Licht aus.

Terry hörte, wie die Schritte sich entfernten. Grob zerrte sie an ihren Fesseln, in der Hoffnung, diese lösen zu können, doch sie saßen bombenfest. Terry fluchte. Ihr blieb nichts weiter übrig, als zu schlafen. Es wäre nicht verkehrt, wenn auch sie für den nächsten Tag fit wäre. Doch der harte Stuhl im Rücken und die unbequeme Position machten es ihr nicht gerade leicht, Schlaf zu finden. Sie schloss die Augen und versuchte sich auszumalen, was passieren würde. Terry war stark davon überzeugt, dass die Übergabe der militärischen Geheimdokumente, sprich dem Laptop, morgen in der Früh stattfinden würde. Je mehr sie daran dachte, wie machtlos sie war, desto mehr ärgerte sie sich und ruckte vergeblich an den Fesseln. Das war kein gutes Thema zum Einschlafen. Verzweifelt dachte sie an Lewis und ihr Herzschlag beschleunigte sich, wobei ihr fast die Tränen kamen. Auch das war kein gutes Thema, um Schlaf zu finden.

***

Etwas berührte sie am Oberschenkel. Terry schreckte hoch. »Wer ist da?«

»Pst. Ganz ruhig. Ich bin es«, flüsterte eine Stimme.

»Rusty?«

»Genau.«

»Warum hast du kein Licht gemacht?«

»Es ist so viel intensiver …«

Seine Hände strichen über ihre beiden Oberschenkel zum Knie, dann hinauf, bis sie den Rand der halterlosen Strümpfe gefunden hatten. »Du bist so sexy!«, wisperte Rusty. Dann fuhren seine Hände weiter nach oben, bis sie auf ihren Hüften lagen. Terry spürte seinen warmen Atem auf ihrem linken Oberschenkel, dann etwas Feuchtes. Gänsehaut legte sich auf ihren Körper. Er leckte Terry und glitt mit der Zunge am Innenschenkel entlang bis zu ihrem pulsierenden Geschlecht. Ohne es zu wollen, war Terry heiß geworden. Er drückte ihre langen Beine, soweit es durch die Fesseln möglich war, auseinander und schob seinen Kopf dazwischen. Terry stöhnte leise auf, als seine Zunge ihre warme Spalte berührte und langsam durchglitt. Hätte sie eine Hand frei gehabt, hätte sie ihre steifen Nippel gedrückt und gezwirbelt. Die Fesseln gaben ihr einen zusätzlichen Kick, denn sie hatte keine Chance, sich seinem neugierigen Mund zu entziehen und schon gar nicht seiner kundigen Zunge. Langsam wurde er forscher und leckte fest über ihre Klitoris, um sie dann kurz danach durch flatternde Liebkosungen zu reizen. Terry atmete schwer und versuchte, so viele Seufzer wie möglich zu unterdrücken. Doch es gelang ihr nicht immer. Als Rusty seine Zunge ganz unvermittelt in ihren inzwischen feuchten Schlitz stieß, schrie sie leise auf. Sofort hielt er ihr den Mund mit der Hand zu und zischte: »Pst, leise! Du willst doch nicht, dass Gordon hier erscheint und unser kleines Rendezvous kaputt macht.«

Rustys Hände kneteten ihre Oberschenkel und im Nu war er mit dem Kopf wieder zwischen ihren Schenkeln verschwunden und tauchte seine Zunge wieder tief in ihre Möse. Terrys Atem ging stoßweise, sie stöhnte und erwartete seine Zunge nun zügig und schnell in ihrer saftigen Ritze.

Licht flammte auf. Erschrocken blickte Terry zur Tür. Dort stand Gordon und starrte entgeistert auf die Szene. »Was zum Teufel treibt ihr hier?!«

»*Ihr* ist gut!«, sagte Terry. »Ich hatte keine Wahl!«

»Dafür habe ich dich aber verdammt geil über den Flur stöhnen hören.« Dann wandte er sich an seinen Kumpel. »Rusty, bist du von allen guten Geistern verlassen! Lass sofort deine Pfoten von der Kleinen. Die gehört mir!«

»Du wolltest sie ja nicht!«, knurrte dieser.

»Ich habe meine Gründe! Und nun verzieh' dich! Wenn ich dich noch ein Mal bei ihr erwische, dann knall ich dich ab!«

Schwerfällig erhob Rusty sich und schlurfte aus dem Zimmer.

Terry blickte ihm sehnsüchtig hinterher, da er sie so brennend und voller Begehren zurückließ. In der Hoffnung, Gordon würde Erbarmen mit ihrem angeheizten Schoß haben, versuchte sie, die Beine noch ein Stück zu spreizen. Doch Gordon blickte nur geringschätzig auf seine Sexgeisel, schaltete das Licht aus und knallte die Tür zu. Unbefriedigt blieb Terry zurück und versuchte, auf andere Gedanken zu kommen. Immer wieder schweiften sie allerdings zu Rustys Zunge. Terry versuchte so auf dem Stuhl zu schubbern, dass ihre Möse auf dem Holz hin- und herrutschte. Das brachte ihr jedoch keine Befriedigung. Eher kamen ihr die Tränen, so scharf war sie noch. Auch ihre Brustwarzen waren steinhart und fieberten nach einer schnellen Zunge.

***

Terry musste eingeschlafen sein, denn Motorenlärm ließ sie hochschrecken. Sämtliche Knochen taten ihr weh, als sie versuchte, aus dem kleinen Fenster zu blicken. Doch die Fesseln saßen stramm und gaben ihr keinen Spielraum.

Inzwischen war es hell geworden. Männerstimmen waren zu hören, doch was sie sagten, konnte Terry nicht ausmachen. Plötzlich hatte sie Angst, in diesem weit abgelegenen Haus allein zurückgelassen zu werden. Wo wollten die Männer hin? War jetzt etwa die Übergabe?

»Gordon!«, rief Terry. Einen Augenblick wartete sie. Doch niemand erschien.

»Gordon!«, versuchte Terry es eine Spur lauter. Auch jetzt tauchte keiner auf. Sie hörte, wie der Wagen losfuhr.

»Gordon! Wo wollt ihr hin?! Lasst mich hier nicht allein!«, schrie Terry panisch. »Gordon!!!«

»Was willst du?«, fragte er und erschien in der Tür.

Erleichtert atmete Terry aus, ihr Herz klopfte wild. »Ich dachte, ihr wolltet mich allein zurücklassen.«

»So ist es auch. Wir haben ein kleines Geschäft zu erledigen. Danach holen wir dich.«

»Bitte, nimm mich mit. Was ist, wenn dir etwas zustößt und du nicht zurückkommen kannst? Ich werde hier auf dem Stuhl krepieren.«

»Das ist nicht mein Problem.«

»Gordon, bitte. Wir hatten eine so fantastische Nacht!«

Er betrachtete sie eine Weile, ehe er sagte: »Ich traue dir nicht, Stella.«

»Du kannst mich gefesselt mitnehmen, mir einen Revolver an die Stirn halten, mich von den anderen beiden bewachen lassen … Das ist mir egal. Hauptsache, ich bleibe nicht zurück.«

Eine Weile betrachtete er sie, dann seufzte er. »Na schön. Aber wehe, du machst Schwierigkeiten oder steckst deine Nase in Dinge, die dich nichts angehen. Dann knalle ich dich über den Haufen!«

Erleichtert nickte Terry. »Danke.«

Er kam auf sie zu und löste die Fesseln.

»Darf ich mal auf die Toilette gehen?«

»Nein!«

»Aber ich muss mal.«

»Verdammt!« Unschlüssig stand er vor ihr und mahlte mit den Zähnen. »Also gut. Ich warte direkt vor der Tür. Du hast eine Minute. Mehr nicht. Los jetzt.«

Terry stand auf und wäre beinahe eingeknickt, wenn Gordon sie nicht spontan gehalten hätte. Ihre Beine waren zu lange nicht bewegt worden. Gordon führte sie zur Toilette und Terry überlegte, wie sie den Männern ein Schnippchen schlagen konnte. Momentan würde es nichts bringen und ihr blieb keine andere Wahl, als sich in ihr Schicksal zu fügen.

Sie brauchte weniger als eine Minute und durfte sich noch ihr Gesicht waschen. Wortlos hielt Gordon ihr Kleid in den Händen, das sie sich schnell überzog. Dann brachte er sie zum Auto, wo die anderen beiden ihn mürrisch erwarteten. »Wir haben einen Termin und du turtelst mit der Kleinen herum«, knurrte Rusty.

»Halt's Maul. Wir nehmen sie mit.« Gordon schob Terry nach hinten zu Leon und befahl ihm, sie wieder zu fesseln. Er selber stieg auf den Fahrersitz und trat aufs Gaspedal.

***

Während der Fahrt hielten sie einmal, um an einer verlassenen Tankstelle Sandwiches und Wasser zu kaufen. Terry bekam auch etwas zu essen. Die Sonne schien heiß vom Himmel und die Klimaanlage im Auto funktionierte nicht. So wurde die Hitze im Auto fast unerträglich. Leon hatte Terry eine Hand auf ihren feuchten Oberschenkel gelegt. Durch die Fesseln konnte sie sich nicht wehren. Ohne es zu wollen, wanderten ihre Gedanken zu

Rustys fachkundiger Zunge, die solche Lust in Terry hervorgerufen hatte. Der Gedanke an die Szene schien einen Funken in ihrem Unterleib zu entzünden. Als hätte Leon es bemerkt, schob sich seine Hand unter ihr Kleid. Noch immer trug sie keinen Slip und das machte es Leon sehr einfach, ihre Spalte zu erforschen. Terry schwitzte. Der Schweiß lief ihr zwischen den Brüsten entlang und elektrisierte ihren Körper zusätzlich. Kurz blickte sie zu Leon, der mit einem leichten Lächeln auf den Lippen stur nach vorne sah. Terrys Augen sanken tiefer und bemerkten eine große Beule in seiner Hose. Langsam schob er seine Hand in ihr Geschlecht. Nur mit Mühe konnte Terry sich beherrschen und seufzte. Er konnte sie doch hier unmöglich kommen lassen. Hoffentlich waren sie gleich da!

Als wäre ihr Wunsch in Erfüllung gegangen, hielt der Wagen vor einer alten, verwahrlosten Hütte. Mit einem säuerlichen Grunzlaut zog Leon seine Hand zurück. Terry atmete einerseits erleichtert auf, andererseits wurde sie schon wieder unbefriedigt zurückgelassen.

Gordon war ausgestiegen und seine beiden Kumpel taten es ihm gleich. Terry robbte unvorteilhaft zur Seite und wollte schnell noch hinter Leon mit hinaus, als Gordon zur geöffneten Scheibe auf der Rückbank ging und Terry anfunkelte: »Du bleibst drin! Und keinen Laut. Solltest du schreien oder irgendwelche anderen fixen Ideen haben, werde ich dir den Mund mit Klebeband stopfen und eine Kugel in den Kopf jagen.« Terry hätte von Gordon nicht erwartet, dass er ihr so etwas an den Kopf werfen würde. Sie nickte stumm.

Die Männer gingen auf die Hütte zu. Gerade wollten sie hineingehen, als in einiger Entfernung eine dicke Staubwolke zu erkennen war. Die Männer stellten sich in eine Reihe nebeneinander und warteten auf den herankommenden Wagen. Mit rutschenden Rädern und noch mehr Staub aufwirbelnd, hielt ein dunkelblauer Van. Es sprangen vier Männer, bis unter die Zähne bewaffnet, heraus. Sie waren alle in dunkle Klamotten gekleidet. Für einen Moment hoffte Terry, es könnten ihre eigenen Leute sein. Doch schnell schwand ihre Hoffnung, als der eine sein Gewehr auf Gordons Brust presste und ihn anzischte. Gordon nickte und zeigte auf den Wagen, wo Terry drinsaß. Ihr Herz setzte für eine Sekunde aus, und schlug dann schnell weiter. Ihr fiel ein, dass sich der Laptop mit Sicherheit im Kofferraum befand. Wenn die Männer jetzt den Laptop an die Gangster geben würden, dann hatte Terry keine Beweise mehr in der Hand. Höchstens die vernichteten Aktenstreifen im Landhaus. Das wäre eine Möglichkeit. Doch würde sie dahin zurückkehren und die Chance haben, die ganze Sache aufzudecken?

Aus einer Intuition heraus blickte sie zur Seite. Durch das geöffnete Fenster sah ihr einer der Männer entgegen und fragte in gutem Englisch mit Akzent: »Wer ist das? Eure Schoßhündin?«

»Ach, nur eine kleine Geisel. Nichts Besonderes«, sagte Gordon gelangweilt.

Der Mann blickte an Terry hinunter und bemerkte das hochgeschobene Kleid und die feuchten Schenkel. Außerdem war ihr Kleid über den Brüsten schweißnass und klebte wie eine zweite Haut an ihnen. »Hübsche kleine Geisel. So etwas fehlt auch noch in meiner Sammlung.« Er grinste breit.

Terry verzog keine Miene.

»Hey, Mister, *hier* ist die Ware!«, versuchte Gordon das Augenmerk des Beobachters auf den Kofferraum zu lenken. Mit einem Knurren gebot er seinen Gelüsten Einhalt.

Erleichtert atmete Terry durch, denn sie hatte befürchtet, als Freiwild abgestempelt zu werden. Die Männer besprachen leise einige Dinge, die Terry gerne mitgehört hätte, aber sie traute sich nicht, sich umzudrehen, fürchtete sie doch, die Männer könnten es falsch interpretieren.

Einer brachte eine elegante Tasche, in der sich wohl das Bargeld befand. Normalerweise sind solche Übergabe-Koffer oder -Taschen eher ramschig und unscheinbar, dachte Terry, als sie den Satz hörte: »Gut, alles sehr gut. Ich nehme den Laptop, lege noch tausend Dollar mit drauf und nehme die da mit!«

Jetzt war der Augenblick gekommen, wo Terry den Mut hatte, sich umzudrehen. Sie blickte direkt in die dunklen Augen des Gangsters. Ihr Herz raste. Gordon fuhr sich über das Kinn, dann schüttelte er nachdenklich den Kopf und sagte: »Nein, die Kleine ist nicht zu verkaufen. Sie ist unsere Geisel.«

Der Gangster drehte sich langsam zu Gordon um und sagte gedehnt: »Das ist keine Bitte, das ist eine Bedingung!«

»Ich nehme keine Bedingungen von euch an.«

Kaum hatte Gordon das gesagt, richteten sich vier Gewehrläufe auf ihn. Sofort nahm er die Hände hoch. »Hey, sachte, sachte, Leute. Ich habe doch nichts gesagt.«

»Los, holt die Frau aus dem Wagen und bringt sie rüber zu uns«, fuhr der Boss einen seiner Männer an.

Sofort war einer der Kerle bei Terry und zog sie aus dem Auto. Sie stolperte heraus und kam wankend zum Stehen. Grob wurde sie vor den Boss gestellt. Der nickte. Augenblicklich wurde sie zum Van fortgerissen.

»Gordon!«, rief Terry. »Gordon, tu doch was!«

Sie versuchte sich umzublicken. Gordon machte einen Schritt nach vorn und verharrte sofort, als ihm eine Gewehrmündung ins Gesicht gehalten wurde.

»Dankeschön!«, sagte der Boss überhöflich.

Terry wurde unsanft auf die hintere Rückbank gedrückt.

Der Geiselnehmer setzte sich neben sie und schlug die Tür zu. Die anderen Männer waren gleich zur Stelle und sprangen in den Van. Kaum war die letzte Tür geschlossen, raste der Wagen auch schon los. Neben Terry hatte ein anderer Gangster Platz genommen. Er grinste sie unverhohlen an. In diesem Auto war es kühl, doch der Schweiß trat ihr trotzdem aus allen Poren. Wo würden sie jetzt mit ihr hinfahren? Was hatten die Männer mit ihr vor?

Ein Gutes hatte dieser Geiselaustausch, dachte Terry, sie war noch immer bei den geheimen Dokumenten. Es bestand die Möglichkeit, eine Versendung oder Verschiffung der Unterlagen zu unterbinden. Vielleicht schaffte sie es, die Männer dort, wo sie hinkamen, zu überrumpeln, davonzulaufen und Hilfe zu rufen.

Noch während Terry über ihre Aussichten nachdachte, wurde sie in die Gegenwart zurückgerissen. Einer der Männer machte sich an ihr zu schaffen. Genau wie Leon legte er eine Hand auf ihren Oberschenkel. Langsam schob er das Kleid nach oben und glitt tiefer mit der Hand zu ihrer Scham. Als hätte er sich die Finger verbrannt, zuckte er zurück und blickte erst Terry, dann seinen Kumpel an. Anscheinend hatte er bemerkt, dass Terry keinen Slip trug. Der andere Mann war neugierig geworden und machte es seinem Vorgänger nach, indem er langsam die Hand zu Terrys Geschlecht gleiten ließ. Nur war dieser mutiger und fuhr durch die Spalte. Terry presste die Beine zusammen und hielt seine Hand gefangen. Er lachte leise und zog einen Oberschenkel zu sich und sein Kumpel den anderen. Da waren sich beide einig. Nun waren zwei kundige Hände an ihrer Muschi. Terry wollte sich nicht befummeln lassen. Doch die Männer waren neugierig und heiß. Einer kreiste auf ihrer Klitoris und der andere drang in ihre feuchte Spalte. Ein

Seufzer entwich Terry. Ihre Brustwarzen stellten sich auf und verrieten ihre Lust. So unauffällig wie möglich nahm einer der Männer die harte Warze zwischen Daumen und Mittelfinger und drehte sie hin und her. Lustblitze schossen durch Terrys Unterleib und das Sehnen in ihrem Körper wurde erneuert. Die Männer bearbeiteten sie leise und gewissenhaft. Terry atmete schwer und sie spürte, wie ihre Säfte zusammenliefen. Am liebsten hätte sie sich von beiden Männern ficken lassen, so geil war sie!

So stürmisch, wie der Van bei der alten Hütte gehalten hatte, so rasant bremste er auch jetzt. Der Boss blickte sich nach seinen Männern um. »Hey, was macht ihr da? Finger weg von der Kleinen – die bekomme zuerst ich. Und wenn sie dann noch Lust auf euch hat, könnt ihr sie pimpern.« Er lachte laut.

Die Männer zogen sich von Terry zurück, was sie fast wahnsinnig machte, denn sie war unendlich scharf und geil. Hatten die beiden Männer es doch geschafft, sie kurz vor ihren Höhepunkt zu bringen und nun das!

Gehorsam stiegen alle aus. Terry blickte ins gleißende Sonnenlicht. Wie eine Oase stand hier eine traumhafte Finca mit Pferdeställen, Koppeln, weiteren kleinen Gästehäusern, einem Brunnen und einer gewaltigen parkähnlichen Anlage. Große Käfige, in denen farbenprächtige Vögel zwitscherten, vervollständigten das Bild hinter zwei riesigen Swimmingpools.

Terry wurde am Arm zu den Gästehäusern geführt.

»Hey, wer hat gesagt, dass sie unser Gast ist?«, ranzte der Boss seinen Kumpan an.

»Ich dachte, da wäre sie erst mal sicher.«

»Sicher vor wem? Sie ist nicht *unser* Gast, sondern *mein* Gast!« Er lachte und riss Terry zu sich, sodass sie mit ihren

Brüsten an ihn stieß. Wie ein Pferd am Zügel zog der Boss Terry hinter sich her und führte sie geradewegs durch eine große Eingangshalle, in der es angenehm kühl war, eine breite Treppe hinauf. Im zweiten Zimmer warf er sie auf das Bett. »Ich komme gleich, mein Täubchen, lauf mir ja nicht weg!«, frohlockte er und ging aus dem Raum. Ein Schlüssel drehte sich im Schloss.

Sofort sprang Terry auf und untersuchte das Zimmer. Es gab keinen Telefonanschluss. *Wieso eigentlich nicht? Wenn er der Kopf der Bande ist … Vielleicht ist es nicht sein richtiges Zimmer,* überlegte Terry. Die Fenster waren weit geöffnet. Hieraus könnte sie fliehen – ohne Probleme. Doch wohin? In die Einöde, um dort zu verdursten?

»Mist«, fluchte Terry. Ihre Hände waren noch immer auf dem Rücken gefesselt und ihre Arme schmerzten. Es gab keinen Hinweis auf eine Möglichkeit, wie sie mit dem FBI in Kontakt kommen könnte. Sie wusste auch nicht, wo sich der Laptop nun gerade befand. Eigentlich wusste sie gar nichts, nur, dass der Boss sie gleich vögeln würde. Das wollte sie auch nicht. Sie war zwar noch heiß, aber sie wollte einfach nicht mit diesem schmierigen Kerl ein Bett teilen und vor allem nicht *sich* teilen.

Erschöpft und auch müde vom wenigen Schlaf ließ sich Terry auf das Bett sinken, zwang sich aber weiterzudenken. Wenn sie frei war, konnte sie sich auch einen Weg nach draußen schießen, denn sie trug noch immer ihren Revolver im Stiefel. Dafür musste sie sich aber vorerst von den Fesseln befreien.

Vielleicht gab es im unteren Bereich der Finca einen Telefonanschluss. Oder sie wickelte einen der Männer um den Finger, um ihm das Handy abzuluchsen, so wie sie es damals bei Lewis auf dem Luxusliner geschafft hatte, als sie dachte, er sei einer der Gangster. Verzweifelt suchte sie nach etwas, womit sie ihre

Fesseln aufbekam. Sie versuchte es an einer Tischkante, was aber nicht klappte. Dann lief sie zu den Bettpfosten, die den Baldachin des Bettes hielten und schubberte sich daran. *Mit ein bisschen Geduld könnte ich es schaffen,* dachte Terry und rubbelte weiter. Die Fesseln wurden lockerer. Terrys Anspannung stieg und sie zog und zerrte zusätzlich an den Stricken. Da, die Fesseln sprangen zur Seite und Terry riss ihre Arme seitwärts in die Luft. Im gleichen Augenblick hörte sie Schüsse, dann Schreie und Gebrüll. Terry stolperte zum Fenster und spähte, sich die Handgelenke reibend, hinaus. Männer und Frauen liefen durcheinander und kreischten panisch, während Männer in Schwarz hinter ihnen herrannten. Terry konnte kaum glauben, dass die Gangster ihre eigenen Leute so verfolgten und ihnen mit Schüssen Angst einjagten.

Sie erkannte einen der Männer, der sie auf dem Rücksitz zwischen den Schenkeln massiert hatte. Er rannte vor einem Mann in Schwarz davon. Terrys Herz begann zu hämmern. Konnten es vielleicht ihre Leute vom FBI sein? Aber woher wussten sie, dass …

Die Tür wurde aufgeschlossen und der Boss stürmte herein. Terry verschränkte sofort die Hände hinter dem Rücken, während er sie grob am Arm packte und zischte: »Komm mit!« Dann rannte der Boss mit ihr den Gang entlang Richtung Treppe. Auf dem oberen Treppenabsatz ruckte er an ihrem Arm und ließ sie damit anhalten. Sofort drückte er ihr einen Revolver an die Schläfe. Zeitgleich erkannte Terry Lewis, wie er mit einem Mann kämpfte und ein anderer sich ihm von hinten näherte. Terry stieß einen Schrei aus.

Alle drei Männer drehten sich zu ihr um. Lewis fasste sich als Erster und schlug mit dem Revolverknauf nach seinem Widersacher.

»Hinter dir«, schrie Terry.

»Halt's Maul. Noch ein Mal und du bist tot!«, herrschte der Boss sie an.

Lewis wirbelte herum und schoss seinen Angreifer nieder. Schüsse hallten von draußen herein und Schreie wurden immer wieder laut. In diese Stimmung schoss der Boss drei Mal in die Luft und brüllte: »Wenn es noch einen Toten unter meinen Männern gibt, erschieße ich diese Frau!«

Lewis Blick richtete sich auf den Boss. Dann hob Lewis langsam die Hände, als wollte er sich ergeben und sagte: »Sie haben keine Chance, Sagona. Das FBI hat das Haus umstellt und sämtliche Geiseln genommen.«

»Na wunderbar, dann fordere ich einen Gefangenenaustausch: Diese Frau gegen meine Leute!«

Lewis blickte zwischen Sagona und Terry hin und her. Schließlich sagte er: »Nein.«

Terry erschrak. Wie konnte er das Leben der Gefangenen ihrem vorziehen?!

»Na schön …« Sagona drückte den Revolver fest gegen Terrys Schläfe. Nur mit Mühe konnte sie sich beherrschen, nicht vor Angst auf die Knie zu fallen.

»Warten Sie«, rief Lewis. Terry sah, wie es in seinem Kopf arbeitete. Ihr Herz klopfte wild und sie hoffte, er würde eine gute Lösung finden. Bevor er zum Zuge kam, handelte Terry: Sie ließ sich fallen und umklammerte ein Bein von Sagona, während sie wimmerte und jammerte, ihm immer wieder beteuerte, wie viel Angst sie hätte, und dass sie eine Unschuldige in diesem ganzen wirren Spiel sei. Ob Sagona von ihren Worten beeindruckt war oder nur krampfhaft versuchte, sie von seinem Bein zu schütteln, es verschaffte Lewis Zeit, mit seinen Leuten heranzukommen und Sagona keine Möglichkeit einer Handlung zu lassen. Doch noch bestand die Gefahr, dass Sagona die Waffe auf Terry richtete und abdrückte. So nahm sie all ihren Mut und ihre Kraft zusammen, griff in ihren Stiefel, zog die Waffe heraus und schoss ihm von unten durchs Kinn in den Kopf, wobei sie sich noch während des Schusses zur Seite warf. Terry sah sich nicht an, was sie verursacht hatte. Lewis war mit wenigen Schritten bei ihr, zog sie hoch und nahm sie in die Arme. Dankbar schloss sie die Augen an seiner Brust und atmete tief seinen Duft ein.

***

»Es ist unglaublich, wie desorganisiert die Jungs waren, als wir sie hier auf ihrem Gelände angriffen. Alle stürmten panisch davon, anstatt zu ihren Waffen zu greifen und sich zu verteidigen. Unglaublich! Da musste erst Pepe Sagona kommen und seinen Leuten Einhalt gebieten.« Lewis lachte und schüttelte den Kopf. »Wir haben den Laptop übrigens in einem der Gästehäuser gefunden, wo einer von Sagonas Leuten gerade dabei war, die geheimen Dokumente per Mail zu versenden. Er schaffte es nicht, denn wir kamen ihm zuvor. Nun haben wir auch noch eine weitere Kontakt-E-Mail-Adresse, die sich in Südamerika befindet. Wir werden unsere Nachforschungen in diese Richtung lenken.« Zufrieden nickte Lewis und gab Terry einen flüchtigen Kuss auf die Stirn.

»Aber das Beste«, fuhr er fort, »das Beste ist doch wirklich, dass wir alle geschnappt haben, die es zu schnappen galt. Sogar die drei Typen, die die Dokumente verkauft haben. Was für Idioten!«

»Lewis, jetzt hör endlich auf, stundenlang über unseren Job zu reden. Komm lieber her und besorg es mir!«

»Du meinst, ich soll dich vögeln?«

Bei dem Wort wurde ihr ganz heiß. »Ja!«

Das ließ Lewis sich nicht zweimal sagen. Er nahm sie grob beim Arm und zog sie aufs Bett. Es in einer Finca mit einem FBI-Agenten zu treiben, war ihr noch nie passiert.

Lewis packte sie und drehte sie auf den Bauch. Verwirrt versuchte Terry, sich wieder umzudrehen, um ihn wenigstens anzusehen. Doch sie schaffte weder das eine noch das andere. »Was machst du denn da, Lewis? Was hast du vor?«

Er schwieg und zog ihr den Rock hoch. Seine Hände kneteten ihre festen Pobacken und er biss sanft hinein. Dann schob er ihre langen Beine auseinander und sie spürte, wie seine Finger mit ihrer Spalte spielten. Da sie nicht sah, was er tat und ihr Körper die leicht geschwollene Klitoris auf das Bett drückte, durchzuckte es ihren Unterleib wie kleine Blitze. Er befingerte sie auch zwischen den Pobacken, indem er sie ein Stückchen auseinanderzog. Terry atmete tief ein. Sie wusste nicht, wie lange sie diese Stimulation heute noch würde ertragen können, da ihr Körper schon so oft angeheizt und unbefriedigt zurückgelassen wurde.

Mit einem Mal drehte Lewis sie um und presste seine Lippen auf ihre steifen Nippel. Terry stöhnte. Doch sie wollte auch endlich etwas bewegen. So griff sie Lewis ohne Umschweife in den Schritt und kreiste auf dem Schwanz in der Hose, der schon ein gewaltiges Ausmaß angenommen hatte. Er seufzte leise.

Terry stieß ihn von sich weg, sodass er neben ihr mit dem Rücken auf dem Bett landete. Verunsichert blickte er sie an und sie blickte ihm lüstern entgegen. Mit ein paar geschickten Handgriffen hatte sie seine Hose geöffnet und zog sie ihm samt Boxershorts nach unten. Sein Schwanz ragte hervor. Er war steif und geil. Terry stülpte ihre Lippen um diesen pulsierenden männlichen Schaft und saugte ihn sich tief in den Mund. Lewis stöhnte und krallte sich in der Überdecke fest. Mit langsamen

Bewegungen schob sie sich seinen harten Schwanz immer wieder in den Mund, leckte schließlich daran und betupfte die Spitze. Dann ließ sie von ihm ab und robbte nach oben.

Ohne ihm eine Wahl zu lassen, setzte sie sich auf sein Gesicht und ließ sich lecken. Seine Zunge schnellte heraus und drang sofort in ihre Spalte. Terry schrie kurz auf und ließ dezent ihr Becken kreisen. Als er ihre Perle gefunden hatte, saugte er sich daran fest und stachelte sie mit kurzen, flatternden Bewegungen an. Nach all dem Gespiele an ihrer heißen Muschi war das zu viel des Guten und sie kam mit einem lauten Schrei. Lewis leckte, saugte und flatterte immer wieder über die Klitoris, bis Terry schwer atmend von ihm wegrutschte, um sich zu sammeln.

Schon bald war sie wieder fit, aber noch lange nicht befriedigt. Damit Lewis nicht auf irgendwelche anderen Ideen kam, stieg sie auf ihn und schob ohne Umschweife sein noch hartes Glied in ihre nasse Möse. Sofort fing sie an, ihn zu reiten und drückte ihren Oberkörper immer wieder ein Stück nach oben, während sie nach vorne ging. Er war ihr Hengst und sie wollte ihn jetzt zureiten. Schnell und immer schneller wurden ihre Wippbewegungen. Lewis warf den Kopf hin und her und versuchte, die Kontrolle zu behalten, indem er seine Lenden unter ihr bewegte. Doch sie ließ es nicht zu und zwang ihm ihren eigenen Rhythmus auf. Er keuchte und stöhnte.

Mit einem Mal schubste er Terry von seinem glühenden Schwanz und warf sie auf den Bauch neben sich.

»Lewis …«, protestierte Terry schwach.

Er packte sie an der Hüfte, zog sie hoch, sodass ihr Po sich ihm entgegenstreckte und sie auf Händen und Knien hockte. Ohne zu zögern trieb er sein hartes Glied von hinten tief in ihre nasse Möse und stieß kräftig zu. Terry stöhnte und ihr entfuhr bei jedem Stoß ein Lustschrei. Lewis hatte ihre Hüften umfangen und zog sie auf seinen glühenden, geilen Schwanz. Terry war soweit. Der Höhepunkt schoss heran und mit ihm der von Lewis. Beide stöhnten, keuchten und schrien ihre Lust heraus.

***

»Wie hast du mich eigentlich gefunden?«, fragte Terry einige Zeit später mit einem wohlig befriedigtem Lächeln auf den Lippen.

Lewis schmunzelte und drehte ihr sein Gesicht zu. »Dass du das nicht gewusst oder herausgefunden hast, wundert mich allerdings. Weißt du es jetzt?«

»Über mein Handy? Hast du meine SMS bekommen?«

»Nein, hab' ich nicht.«

Terry überlegte und schüttelte dann nachdenklich den Kopf.

»Okay, ich verrate dir das ach so schwere Geheimnis: Da ich meine Süße ja kenne, wie sie alles alleine auf eigene Faust regeln möchte, habe ich dir heimlich einen Peilsender in den Stiefel gesetzt. Da ich wusste, dass es sich um drei Männer handelte, war ich mir ziemlich sicher, du würdest sie anmachen wollen. Und diese gemeinen, aufreizenden Dinger sind nun mal deine Anmachstiefel!«

Terry lachte. Dann wurde sie ernst. »Möchtest du eigentlich wissen …«

Lewis hob die Hand. »Nein, Süße, möchte ich nicht. Solltest du es mit einem der Typen getrieben haben oder allen Dreien zugleich, so verschone mich bitte mit den Einzelheiten. So etwas will ich gar nicht wissen.«

Terry nickte. »Danke!«, flüsterte sie.

»Wofür? Dass du deinen Job machst? Ich kenne diesen Job, er ist hart genug … So, und nun, wo alle FBI-Leute abgezogen und wir beide nur mit dem Personal allein hiergeblieben sind, möchte ich mich noch einmal ordentlich im Pool austoben. Kommst du mit, Süße?«

»Auf jeden Fall!«

Sie liefen nackt nach unten und sprangen ins kristallklare, kühle Nass des blauen, großen Swimmingpools.

Fortsetzung im Buch »Trinity Taylor - Ich will dich jetzt«

Sex-Anweisung

»Paul, wir haben nur sehr wenig Zeit. Meinen Sie, dass wir das hinbekommen?« Shannon blickte auf ihren Laufzettel, was alles noch zu tun war, um diese Produktion in einen Film zu verwandeln.

»Natürlich bekommen wir das hin«, sagte Paul zuversichtlich. »Sie müssen nur daran glauben, Shannon. Wenn wir die Schauspieler schnell gecastet bekommen und alle einen perfekten Job machen, dann klappt es bestimmt.«

Shannon seufzte. »Sir, ich will Ihnen nicht in die Parade fahren, aber ich habe bereits mehr als ein Mal bei einem Dreh dieser Art Regie geführt. Es ist für mich kein Neuland. Im Gegensatz zu Ihnen.«

Paul winkte ab. »Lassen Sie uns einfach positiv rangehen.«

»Aber nicht mit nur zwei Wochen Zeit! Das ist definitiv zu wenig.«

Paul legte freundschaftlich den Arm um Shannon und lächelte ihr zu: »Ich bin mir sicher – nein! – ich weiß, dass Sie das meistern werden!« Er führte sie aus dem Zimmer. Zwei Räume weiter öffnete er die Tür und ließ ihr den Vortritt.

Shannon seufzte tief und betrat mit den Worten »Na dann, auf in den Kampf!« den Castingraum.

Die Sonne flutete durch eine große Glasfront in das Zimmer. Ein Piano ruhte schweigend in seiner Ecke, davor waren runde Tische und Stühle aufgebaut, dem gegenüber an der anderen Wand stand ein altes prunkvolles Sofa. Weiter hinten im Raum war eine kleine Bühne zu erkennen, rechts und links davon jeweils eine Umkleidekabine.

Mit schnellem Blick überflog Shannon die Personen, die sich zum Casting eingefunden hatten. Sie rückte sich einen Stuhl zurecht und Paul setzte sich neben sie.

Obwohl Shannon so ein Casting schon mehrere Male gemacht hatte, war sie nervös. Als sie einen Schluck Kaffee aus ihrem Becher nahm, zitterte ihre Hand ein wenig. Sie versuchte sich zu beruhigen und dachte an die Kaffeemaschine aus dem ersten Stock.

Schließlich stellte sie ihren Becher auf den Tisch, räusperte sich und sagte: »Ich begrüße Sie ganz herzlich. Mein Name ist Shannon Kent, ich werde das Casting leiten und Regie führen. Wir werden eine DVD produzieren, die aus drei Filmen besteht. Wie Sie ja bereits wissen, werden wir einen Erotik-Film produzieren, der harte Arbeit sein wird. Denn nicht immer ist man bei so einem Dreh in guter Verfassung, das gilt besonders für die männlichen Schauspieler. Grundvoraussetzung ist, dass Sie alle Hüllen fallenlassen müssen. Wer damit ein Problem hat, der sollte jetzt gehen.« Shannon sah die Leute prüfend an.

Zwei Frauen tuschelten. Schließlich stand eine von ihnen auf und verließ das Zimmer. Als Shannon fortfahren wollte, folgte die andere Frau ihrer Vorgängerin.

»Sonst noch jemand?«, fragte Shannon.

Ein Mann hob die Hand: »Gibt es auch Männer, die es mit Männern treiben? Schwanz blasen, Schwanz in den …«

»Nein, das werden wir nicht drehen!«

»Oh, schade. Na, dann … Viel Vergnügen noch.« Der Mann erhob sich und ging hinaus.

Shannon sah in die Runde und blieb bei einem Paar blauer Augen hängen, das sie intensiv musterte. Schnell ließ sie einen Blick über den Inhaber huschen und fand das Ergebnis sehr passabel. Sie holte sich wieder in ihre Konzentration zurück und wollte gerade fortfahren, als die Tür geöffnet wurde.

Eine junge Frau erschien. Sie guckte mit forschem Blick durch die Leute, fand Paul und fragte: »Bin ich hier richtig bei der DVD-Produktion?«

Paul nickte. »So ist es. Kommen Sie herein und setzten Sie sich. Dahinten sind noch Stühle frei.«

»Super!« Sie warf ihre langen, schwarzen Haare auf den Rücken und schloss lautstark die Tür. »Ups, Verzeihung.«

Shannon erzählte weiter: »Es wird also drei Casting-Teile an zwei Tagen geben. Am ersten Tag, sprich morgen, werden um zehn Uhr die Frauen vorsprechen. Dazu werde ich einige Passagen aus dem Drehbuch spielen lassen. Danach kommen die Männer dran. Am Folgetag möchte ich beide zusammen sehen und die besten Partner kombinieren. Es wird eventuell ein Nachcasting stattfinden.

Kommen wir zum groben Inhalt der Filme: Der erste handelt von einem Taxifahrer, der ein Pärchen mitnimmt, das die Fahrtkosten nicht bezahlen kann. Woraufhin der Taxifahrer vorschlägt, die Kosten ›abzuarbeiten‹, als er die Frau erblickt.

Der zweite Film handelt von einem Aktzeichner, der von einer Journalistin interviewt wird und von seinen vielen Aktmodels erzählt, die er alle schon gehabt, beziehungsweise flachgelegt hat.

Der dritte Film handelt von einer einsamen Frau, deren Mann oft auf Geschäftsreise ist. Als sie die Einsamkeit nicht mehr aushält, nimmt sie sich das Hausmädchen, das es ihr besorgt. In diesem Moment kommt ihr Mann nach Hause und sieht beide Frauen vereint. Er macht ihr eine riesige Szene, doch sie weiß sich zu wehren und hält dagegen. Schließlich soll das Hausmädchen auch nett zum Hausherrn sein und sie tun es alle drei miteinander.«

Leise Stimmen waren zu hören, einige Mädchen kicherten, Männer rutschen auf ihren Stühlen hin und her.

»Sollten Sie auf diese Szenen reagieren, muss Ihnen das nicht peinlich sein – im Gegenteil. Ich bin froh darüber, denn es ist genau das, was wir später brauchen werden.« Shannon blickte zu Paul, der die Leute beobachtete, ihren Blick bemerkte und nickte.

»Gut«, sagte Shannon. »Ich denke, das ist erst einmal alles für den Anfang. Morgen sehe ich die Frauen um zehn und die Männer um fünfzehn Uhr. Vielen Dank!«

Shannon sah zu dem Mann mit den blauen Augen. Einen Moment hielt er ihren Blick gefangen, dann erhob er sich und ging.

Paul lobte sie für ihre flüssige Ansprache, besprach noch ein paar Dinge mit ihr und verabschiedete sich. Shannon blickte sich im Casting-Raum um, der für die nächsten drei Tage ihr gehören und in dem sie bestimmt interessante Dinge erleben würde. Sie machte das Licht aus und schloss die Tür.

***

Als Shannon zwei Tage später den Casting-Raum aufschloss, die Fenster öffnete und noch mehr Platz für das dritte Casting schaffte, dachte sie über die Leute nach, für die sie sich gestern entschieden hatte. Sie fand, es war eine gute Wahl. Die Frauen machten ihre Sache gut. Sie waren attraktiv und konnten auch passabel schauspielern. Die meisten Bedenken hatte Shannon normalerweise in dem Punkt, dass die Frauen sich nicht ausziehen wollten und ein mangelndes schauspielerisches Talent mitbrachten. Wenn sich jemand ausziehen wollte, dann klappten die Sex-Szenen zumeist wie von selber. Was sie bisher gesehen hatte, ließ sie entspannt in den heutigen Tag blicken. Auch die Männer waren unkompliziert und zeigten Engagement. Zwar war sie sich bei zwei Männern noch nicht sicher, wen sie nehmen sollte, aber das würde sie heute klären, wenn die Frauen dabei waren und sie die Szenen stellten.

Shannon dachte dabei an Doug, den Mann mit den blauen Augen, der sie schon am ersten Tag ein bisschen zu lange angesehen hatte. Er war gut gebaut und cool. Fast ein bisschen zu cool für ihren Geschmack.

Nach und nach füllte sich der Raum. Ganz zum Schluss kam die Schwarzhaarige, die sich am ersten Tag schon verspätet hatte. »Sorry«, keuchte sie, »dass ich gestern nicht da war. Leider war jemand aus meiner Familie erkrankt. Hab ich noch eine Chance heute?«

Shannon blickte sie kritisch an. »Eigentlich nicht. Hm … Na, vielleicht können wir dich in der Taxi-Szene gebrauchen. Wie ist dein Name?«

»Teresa.«

»Okay, Teresa, dann zieh dich schon mal um.«

»Umziehen?«

»Da, im Umkleideraum.«

»Aber ich habe gar kein Kostüm.«

Der Mann, der als Taxifahrer fungieren sollte, lachte und sagte: »Dein Eva-Kostüm, Schätzchen.«

Verwirrt blickte Teresa erst ihn, dann Shannon an. »Was genau wollt ihr jetzt bitte von mir?«

»Teresa …«, begann Shannon, doch der Taxifahrer schnitt ihr das Wort ab. »Zieh dich aus! So einfach ist das!« Er lachte.

»Quatsch! Spinnst du?!«

»Darf ich bitte etwas sagen«, sagte Shannon und blickte den Taxifahrer streng an.

Dieser nickte und schwieg.

»Teresa, ich weiß nicht, ob du es weißt, aber wir drehen einen Erotik-Film. Dafür musst du dich wirklich ausziehen.«

Teresa schien sprachlos.

»Hast du das nicht gewusst?«

»Nein. Oh Gott, was wird mein Freund dazu sagen, wenn ich hier nackt herumhüpfe und jedem geilen Sack meine Titten präsentiere?!«

»Formuliere es, wie du willst, aber Fakt ist, wir drehen einen Erotik-Film und dafür brauchen wir ein bisschen nackte Haut. Wenn du ein Problem damit hast, muss ich dich bitten, zu gehen.«

»Hey, Schätzchen, ich hätte so gerne ein bisschen mit dir gepimpert«, grinste der Taxifahrer.

»Nein danke, mach's dir selbst, du notgeiler …«

»Teresa, ich habe nicht ewig Zeit. Triff eine Entscheidung.«

»Dann gehe ich.« Sie nahm ihre Handtasche, rief einen Gruß in die Menge und verließ den Raum.

Shannon ärgerte sich im Stillen, wäre Teresa doch eine gute Besetzung für die Ehefrau des Pärchens gewesen, das mit dem Taxifahrer eine Nummer schiebt. Genauso hatte sich Shannon die Frau vorgestellt: selbstbewusst, Mitte dreißig, lange dunkle Haare, schlanken, hübschen Körper. Sie hatte zwar zwei Frauen für die Rolle, von denen aber keine annähernd so gut passte wie Teresa.

»Guten Morgen, meine Lieben«, begann Shannon, »wie ich sehe, seid ihr alle schon umgezogen. Das ist gut, denn ich möchte gleich anfangen.« Shannon fiel auf, dass Doug, den sie für den dritten Film ausgesucht hatte, noch nicht da war.

Verärgert, dass ein weiterer guter Schauspieler wegfiel, musste sie sich zwingen, entspannt und freundlich zu bleiben.

»Ich werde mit dem zweiten Film beginnen und bitte den Aktzeichner, die Journalistin und die drei Aktmodelle auf die Bühne. Wir werden ein paar Szenen stellen.«

Shannon sah sich das Ganze an, korrigierte, nickte, stellte sich woanders hin, begutachtete. Schließlich sollten der Aktzeichner und die Journalistin sich ausziehen und näherkommen. Der Aktzeichner war noch nicht sehr erregt. Von daher ließ Shannon die drei jungen Frauen mit ins Spiel kommen, die ihn zeitgleich verwöhnten, während die Journalistin dabei zusah. Shannon bemerkte, dass die Journalistin sehr erregt war und auch beim Aktzeichner hinterließ die Szene seine Spuren: Sein Schwanz stellte sich auf und zuckte lüstern.

Während dieser heißen Szene wurde die Tür geöffnet und Doug erschien. Shannon schoss das Blut ins Gesicht und ihr Herz machte einen Hüpfer.

»Sie sind zu spät«, zischte sie.

»Sorry«, sagte er schlicht und kam unaufgefordert herein.

Wieder ließ sie sich von seinem Selbstbewusstsein beeindrucken und merkte, wie ihr Körper auf ihn reagierte.

Doug warf einen Blick in die Runde, schaltete sofort und zog sich sein T-Shirt aus. Ein kräftiger Oberkörper, leicht gebräunt mit Muskeln dort, wo sie hingehörten, kam zum Vorschein.

Shannons Brustwarzen stellten sich auf. Sie ärgerte sich, dass er solche Macht über ihren Körper hatte. Wenn er sich noch weiter auszog, würde sie wahrscheinlich in Ohnmacht fallen. »Entschuldigt bitte, ich muss kurz unterbrechen«, wandte Shannon sich zu den Schauspielern auf der Bühne und drehte sich wieder zum Zuspätkommer, der gerade seine dunkelblaue Jeans auszog. »Doug, warten Sie.«

Er hielt inne und blickte sie an. »Ja?«

Shannon zögerte, dann sagte sie: »Sie brauchen sich nicht umzuziehen. Sie sind der Ersatzmann.«

Dougs Lächeln verschwand. »Wie bitte? Warum das denn?«

»Ich habe mich entschieden, dass Jeff den Julian spielt.«

Eine peinliche Stille entstand.

»Aha«, sagte Doug.

»Er ist gut gebaut und schauspielerisch fit, ich denke, er ist besser geeignet als Sie.«

»Was Sie nicht sagen! Gestern hörte sich das aber ganz anders an.«

»Mag sein, aber ich brauche Leute, auf die ich mich verlassen kann. Sie sind leider zu spät gekommen und das kann ich mir beim Dreh nicht leisten.«

Doug blickte sie fassungslos an. »Sie meinen, weil ich nicht pünktlich war, habe ich gleich den Job verloren? Hören Sie, Lady, ich komme sonst nie zu spät, in allen Lebenslagen! Heute war es eine absolute Ausnahme. Den Grund kann ich Ihnen nachher erklären. Was ich auf jeden Fall versichern kann: Ich bin ein überaus pünktlicher Mensch!«

»Sehr schön, Doug. Aber ich möchte jetzt weitermachen und nicht mit Ihnen diskutieren. Mein Entschluss steht fest. Bitte setzen Sie sich, wir können uns später darüber unterhalten.«

Verärgert stieß Doug die Luft durch die Nase und ließ sich, so wie er war, auf einen Stuhl fallen. Shannon drehte sich zur Bühne und forderte die Schauspieler auf, ein Stückchen im Text zurückzugehen und von dort weiterzumachen.

***

Nach etwa einer Stunde war Shannon zufrieden mit den Szenen und den Schauspielern des zweiten Films. Nun war der dritte Film an der Reihe. Dafür stellten sich Natalie, die die Dame des Hauses spielte, Betty, die das Hausmädchen verkörperte, und Jeff, der den Ehemann darstellte, auf der Bühne bereit.

»Jeff, ich würde dich gerne noch einen Augenblick zurückstellen. An deiner Stelle hätte ich gerne Doug. Doug, wären Sie so gut«, bat Shannon.

Verwundert blickte er sie von seinem Stuhl an. Ein Sonnenstrahl ruhte auf seiner nackten Brust. »Ich dachte, ich bin die Notlösung, falls jemand ins Koma fällt.«

»Doug, wollen Sie oder nicht?«

»Wie lange habe ich Zeit, mir das zu überlegen?«

»Okay, Jeff, dann …«

»Schon gut, schon gut! Bin ja schon da!« Doug erhob sich aus dem Stuhl und schlurfte auf die Bühne zu.

»Bitte ziehen Sie Ihre Jeans dazu aus.«

Doug lächelte Shannon von der Bühne herab an. »Sie wollen doch nur meinen Astralkörper bewundern.« Einige der Frauen lachten leise.

»Es kommt nicht nur auf Ihren Astralkörper an, Doug, sondern auch auf …«

»Ja, ja, … schauspielerische Leistung, schon klar. Na, dann komm mal her, Püppchen.«

»Doug, Sie sind derjenige, der ins Wohnzimmer kommt, als Natalie und Betty gerade dabei sind, sich gegenseitig zu verwöhnen. Doug, Sie sind geschockt und dann stinksauer. Die nächste Szene, die ich stellen möchte, ist die, wo Sie an Betty Hand anlegen und sich dann von ihr verwöhnen lassen. Natalie wird dazustoßen und Betty verwöhnen, während Sie, Doug, es mit Betty treiben. Als dritte Szene möchte ich Natalie und Betty sehen, wie sie sich gegenseitig Lust bereiten. Und als letzte Szene das Streitgespräch zwischen Doug und Natalie.«

»Sorry, wenn ich unterbreche, aber, warum drehen die

Frauen nicht zuerst ihre Szene?«, fragte Doug.

»Weil ich sehen möchte, wie Sie mit den beiden Frauen harmonieren. Wenn es nicht gut aussieht oder passt, dann kann ich gleich jemanden durchtauschen«, sagte Shannon und fügte hinzu: »Im Zweifel Sie, Doug.«

Er rümpfte kurz die Nase, grunzte und zog sich kommentarlos seine Jeans aus. »So, Mädels, dann macht euch bereit, hier kommt Douglas.«

Einige Frauen kicherten von den Zuschauerstühlen. Shannon zog die Augenbrauen hoch und zeigte ihre Genervtheit. Doch innerlich flatterte sie. Ihr Herz klopfte stark und sie war mehr als nervös, Doug gleich nackt zu sehen. Schon jetzt hatte sein Körper ihren Körper im Sturm erobert. Seine kräftigen Oberschenkel, die männliche Behaarung auf Armen und Beinen, die schwarze Linie, die sich von seinem Bauch in seine Boxershorts hineinzog ...

Als Shannon weiter zu Dougs Gesicht wanderte, begegnete sie seinem Blick und zuckte erschrocken zusammen. Ein leichtes Lächeln umspielte seine Mundwinkel. Sofort sah sie zu den Frauen, die sich leise darüber einigten, wie sie liegen wollten. Eine Einigung schien schwieriger als erwartet. Betty verschränkte genervt die Arme. »Das kannst du vergessen!«

»Was ist denn, Betty?«, fragte Shannon.

»Ach, ich soll Natalie lecken. Das finde ich eklig. Auch würde ich niemals einen Schwanz in den Mund nehmen. Ich bin Schauspielerin und keine Pornodarstellerin.«

»Betty«, erklärte Shannon, »wenn du das Hausmädchen verkörpern möchtest, dann musst du auch gewisse Kompromisse eingehen. Schließlich drehen wir einen Erotik-Film. Dazu gehört auch, eine Muschi zu lecken oder einen Schwanz zu blasen.«

Um ihre Aussage zu verdeutlichen, nickte Shannons Kopf dabei zu Doug hinüber, wobei sie sah, dass sein Schwanz unter der Boxershorts zuckte.

»Das finde ich obszön«, sagte Betty.

Shannon seufzte. »Betty, entscheide dich. Du hast gesehen, wie es bei der Aktmaler-Szene gelaufen ist. Etwas Ähnliches möchte ich auch jetzt sehen. Dir steht es nach wie vor frei, zu gehen. Aber ich bitte noch einmal ganz nachdrücklich«, und damit wandte sich Shannon an die umsitzenden Casting-Mitglieder, »wer diese Art von Erotik, aus welchen Gründen auch immer, nicht darstellen kann oder möchte, der sollte jetzt diesen Raum verlassen.« Shannon blickte zu Betty. »Und?«

»Na schön, ich mach's«, sagte Betty und fügte mit einem Blick auf Doug hinzu: »Aber nur wegen des Geldes.«

Shannon wurde sauer, denn anscheinend fand Betty Doug auch attraktiv. Shannon erschrak über ihre Gedanken. War sie sauer, weil Betty sich von Doug vögeln lassen durfte, im Gegensatz zu ihr?

»Ist mir egal, aus welchem Grund du es machst«, fauchte Shannon. »Hauptsache, du machst es und das möglichst gut! Sonst muss ich dich durchtauschen. Also los, schlüpft in eure Rollen.«

Doug war besser als sie dachte. Er besaß ein interessantes Mienenspiel und konnte sich in die Rolle gut hineinversetzen. Betty gab anscheinend auch ihr Bestes. Die beiden waren ein ziemlich gutes Team, stellte Shannon mit einem Anflug von Eifersucht fest.

Als sie zur zweiten Szene kamen, fing Doug an, ihre Brustwarzen zu liebkosen und mit der Zunge zu umkreisen. Bettys Nippel wurden hart, was sie sich vor den anderen wohl nicht anmerken lassen wollte, denn sie presste die Beine zusammen.

Doch Doug war draufgängerisch und zog ihr ohne Umschweife das Höschen aus. Sofort blickte Betty zu Shannon. Diese beobachtete angespannt die Aktion, unterbrach aber nicht. In ihrem Schoß pochte es. Doug machte bei Betty einfach weiter und drückte ihre Beine auseinander, um sofort mit seinen Fingern in ihr Geschlecht zu tauchen. Betty versuchte, einen Seufzer zu unterdrücken. Dougs Schwanz stellte sich in seiner Shorts auf. Um das zu vertuschen, drückte er seinen Oberkörper zwischen ihre gespreizten Beine und zog sich ein Stück nach oben, sodass er seine Hände rechts und links ihres Kopfes aufs Bett stützte. Hätte er keine Hose mehr angehabt, hätte er seinen Schwanz mühelos in sie schieben können.

Shannons Herz klopfte wild und ihr wurde heiß. Sie spürte, dass nun der Punkt gekommen war, wo sie Doug anordnen sollte, seine Hose auszuziehen, doch sie konnte es nicht. Stattdessen sagte sie so gelassen wie möglich: »Danke, Doug. Sie können sich erst mal ausruhen. Jeff!« Sie hoffte, dass niemand das leichte Zittern in ihrer Stimme bemerkte.

»Ausruhen? Wovon? Weder haben wir es miteinander getrieben noch ist Natalie dazugekommen, und das Streitgespräch war auch noch nicht an der Reihe.«

»Doug, bitte! *Ich* bin die Regie und *ich* entscheide!«

»Das gibt es doch wohl nicht!« Sauer stapfte er von der Bühne.

Jeff erschien an seiner Stelle und beugte sich zu Bettys Brüsten. Seine Art zu spielen war der von Doug ähnlich, doch ließ sie Shannons Schoß kalt. Das war für sie eine gute Voraussetzung, um mit klarem Kopf Regie zu führen.

Kurz blickte sie sich zu Doug um. Er hatte am Rand Platz genommen, die Füße auf einen Stuhl gelegt und die Arme vor der nackten Brust verschränkt. Seine Augen waren zu Schlitzen geformt und der Kopf schräg gelegt.

Shannon spürte sofort ein Ziehen in ihrem Schoß und blickte schnell zur Bühne zurück. Sie konnte nicht ausmachen, ob er ihren Blick bemerkt hatte.

Inzwischen war Natalie dazugestoßen und leckte sanft über Bettys Brustwarzen. Das machte Shannon scharf und sie fragte sich, ob sie selber die geeignete Person für diesen Job war, wenn sie jedes Mal mit ihren Schauspielern geil wurde – oder noch schlimmer: geiler wurde, als ihre Schauspieler.

»Au, nicht so grob, du Idiot!«, rief Betty und stieß Jeff, der versuchte, in sie einzudringen, von sich, während sie Natalie leckte. »Außerdem wurde hier nichts von Vögeln gesagt. Shannon!«

»Jeff, bitte warte noch. Du brauchst noch nicht alles auffahren. Betty, und für dich gilt: er wird dich noch vögeln!«

»Was? So richtig? Kann man das nicht reinschneiden oder computeranimieren?«

Doug lachte laut auf, um sofort eine Hand hochzuhalten und sich grinsend zu entschuldigen.

Shannon bedachte ihn mit einem strafenden Blick und wandte sich an Betty: »Nein, das geht nicht. Wir werden einen Erotik-Film drehen und …«

»Ja, ich weiß. Aber ich will das mit Jeff nicht machen!«

Shannon seufzte.

»Hey, Mädchen, nun reiß dich mal am Riemen. Hier wird gefickt und gefummelt. Finde dich damit ab!«, ranzte Natalie sie an. »Ich habe auch keine Lust, mir ständig das Gejammer von dir anzuhören, wenn ich gerade richtig in Fahrt bin. Triff endlich deine verdammte Entscheidung!«

»Dann lieber nicht!«, fuhr Betty sie an.

»Betty, nun beruhige dich wieder«, versuchte Shannon es.

»Nein, ich werde es mit Jeff nicht treiben!«

»Na schön. Wie wäre es mit Doug?«

Betty sah zu ihm. »Schon eher.«

»Hey, was wird denn das? Ein Wunschkonzert?«, fragte Doug.

»Mach du mich nicht auch noch dumm von der Seite an«, raunzte Betty ihn an.

»Okay, jetzt beruhigen sich mal alle wieder. Doug, kommen Sie bitte her.«

Betty hob die Hände abwehrend hoch: »Das ist nicht nötig. Bleib, wo du bist, Astralmann. Tut mir leid, Shannon, ich kann das so nicht. Alle halbe Minute sabbert jemand anderes an mir herum. Ich gehe.«

»Betty, bitte. Wir entscheiden uns für einen Mann, der dann der deine für die Drehzeit wird, okay?!«

»Nein, Shannon, ich will nicht. Auch privat lasse ich niemanden mit dem Mund an mich heran. Das ist einfach nicht mein Ding.« Damit schnappte Betty sich ihre Sachen und verließ mit einem Gruß den Casting-Raum.

Shannon sank auf ihren Stuhl und rieb sich über die Augen. Wie sollte sie bloß das Projekt zu Ende bringen, wenn ihr sämtliche Schauspieler absprangen?!

Nun musste sie sich für eine der zwei Ersatzfrauen entscheiden. Ob sie Paul, den Produzenten, anrufen und um Rat fragen sollte? Allerdings würde das kein gutes Licht auf ihre Regiefähigkeiten werfen. Also nahm sie erst mal einen Schluck kalten Kaffee.

»Hey, alles okay?«

Sie blickte zu Doug hoch und seufzte: »Ja, schon gut.«

Er hatte sich auf ihre Stuhllehne gestützt und war ihr so nahe, dass sie sein After Shave und seinen männlichen Duft, der seinem Oberkörper entstieg, wahrnehmen konnte. »Ich muss jetzt nur eine Entscheidung treffen. Wenn das so weiter geht, dann stehe ich am Ende ohne Schauspieler da.« Sie schüttelte den Kopf und atmete tief durch, bemerkte, dass ihre Stimme leicht zitterte. Es war seine Nähe. Sie versuchte, ihn so schnell wie möglich auf sicheren Abstand zu bringen. »Aber das soll nicht Ihr Problem sein, Doug.«

Doug richtete sich auf und fragte: »Wieso siezen Sie mich eigentlich die ganze Zeit?«

Verunsichert blickte sie ihn an. »Weil das so üblich ist.«

»Aha! Die anderen werden aber alle geduzt. Ist das denn auch so üblich, dass nur *ein* Castmitglied gesiezt wird?«

»Oh, das ist mir nicht aufgefallen. Sorry. Ich kann das ja ändern, wenn du darauf bestehst.«

»Okay. Ich bestehe darauf, dass du mich duzt, Shannon.«

Sie stockte und blickte zu ihm hoch. »*Ich* werde aber *nicht* geduzt. Das ist nicht üblich.«

»Ach, Shannon, was so üblich ist, oder nicht, ist mir eigentlich ziemlich egal.« Er wandte sich ab und ließ sich auf seinen Stuhl fallen. »Gleiches Recht für alle, oder?!«

Shannon sah ihm hinterher. Als ihr Blick zu lange auf ihm ruhte, zwinkerte er. Ihr Herz machte einen Satz. Sofort lenkte sie ihre Aufmerksamkeit auf die einzige Ersatzfrau.

Sie war ein junges Mädchen, vielleicht Anfang zwanzig.

Shannon winkte ihr. »Wie heißt du?«

»Fleur«, hauchte sie.

Fleur war wirklich wie aus dem Bilderbuch: elfengleich, lange, dünne aschblonde Haare, blasser Teint, schmale bis sehr schmale Figur. Ihr Gang war der einer Grazie. Shannon musste zugeben, dass dieses Mädchen eine ganz besondere Aura besaß, aber sie zweifelte, dass sie in die Szene passen würde.

Fleur stand nun vor ihr, die langen schlanken Finger ineinander geschlungen und drehte ganz leicht ihren Körper hin und her.

»Fleur, traust du dir das zu?«

Sie nickte.

Shannon seufzte. »Also schön, dann auf die Bühne mit dir. Leg dich aufs Bett. Doug, Sie … du bist als Erster dran.«

Schon als Doug neben Fleur trat, wusste Shannon, dass diese Kombination zum Scheitern verurteilt war. Er überragte sie weit und wirkte neben ihr wie ein Bergmassiv.

Als sie die einzelnen Szenen durchspielten, fand Shannon, dass Doug sich zurückhielt. Er konnte die Energie, die er mitbrachte, nicht ausleben. Als sie sich an die Sexszene machten, zog Fleur sich bereitwillig aus, doch sie war wie eine Statue. Aber das Schlimmste an der Situation war, dass Doug nicht auf sie reagierte. Auch Fleur war nicht erregt. Sie ließ zwar alles mit sich geschehen, doch vermittelte sie den Eindruck, dass sie hoffte, alles wäre möglichst schnell vorbei.

Shannon winkte Doug von ihr fort, woraufhin er erleichtert wirkte. Auch Jeff hatte nicht mehr Erfolgschancen bei ihr. In seiner Hose allerdings regte es sich. Shannon war beruhigt. Wenigstens etwas. Sie blickte zu Doug. Dieser ließ nur seine Augen zu ihr herüberschwenken. Einige Sekunden sahen sie sich an, ehe Doug den Blick abwandte und wieder auf die Bühne sah. Shannon war klar, dass er sich denken konnte, nun aus dem Rennen zu sein.

In der Szene mit Natalie fehlte Harmonie und die Charaktere wirkten wie willkürlich zusammengestückelt. Shannon schüttete den letzten Rest kalten Kaffees in sich hinein – er passte zu ihrer Stimmung.

»Danke, Natalie, Fleur und Jeff. Ihr könnt euch setzen. Das hat mir schon ganz gut gefallen und ich denke, so werden wir es machen. Doug, das heißt für dich, dass du nicht dabei sein wirst. Ich danke dir für dein Kommen.«

Doug sprang auf, dass beinahe sein Stuhl umfiel. »Wie bitte, du willst dieses Würfel-Trio nehmen?!«

»Doug, ich kann mir vorstellen, dass du sauer bist, aber es lässt sich nicht ändern. Ich habe mich entschieden.«

»Das ist eine verdammt schlechte Wahl und das weißt du auch! Ich dachte, du willst einen guten Film drehen. Jetzt nach einer unpassenden Notlösung zu greifen, macht keinen Sinn und wird einfach nicht gut werden!«

»Ich danke dir für deine Anteilnahme. Aber jetzt würde ich mich mehr darüber freuen, wenn du deine Sachen nimmst und verschwindest.«

Shannon versuchte, sich zu beherrschen, um nicht in Tränen auszubrechen. Ihr fehlte eine gute Frau für den Taxi-Film, es gab eine schlechte Notbesetzung für den dritten Film und nun hatte sie auch noch Doug rausgeworfen. Den Mann, der ihr mehr bedeutete, als sie zugeben wollte, und der seinen Finger genau in die Wunde drückte, die erstens verdammt weh tat und mit der er zweitens verdammt Recht hatte.

»Douglas!«, rief sie, als er seine Hand auf die Türklinke gelegt hatte, und sie bereute es sofort.

Er drehte sich um und sah sie an. Sie spürte, wie sich alle Blicke auf sie hefteten.

»Was ist«, fragte er, als Shannon lange schwieg.

»Es kann sein, dass ich dich morgen noch brauche«, gab sie zu.

»Ach ja? Und wofür? Soll ich vielleicht die Bademäntel halten oder den Männern die Slips abnehmen? Ich denke, du hast deine Wahl getroffen. Viel Glück!«

Er wollte gerade aus der Tür raus, als diese aufschwang und Teresa ihren Kopf hereinsteckte. »Hi, Doug«, grüßte sie und ihr Kopf schwenkte zu Shannon. »Ich hab es mir anders überlegt und möchte doch mitmachen. Meinetwegen lasse ich auch die Klamotten fallen und werde dem lüsternen Taxifahrer einen blasen, mir egal. Soll mein Freund denken, was er will. Ich bin ein freier Mensch. So, da bin ich!« Teresa breitete die Arme aus und lächelte.

Shannon kam auf sie zu und nahm sie spontan in den Arm. »Danke«, flüsterte sie in Teresas Ohr. Noch nie war sie einem Menschen so schnell vertraut. Ihr Blick wanderte zu dem Mann, der die Türklinke in der Hand hielt und die beiden Frauen beobachtete. Er straffte sich und ging. Shannon schloss die Augen und hätte sich beinahe an Teresas Schulter ausgeweint. Doch sie riss sich zusammen und straffte sich ebenfalls.

Der erste Film, den sie nun mit Teresa stellte, machte ihr sehr viel Spaß. Und nicht nur ihr, auch dem Taxifahrer gefiel es nur zu gut. Teresa war voller Power und Schwung. Sie hatte sich entschieden, es zu wollen und das sah man auch. Ihr Ehemann und der Taxifahrer verwöhnten sie nach allen Regeln der Kunst und Teresa genoss es. Sie schwang ihre schwarzen Haare, setzte sich mal auf den einen Schwanz, mal auf den anderen, während einer ihre Muschi leckte. Sie stöhnte und jammerte und besorgte es den Männern so sehr, dass sie diese vor Lust aufschreien ließ, während sie sich einen Schwanz nach dem anderen in den Mund schob.

Als die Szene fertig war, applaudierte Shannon, so begeistert war sie. Teresa gab beiden Männern einen Kuss und diese trugen sie, einer links, einer rechts, auf den gefalteten Händen unter den Lachern der andren, zur Umkleide-Kabine.

***

»So, Shannon, schießen Sie los. Wo liegt Ihr Problem, dass Sie mich sprechen wollten?«, fragte Paul und nahm einen Schluck von seinem Weißwein.

»Ich überlege, ob ich noch ein Casting anberaume«, sagte Shannon und biss in eine Scheibe Baguettebrot, die sie mit Leberpastete bestrichen hatte.

»Das ist keine gute Idee. Wir würden dadurch zu viel Zeit verlieren. Shannon, denken Sie daran, dass wir nur zwei Wochen Zeit haben und davon sind nun schon drei Tage weg. Erinnern Sie sich noch, wie Sie mir anfänglich sagten, dass es mit zwei Wochen kein Problem sei, und *Sie* versuchten, *mich* zu beschwichtigen? Ich habe das Gefühl, dass wir gerade die Rollen tauschen.«

Shannon seufzte. »Mein Problem ist, dass ich Douglas Austin habe gehen lassen. Er war wirklich gut – sehr gut! Doch leider harmonierte er nicht mit einer der Darstellerinnen.«

»Ist die Darstellerin denn so herausragend?«

»Nein, leider gar nicht, aber ich habe keine andere.«

Der Kellner kam und stellte Paul und Shannon ihre Teller mit Seezungenröllchen in Portweinbutter hin.

»Hm«, überlegte Paul, »das ist nicht gut.«

»Ich weiß nicht, was ich machen soll …«

»Am besten werden wir das Nach-Casting ansetzen und ich schaue mir das mal an.«

»Das wäre eine gute Idee, wenn wir die Zeit noch hätten. Aber für morgen habe ich die Stellproben gedacht und übermorgen kommt bereits das Kamerateam.«

»Hatten Sie nicht ein Nach-Casting selber in Betracht gezogen?«

»Theoretisch ja, aber ich hätte nie gedacht, dass es dazu kommen würde. Sorry, das war mein Planungsfehler. Ach Paul, was soll ich denn bloß tun?«

»Machen Sie weiter wie bisher. Also morgen Stellproben, übermorgen drehen, und so weiter. Ich komme trotzdem dazu und sehe mir das Ganze mal an. Vielleicht fällt mir etwas ein.«

»Ich danke Ihnen!«

»Danke Sie mir nicht zu früh – noch habe ich keine Lösung gefunden. Aber nun genießen wir erst mal den Fisch! Lassen Sie es sich schmecken, ich lade Sie ein.«

»Danke, Paul.«

***

»So, meine Lieben, das hat mir für den Anfang gut gefallen. Wir machen eine halbe Stunde Pause und fahren gleich mit dem dritten Film fort. Treffpunkt ist der Casting-Raum. Danke!« Shannon nahm ihre Unterlagen und ihren Kaffeebecher, mit dem sie ins erste Stockwerk ging. Dort warf sie einen Buck, eine Dollar-Münze, hinein und bekam einen dampfend heißen Kaffee. Sie lehnte während des Brühvorgangs den Kopf an den Automat und schloss die Augen.

»Das ist aber keine bequeme Haltung zum Schlafen.«

Shannon schreckte hoch. Vor ihr stand Doug.

»Was machst du denn hier?«, fragte sie erstaunt.

»Dich vor einer frevelhaften Tat bewahren.«

»Die da wäre?«

»Diese Plörre von Kaffe zu trinken.«

Shannon lachte kurz auf. »Dieser Kaffeegenuss kostet mich *einen* Dollar. Er *muss* gut sein!«

»Himmel, das ist ja Wucher! Warum holst du dir nicht einen guten Kaffee im ›Coffee Bean‹, gleich hier um die Ecke?«

»Darf ich jetzt eine Frage stellen?«

Doug lächelte. »Nur zu.«

»Was machst du hier? Du bist doch sicher nicht hergekommen, um mit mir über Kaffee zu fachsimpeln?«

»Das wäre eine interessante Alternative. Nein, ich wollte sehen, wie es hier ohne mich läuft.«

»Wie du bestimmt gehört hast, sehr gut!«

Doug verschränkte die Arme. »Ja, noch! Weil ihr bisher nur die Taxi- und die Aktmalerei-Filme gestellt habt.«

»Dann hast du dich ja schon richtig schlau gemacht.«

»Sicher, warum nicht! Bisher habe ich wohl nichts verpasst. Auf die nächsten Minuten bin ich allerdings sehr gespannt.«

»Leider haben Leute von außerhalb keinen Zutritt.«

Doug zog die Augenbrauen hoch. »Ich bin einer von außerhalb? Oh! Verstehe.«

Shannon irritierte seine Art. Sie blickte auf die Uhr. »Tut mir leid, ich muss jetzt gehen.«

Doug reichte ihr den Kaffeebecher, der noch im Automat stand. »Hier, versuche ihn zu genießen.« Er kam ihrem Gesicht ganz nahe und raunte: »Aber manchmal braucht man eben doch etwas Richtiges, um es wirklich genießen zu können.«

Shannon wandte sich schnell von ihm ab und schritt die Treppe hinunter. Ihre Wangen glühten und ihr Herz klopfte wild. Dieser Mann hatte es einfach drauf, sie in seinen Bann zu ziehen. Fast hätte sie die letzte Stufe übersehen und wäre gestürzt. Schnell blickte sie sich um, ob sie irgendjemand gesehen hatte. Dem war nicht so. Dann warf sie noch einen Blick die Treppe hinauf. Oben lehnte Doug mit verschränkten Armen am Geländer und lächelte ihr zu. Rasch drehte sie sich wieder um und ging im Laufschritt zum Castingraum. Dort wäre sie beinahe mit dem Taxifahrer zusammengestoßen.

Shannon nahm einen Schluck Kaffee, verzog das Gesicht und stellte den Becher auf einen der Tische. Paul kam ihr entgegen.

»Guten Morgen, Shannon. Wie geht es Ihnen?«

»Hallo, guten Morgen, Paul. Ganz gut soweit. Taxi- und Aktzeichner-Szene sind gut gestellt worden.«

»Wo habt ihr das gemacht?«

»Im Nebenraum. Habe dort ein provisorisches Atelier errichtet und mir außerdem von einem Taxiunternehmen ein Taxi gemietet und es in den Hof gestellt. Dort konnten wir ohne Fremdeinsicht in Ruhe proben.«

»Sehr gut, Shannon. Nun bin ich aber auf den dritten Film gespannt.«

»Ich auch«, flüsterte Shannon. Sie rief Natalie, Fleur und Jeff. Natalie war eine Selbstgängerin, sie war locker und willig. Auch Jeff war bereit, es gut hinzubekommen. Allerdings konnte Shannon ihm wieder wenig abgewinnen und sie spürte, dass es Natalie genauso ging. Fleur hingegen wirkte blass und fast ein bisschen überfordert. Als erst Jeff und dann Natalie über sie herfielen, hatte Fleurs Blick etwas Gehetztes, wie ein Reh, das vor einem Rudel Wölfe flüchtet.

Shannon sah zu Paul und dieser schüttelte den Kopf. »Das muss wirklich besser werden«, flüsterte er ihr zu. »Wobei ich finde, dass es nicht unbedingt an Jeff liegt, es ist das junge Mädchen. Es wirkt total überfordert und damit definitiv fehlplaziert. So können wir es unmöglich machen.«

»Tja, was soll ich nur tun?«

»Vielleicht liegt es an Jeff. Wenn wir ihn mit Douglas ersetzen, ist sie eventuell lockerer.«

Shannons Kopf ruckte zu ihm herum. »SIE haben Doug herbestellt?« Hinter Paul sah Shannon ihn in einer Ecke stehen. Er hatte seine ihm so typische Haltung angenommen: mit verschränkten Armen vor der Brust. Er zwinkerte ihr zu und lächelte. Sofort blickte sie wieder auf Paul.

Dieser zuckte mit den Schultern. »Sie haben selber gesagt, dass er sehr gut war. Da dachte ich, so einen Mann könnte man heute vielleicht doch noch gebrauchen.«

»Aber es geht nicht um ihn, es geht um Fleur.«

»Manchmal kann ein Ergebnis ganz anders aussehen, wenn man einen Part durchtauscht.«

»Aber wir haben es auch schon mit Doug ausprobiert.«

»Dann versuchen Sie es noch ein Mal.«

Shannon seufzte. »Na schön, von mir aus. Versuchen wir's.« Sie winkte Doug und rief Jeff zu, er solle bitte einen Augenblick Platz nehmen.

Lässig zog Doug sein T-Shirt und die Jeans aus. Er lächelte Shannon kurz zu, ehe er die Bühne betrat. Sie spürte, wie sie rot wurde und blickte sofort auf ihre Unterlagen.

Auch diese Versuche mit Fleur scheiterten. Sie scheiterten eigentlich aus den gleichen Gründen wie am Vortag. Fleur war gehemmt und Doug nicht scharf auf sie. Man sah, dass er ein Problem hatte, sie richtig anzupacken. Er hielt sich sehr zurück.

»Los, ran da«, rief Paul ihm zu.

Doug schüttelte den Kopf. »Ich habe Angst, dass sie unter meinen Händen zerbricht.«

»Unsinn«, ärgerte sich Paul, aber er schien das Problem zu sehen.

Doug blickte auf Shannon.

Shannon wollte seinem Blick nicht ausweichen und hielt ihm stand, doch nach einer Weile wurde sie unsicher und sah weg.

»Wie wäre es, wenn Shannon den Part übernimmt«, schlug Doug vor.

Stille. Keiner sprach ein Wort.

»Wie bitte?!«, fragte Shannon. »Ich führe Regie!«

»Es gibt Regisseure, die auch vor der Kamera stehen.«

»So etwas mache ich nicht«, sagte Shannon bedrohlich ruhig.

»Paul, was halten Sie davon?«, fragte Doug ihn.

Paul rieb sich übers Kinn. »Wir könnten es ja mal ausprobieren.«

»Wie bitte??? Paul, was reden Sie da? Es geht um mich!«

»Ich weiß.«

»Wissen Sie, was Sie da von mir verlangen?«

»Das tue ich, Shannon. Aber es käme tatsächlich auf einen Versuch drauf an. Vielleicht passen Sie da ganz gut rein.«

»Nein! Auf gar keinen Fall! Ich treibe es doch nicht vor laufender Kamera.«

Ein Raunen ging durch die Reihen der anderen Schauspieler. Erst jetzt wurde Shannon bewusst, was sie da gesagt hatte. »Ich meine, ich bin die Regie. Ich gucke mir von außen an, wie das alles aussieht, gebe die Anweisungen für den letzten Schliff. Wie soll ich das tun, wenn ich selber involviert bin?«

»Ich werde Ihre Regie mit übernehmen«, bot Paul an.

Shannon schüttelte den Kopf. »Ich habe so etwas noch nie getan.«

»Ich auch nicht«, lächelte Doug.

Shannon versuchte, ihn zu ignorieren, doch ihr Herzklopfen verriet ihr Innerstes. Ernst wandte sie sich an ihren Produzenten: »Paul, das können Sie nicht von mir verlangen! Ich bin keine Schauspielerin!«

»Mich würde interessieren, wie es aussieht.«

»Nein!« Sie verschränkte die Arme und schob ihr Kinn vor.

»Shannon, kann ich Sie bitte unter vier Augen sprechen?«, forderte Paul sie auf.

Sie ließ die Arme sinken und folgte ihm auf den Flur. Dort richtete er das Wort an sie: »Sie wollen doch das Beste für den Film, oder?«

Sie nickte gezwungen nach einer Weile.

»Sie wollen doch auch, dass er gekauft und geliebt wird und per Mundpropaganda weitergereicht wird, oder?«

Sie nickte mit verkniffenem Mund.

»Gut, dann tun Sie mir den Gefallen und bieten Sie das Beste, was der Film braucht. In diesem Falle sind das *Sie*! Wir wollen ja nur sehen, wie es wirkt.«

Shannon kämpfte innerlich. Sie wog alles gegeneinander ab. Sie dachte daran, wie sie es mit Doug auf der Bühne treiben würde, wie er sie weichbekam. Doch sie dachte auch daran, dass ihre Rolle dann wahrscheinlich gesichert war und gut rüberkäme, da sie sie selbst im Griff hatte. Eine sicherere Art des Schauspielens, als selber einzuspringen, gab es einfach nicht.

»Also schön, ich mach's. Aber nur gucken – und, ich möchte mit Jeff spielen!«

»Ihre Entscheidung finde ich großartig! Aber, Shannon, Sie haben mir selber gesagt, dass Sie es bereut haben, Douglas aus dem Rennen geworfen zu haben und nun wollen Sie Jeff vor der Kamera sehen? Das verstehe ich nicht!«

»Vielleicht ist er mit mir in Kombination doch besser.«

»Wollten Sie nicht das bestmögliche Ergebnis auf dieser DVD haben?«

Sie nickte.

»Dann nehmen Sie auch die Leute, die gut sind! Und nur gucken, ob Sie eine gute Figur auf dem Bett machen, reicht nicht. Wenn es passen sollte, dann bitte ich Sie, dass Sie die Sache durchziehen. Sonst können wir die Produktion vergessen.«

»Sie haben leicht reden, Paul. Sie müssen ihre Hose nicht fallen lassen.«

»Shannon, es ist Ihr Produkt! Entweder Sie machen es oder keiner macht es. Das können Sie sich aussuchen.«

»Das heißt, das Ganze steht und fällt mit *mir*?«

»Ja!«

»Sie setzen mir die Pistole auf die Brust?«

»Es fällt mir nicht leicht, das können Sie mir glauben, aber wir müssen jetzt endlich eine Entscheidung treffen.«

»Und wenn eine Schauspielerin aus dem anderen Film …«

»Shannon!«

»Okay, ich mach's. Mit Jeff.«

»Nein! Sie machen es mit Douglas, oder ich blase den Dreh ab! Damit ist alles gesagt.« Paul drehte sich um und ging zum Casting-Raum zurück.

Shannon folgte ihm langsam. Tausend Gedanken, Wenn und Abers rasten durch ihren Kopf. Doch auch sie sah keine bessere Lösung.

Shannon hob den Blick und ließ ihn durch den Raum streifen. Sie betrachtete alles nun in einem ganz anderen Licht. Die Bühne, die Schauspieler, Paul, Natalie, Jeff, Fleur und Doug.

Sie straffte sich und ging auf die Bühne, wo sie sich aufs Bett legte und Natalie ein Zeichen machte, zu ihr zu kommen und so zu tun, als ob sie gerade miteinander zugange waren. Doug ging zum Seitenrand und kam herein. Er war entrüstet und sauer. Natalie und er sagten ihre Texte auf und knallten sie sich an den Kopf. Shannon war erstaunt, dass beide ihn schon draufhatten. Besonders Doug, der bis Dato ja gar nicht eingeplant war.

Die nächste Szene, war eine echte Herausforderung für Shannon: Die Bett-Szene. Sie war sich nicht sicher, was sie tun sollte. Da heute lediglich eine Stellprobe stattfinden sollte, ließ sie ihre Sachen an. Doug zögerte.

Paul reagierte. »Shannon, Sie müssen uns schon etwas nackte Haut präsentieren. Sonst kann ich mir kein Bild machen, ob die Szene harmonisch wirkt.«

Sie stand auf. Ihr Körper kribbelte. Shannon wusste, dass alle sie anstarrten, gespannt, was für Brüste sie zu Tage förderte, doch sie spürte nur den Blick von Doug. Mit zitternden

Händen zog sie ihr Oberteil und den Rock aus, dann hakte sie den BH auf. Sie traute sich nicht, jemanden anzusehen. Bevor sie sich aufs Bett legen konnte, war Doug bei ihr und küsste sie auf den Hals. Shannon sog scharf die Luft ein und Hitze schoss ihr ins Gesicht. Ihr wurde schwindelig, sodass sie sich an Dougs Armen festhielt. Langsam drückte er sie aufs Bett und fuhr mit seiner Zunge an ihrem Körper hinunter bis zu ihren Brüsten. Er hinterließ eine brennende Spur, die von seinem Atem gekühlt wurde. Als er mit dem Mund eine ihrer Brustwarzen umfing und mit der Zunge darüber flatterte, schloss Shannon die Augen und seufzte.

»Oh Baby, ich will dich«, flüsterte Doug so leise, dass nur sie es hören konnte.

Ohne Vorwarnung glitt seine Hand an ihrem rechten Bein hoch und schob sich unter ihr Höschen. Aus einem Reflex heraus schlug sie die Hand weg. Sie wusste, dass sie nass war, doch *er* sollte es nicht wissen. Er sollte nicht merken, dass er sie um den Verstand gebracht hatte.

Sofort stoppte Doug in seiner Aktion und blickte ihr mit unbewegter Miene in die Augen. Sie spürte, dass er sie tatsächlich wollte und wusste, dass beide, wären keine Leute um sie herum gewesen, übereinander hergefallen wären.

»Okay, das reicht fürs Erste«, rief Paul. »Shannon, es tut mir leid, Ihnen das sagen zu müssen: für meine Begriffe sieht das verdammt gut aus!« Er lachte kurz. »Ihr habt beide das Feuer, das für den Film gebraucht wird. Douglas, ich bin überrascht, was in Ihnen steckt. Das war vor einer halben Stunde noch nicht zu erkennen. Also, Shannon, wenn Sie mich fragen, das ist die beste Kombination und Besetzung. Sorry, Fleur und Jeff, wenn ich hier geschäftsmäßig denken muss.«

Shannon richtete sich auf und atmete leicht zitternd tief durch.

***

Teresa warf den Kopf in den Nacken und stützte sich am Dach des Taxis von innen ab. Ihre Brüste wippten im Takt zu den Reitbewegungen, die sie ausführte. Den Mund leicht geöffnet, beobachtete sie den Taxifahrer unter ihr, der ihre Hüften festhielt und sie immer wieder auf seinen harten Schwanz zog. Daneben saß der Ehemann halb liegend und schob sein strammes Glied vor und zurück, während er Teresa genau beobachtete.

Shannon und auch Paul waren begeistert, wie professionell die drei das Thema angingen und die erotische Szene voll auslebten. Drei Tage standen für den Dreh der Taxiszene zur Verfügung, doch die hätten sie eigentlich gar nicht gebraucht, so locker und flüssig ging das Ganze über die Bühne. Shannon hätte nie gedacht, dass ausgerechnet Teresa sich so öffnen würde. Sie war frei und hemmungslos und das sah man auch. Darüber war Shannon sehr erleichtert, denn diese Begeisterung würde auch auf der DVD zu sehen sein.

Der zweite Film mit dem Aktzeichner und der Journalistin lief nicht ganz so leicht und beschwingt. Einige Hemmungen waren im Spiel, besonders von den drei Akt-Mädchen, die den Aktzeichner verwöhnen sollten. Doch am dritten Tag war ein zufriedenstellendes Ergebnis für Shannon zu erkennen und sie ließ sich nach dem Dreh erleichtert in einen Stuhl sinken.

Paul klopfte ihr freundschaftlich auf die Schulter. »Das haben Sie gut gemacht, Shannon.«

»Danke. Aber ich denke, der Verdienst gilt den Schauspielern.«

»Nein, nicht nur. Wären Sie nicht gewesen, die die Anweisungen zu den Stellungen gegeben und die Schauspieler immer und immer wieder motiviert hätte, dann wäre nichts draus geworden.«

Shannon lächelte. »Danke, Paul.«

»Sie sollten nun schlafen gehen. Morgen steht Ihnen ein anstrengender Tag bevor.«

Shannon zog lächelnd die Augenbrauen hoch und nickte.

»Schön, dass Sie dazu bereit sind, es durchzuziehen. Gute Nacht, Shannon.«

»Gute Nacht, Paul.«

Einen Augenblick blieb sie noch sitzen und sann vor sich hin. Wie würden die Aufnahmen laufen? Sie dachte an Doug. Er hatte sich ab und zu am Set blicken lassen, schweigend zugesehen und war dann genauso schnell und geräuschlos verschwunden, wie er gekommen war. Shannon hatte keine Anwesenheitspflicht angeordnet, deshalb war sie etwas verwirrt, ihn zu sehen. Leider gab es keine Zeit, sich zu unterhalten. Der Dreh forderte Shannons ganze Aufmerksamkeit.

Umso überraschter war Shannon, als Doug in dieser Sekunde vor ihr stand, sich einen Stuhl umdrehte, verkehrt herum draufsetzte und fragte: »Na, noch Lust auf einen guten Kaffee?«

Sofort machte ihr Herz einen Hüpfer und tausend Gedanken schossen ihr durch den Kopf. »Doug, was machst du denn hier?«

»Dich auf einen Kaffee einladen.«

Shannon blickte auf die Uhr. »Also, ich muss morgen …«

»Ja, ich weiß. Soll auch nicht lange dauern.«

Shannon kam sich taktlos vor. Wie konnte sie ihn so zappeln lassen. Sie dachte an die Szene, die ihnen bevorstand und ihr Herzklopfen beschleunigte sich. Daran wollte sie jetzt nicht denken, stattdessen sagte sie: »Ja gut. Gehen wir noch etwas trinken.«

***

Eine halbe Stunde später saßen Shannon und Doug im »Coffee Bean & Tea Leaf«.

»Wie findest du es hier?«, fragte er.

»Gemütlich.« Shannon blickte sich um. »Das Holz verleiht dem Raum eine kuschelige Atmosphäre. Gefällt mir.«

»Nimm einen Schluck Kaffee. *Der* wird dir erst gefallen.«

Shannon lachte und trank von dem heißen Gebräu. Nickend bestätigte sie seine Prognose. »Stimmt, der ist wirklich sehr gut. Wahrscheinlich liegt das daran, dass ich bisher nur den miserablen aus dem Automaten getrunken habe.«

»He, he … mach den Kaffee nicht schlecht. Gib zu, dass du selten einen so vortrefflichen getrunken hast!«

Shannon lachte erneut. »Du bis ja euphorisch! Als würde der Laden dir gehören.«

»Das tut er auch.«

Ihr Gesicht wurde sofort ernst, dann erstaunt. »Wirklich?«

»Noch nicht, aber in drei Wochen.«

»Das gibt's doch gar nicht. Aber ich dachte, das ist eine Kette, die man nicht kaufen kann.«

»Ich habe den Laden gepachtet. Deshalb sage ich immer, dass es mein Coffee Shop ist. Ich muss mich eben um alles kümmern und sehen, dass er läuft.«

»Aber dann hast du es doch gar nicht nötig, einen Erotik-Film zu drehen.«

»Du hast es auch nicht nötig und drehst mit.«

»Das hat andere Gründe …«

Er nickte. »Ja, ich weiß. Aber so eine Pacht muss auch erst aufgetrieben werden und dafür brauche ich jeden Penny. Deswegen bin ich froh, den Job bekommen zu haben.«

Shannon blickte ihn eine Weile an und sah ihm zu, wie er seinen Kaffee trank. Als er ihn an die Lippen setzte, blickte er ihr über den Rand des Bechers in die Augen.

Sie fühlte sich ertappt, blickte aber nicht weg, eher versank sie in seinen blauen Augen. Sie waren strahlend und schön. Shannon hatte das Gefühl, wenn es einem ganz schlecht ging, brauchte man sich nur dieses Blau ansehen, um an Wasser, Weite und Freiheit zu denken. Und am Besten reiste man zusammen mit diesem Mann an diese fernen Orte.

Doug blickte auf den Tisch, um den Becher abzustellen und fragte wie beiläufig: »Na Prinzessin, wo warst du mit deinen Gedanken?«

Bei dir, dachte sie. »Irgendwo, weit weg.«

»War ich dabei?«

Sie schwieg. Doug lächelte.

***

Niemals hätte Shannon gedacht, dass der Dreh so großartig lief. Auch Paul war begeistert. Im Nu waren die ersten beiden Tage, die ihnen für den dritten Film zur Verfügung standen, vorbei. Die Szene, wie Doug hereinkam, als die beiden Frauen sich auf dem Sofa aalten und berührten, ihre Körper erkundeten und sich Lust auf mehr machten, war gelungen. Auch das Streitgespräch zwischen Doug und seiner Filmehefrau war voller Power und ruck zuck im Kasten. Kleine Dialoge zwischen Natalie und Shannon im Park und im Haus, Dialoge zwischen Natalie und Doug im Park und im Büro wurden vorgezogen und abgedreht, obwohl sie erst für Tag drei angesetzt waren.

Zwei Tage blieben noch und Shannon plante bereits, das Kamerateam für den vierten Tag zu canceln. Doch Paul warnte sie vor übereilten Entschlüssen, noch sei die Aufnahme nicht fertig. Wie recht er hatte, sollte sich bald herausstellen.

Am dritten Drehtag hatte Natalie schlechte Laune, wovon Shannon genervt war und Doug seinerseits stand völlig neben sich. Es war ein Chaos! Die noch ausstehende Bett-Szene war zum Scheitern verurteilt. Shannon gab Doug ständig Anweisungen, wie er sich nähern sollte, wo er auf gar keinen Fall stehen sollte und dass sie fand, er leiere seinen Text herunter. Daraufhin wurde Doug stinksauer und war kurz vorm Ausrasten. Paul schlichtete. Er gab Doug ein paar gezielte Regieanweisungen und fand, den Rest solle er selbst entscheiden und Shannon entzog er komplett die Regie für diesen Part. Er war der Meinung, sie könne nicht auf dem Bett liegen und Erotik ausstrahlen, wenn sie ständig hochkam, dies und jenes sagte und befahl. Shannon war sauer. Doug erleichtert. An diesem Tag kam, trotz zweistündiger Pause, keine Stimmung mehr auf.

Paul verlangte es nur sehr ungern, aber er schickte den Cast nach Hause. Shannon glaubte, nicht recht zu hören und wollte widersprechen, doch Paul blieb standhaft und verteidigte seine Position, indem er ihr ins Gedächtnis rief, sie habe keine Regieführung mehr.

***

Vor diesem vierten und letzten Tag hatte Shannon nicht nur ein ungutes Gefühl, sondern regelrecht Angst. Die Aufnahmen mussten gut werden, denn es gab keinen Tag mehr, auf den sie ausweichen konnten. Heue war definitiv der letzte Drehtag! Shannon war erleichtert, dass Paul sich durchgesetzt hatte, das Kamerateam noch zu behalten, sonst hätten sie für heute ein X-Beliebiges auftreiben müssen.

Als sie, bewaffnet mit ihrem Becher dampfenden Kaffees, den Castingraum betrat, der als offizieller Treffpunkt auserkoren wurde, stellte Shannon fest, dass sie nicht die Erste war. Sie grüßte und ging zur Umkleidekabine, um sich umzuziehen. Sie behielt ihren schwarzen Spitzen-BH und ihr Spitzenhöschen an. Darüber zog sie lose einen seidenen Bademantel.

Abgesehen davon, dass Shannon sich nicht in bester Stimmung befand, war die Laune der anderen ebenfalls noch stark ausbaufähig. Paul guckte neutral, Natalie blies sich genervt eine Strähne aus der Stirn, einer der Kamera-Leute schrie etwas von diesem Raum in den nächsten und Doug war gar nicht erst anwesend.

»Wo ist Doug?«, fragte Shannon.

»In der Maske«, antwortete Paul und machte sich Notizen.

»Ist alles okay?«, wollte Shannon wissen.

Paul blickte hoch. »Wenn das heute etwas wird, ja! Shannon, ich hoffe, ihr reißt euch heute am Riemen. Ich habe nämlich keine Lust, noch einen oder zwei Tage ranzuhängen, die ich nicht zur Verfügung habe. Du selber hast mir versichert, das alles sei mühelos hinzubekommen.«

»Wir werden das schaffen. Keine Sorge.«

»Doch verflixt, ich mache mir Sorgen! Wenn ich so ein Desaster wie gestern noch ein Mal erleben muss, dann …«

»Hey, guten Morgen, Paul«, unterbrach Doug ihn.

Alle drehten sich zu ihm um. Lässig kam er in den Raum. Er trug T-Shirt und Jeans und hatte leichte Farbe im Gesicht. Seine strubbeligen Haare waren mit etwas Schaum gebändigt worden und er strahlte. »Hi, Shannon. Du sollst in die Maske kommen.«

»Danke.« Sie schob sich, dankbar, der Generalpredigt Pauls entkommen zu können, zwischen einem Stuhl und Doug vorbei und achtete darauf, ihn nicht zu berühren. Dougs Ausstrahlung war heute geradezu umwerfend.

Als Shannon in der Maske saß, ärgerte sie sich. Wieso stand ihr dieser Tag so vor Augen, und warum machte er ihr so viel Angst? Eigentlich wusste Shannon es. Weil sie sich heute komplett ausziehen und es auch noch mit Doug treiben musste. Diese Vorstellung jagte ihr Schauer durch den Körper und in ihrer Muschi wurde es warm.

»Shannon?! Sie sind fertig.«

Sie blickte in den Spiegel. Ihr Gesicht war zum Glück nicht so stark geschminkt wie am Vortag. Die Farbe Pink stand ihr einfach nicht. Ihre Lippen hatten heute einen leichten rotbraunen Ton und entsprechend ihr Lidschatten. Das Rouge war dezent, der Kajal in grau gehalten und die Wimpern lang getuscht. »Vielen Dank, das sieht sehr gut aus.«

Shannon ging in den Raum, wo die Requisiten standen und alles andere aufgebaut war. Seit acht Jahren machte sie diesen Job nun. Doch heute hatte sie das erste Mal Herzklopfen und als sie Doug sah, beschleunigte es sich noch um einen Deut. Er stand in Jeans und T-Shirt neben der Requisitentür und unterhielt sich mit Natalie. Diese lachte. Shannon verspürte einen Stich.

»Shannon«, rief Paul.

Sie drehte sich zu ihm um.

»Und, sind Sie soweit?«

Sie nickte.

»Alles okay mit Ihnen?«

Sie nickte abermals.

»Tut mir leid, wenn ich Sie mir vorhin so zur Brust genommen habe.«

»Sie brauchen sich nicht zu entschuldigen, Paul, es war ganz richtig so. Es soll ja gut werden, und ich verspreche Ihnen, dass es das auch wird. Mir ist selber daran gelegen. Ich bin nur etwas nervös, im Gegensatz zu gestern.«

Paul klopfte ihr wieder freundschaftlich auf die Schulter. »Das ist auch gut so, dann weiß man, dass man lebt.«

Shannon lächelte und betrat das Requisiten-Zimmer. Augenblicklich wurde es still. Doug ging zur Seite. Natalie legte sich aufs Bett und breitete die Arme aus, auch nur mit dem

Nötigsten bekleidet: ihrer Spitzenunterwäsche. Shannon strich sich über ihre Brüste und legte sich in Natalies Arme. So verharrten sie.

Paul fragte das Kamera-Team, ob sie soweit wären. Er bekam ein Okay. Dann fiel die Klappe. Shannon und Natalie taten so, als wären sie schon eine Weile dabei. Natalie streichelte Shannons Körper, indem sie über ihren Busen fuhr und die Brustwarzen durch den Stoff zwirbelte. Dann drückte sie Shannons Körper nach oben und zog ihr den BH aus. Sofort reckten die Brustwarzen sich in die Freiheit. Natalie beugte sich zu Shannon, um einen Nippel in den Mund zu nehmen.

Die Tür wurde aufgestoßen. Doug kam herein. »Verdammt, was ist denn hier los? Ihr treib es schon wieder heimlich hinter meinem Rücken?«

Beide Frauen blickten wie erstarrt. Natalie setzte sich auf und verschränkte die Arme. Shannon bedeckte sofort ihre Brüste mit den Händen. »Tut mir leid, Sir. Wir wollten nicht …«

Natalie, die Ehefrau, unterbrach sie: »Du brauchst dich nicht zu entschuldigen. Das ist *mein* Zimmer, hier kann ich tun, was ich *will.*«

»Ich sehe doch nicht meiner Frau zu, wie sie es mit unserem Hausmädchen treibt!«, schnaubte Doug.

»Wieso nicht? Du hättest bestimmt deinen Spaß daran«, forderte Natalie ihn heraus.

»Wir haben erst gestern darüber gesprochen, nachdem ich euch beide erwischt habe und nun liegst du schon wieder mit ihr im Bett?!«

»Beruhige dich, Darling. Es sieht alles viel schlimmer aus, als es ist. Was hältst du von meinem Vorschlag?«

»Welchem Vorschlag?«

»Ein bisschen Spaß mit uns zu haben ...«

Doug blickte auf Shannon. »Du spinnst ja.«

»Nein, Darling. Ich muss dir sagen, dass ich bereits sehr viel Spaß mit ihr hatte. Komm, leiste uns ein wenig Gesellschaft. Du wirst sehen, es wird dir gefallen.«

Doug zögerte.

Natalie stand auf und nahm ihn bei der Hand.

»Cut!«, rief Paul. »Natalie, nehmen Sie Doug nicht bei der Hand. Gehen Sie lieber vor ihm und locken Sie ihn mit dem Finger. Dann gehen Sie hinterher, Doug.«

Beide gaben ihr Okay.

»Vielleicht solltest du dich erst ein bisschen mit Marie bekannt machen. Ich werde dann später dazukommen«, schlug Natalie vor.

Doug blickte auf Shannon. Erst fuhr sein Blick an ihrem Körper entlang, dann in ihr Gesicht. Langsam nahm Shannon ihre Hände von den Brüsten und sein Blick glitt dorthin. Shannon schoss die Röte ins Gesicht.

»Na mach schon, Darling«, forderte Natalie ihn auf.

Doug griff an sein T-Shirt und zog es aus, dann folgte seine Jeans. Shannon war nervös. Sie erinnerte sich an die Proben und wusste, er kam zwischen ihren Beinen hindurch zu ihr. Er tat es. Seine Nähe haute sie wieder um. Sein Körper strahlte Wärme und seinen ihm typisch männlichen Duft aus. Es machte sie fast schwindelig. Seine Lippen fanden ihre Brustwarzen, und umschlossen sie, während er mit der Zunge über die Nippel flatterte. Das hatte sie schon in den Proben so verrückt gemacht. Ihr wurde heiß und ihr Körper spannte sich an. Er erregte sie total und sie wollte es vor der laufenden Kamera nicht so sehr zugeben. Endlich ließ er von ihr ab, aber nur, um sich der anderen Brustwarze zu widmen. Als er sie nur berührte, entfuhr ihr ein Seufzer. Doug veränderte seine Position und sie spürte seinen harten Schwanz an ihrem Oberschenkel. Wie ein Blitz durchfuhr es ihren Körper. Gleich würde sie ihn in sich spüren. Wie zur Bestätigung ihrer Gedanken, tastete seine Hand sich unter ihr Höschen, als wenn sie prüfte, ob Shannon auch feucht genug war. Seine Berührung gingen ihr durch und durch. Ihr Atem beschleunigte sich sofort und sie musste den Mund öffnen, um noch genug Luft zu bekommen.

Doug stand auf und fackelte nicht lange. Gekonnt zog er ihr Höschen aus. Shannon hatte sich vor diesem Augenblick gefürchtet, ihn sich zig Mal vorgestellt und ausgemalt, wie Doug auf sie reagieren würde. Sie bemerkte an seiner Brust, wie sie sich hob und senkte, dass sie ihn anmachte. Jetzt war er am Zug. Shannon blickte auf seine Boxershorts. Er zögerte kurz und zog sie aus. Sofort sprang sein stark erigierter Schwanz in die Freiheit. Er war groß und ragte aus einem dunklen Busch hervor.

Viel Zeit zum Ansehen besaß Shannon nicht, denn sogleich kam Doug zu ihr. Aber anstatt, dass er sich auf sie legte, beugte er sich zu ihrer heißen Muschi und leckte darüber. Shannon zog scharf die Luft ein und ein Hämmern in ihrer Brust blieb zurück. Doug fuhr geschickt mit seiner Zunge in ihrer glühenden Spalte hin und her und saugte an der Klitoris. Ein lautstarker Seufzer entfuhr ihr und sie krallte sich in seine Haare. In dem Augenblick bemerkte sie das Kamerateam und ihr war so, als würde aus jeder Faser ihres Körpers die Magie verschwinden. Doug hörte auf, sie zu lecken und blickte hoch. Anscheinend hatte er es anhand ihrer Körperreaktion gemerkt.

»Cut!«, rief Paul. »Shannon, was ist los?«

»Ich kann das nicht, wenn die Kamera in mein Innerstes zoomt.«

»Dafür drehen wir den Film.«

»Ich dachte eher, es geht um den Akt als solchen. Für so eine Art von Film bin ich einfach die Falsche.«

»Shannon …« Paul schien am Ende.

»Nein, Shannon, du bist ganz sicher nicht die Falsche. Du bist endlich mal eine richtige Frau für so einen Film«, sagte Doug. Er streichelte unauffällig ihr Bein.

»Was ist nun? Können wir weitermachen oder brauchst du eine Pause?«, fragte Paul.

Wenn sie jetzt eine Pause machten, dann würde Paul sicherlich wollen, dass sie wesentlich früher in die Szene einstiegen.

»Weitermachen«, sagte sie schwach.

»Okay, alles bereit?«

»Kleinen Moment«, rief Doug, und leise zu Shannon: »Mach die Augen zu und denk an uns, genieße einfach den Augenblick.«

Shannon blickte in seine blauen Augen und dachte an den Moment im Café. Eine Weile studierte sie noch sein Gesicht, dann schloss sie die Augen.

»Und Aktion!«, hörte sie Paul.

Sekunden darauf spürte sie Dougs Zunge an ihrem etwas abgekühlten Geschlecht. Doch er holte ihr inneres Feuer sofort zurück. Erst strich er sanft und langsam über die noch feuchte Muschi, dann immer schneller und forscher. Als er in ihren engen Schlitz eintauchte, entfuhr ihr ein Seufzer. Sie hoffte, er würde nicht zu lange so weitermachen, denn sonst würde sie kommen. Die Welle der Lust spürte sie schon in sich aufsteigen. Kaum hatte sie das gedacht, hörte er auf. Sie öffnete die Augen und bemerkte sofort die Kameraleute. Ihr Versuch, sie zu ignorieren, fiel ihr schwer.

Als Doug zu Shannon kam und sich auf sie legte, spürte sie seinen harten Schaft, der sich langsam seinen Weg suchte.

Aber so wollte Shannon es nicht. Nicht vor laufender Kamera. Sie wusste, sie wollte Doug, wollte ihn für sich allein und mit niemandem teilen, nicht mit den Leuten hier im Raum und nicht mit den Leuten im Fernsehsessel. Sie verkrampfte sich so stark, dass es weh tat, als er in sie drang. Shannon stieß einen kurzen Schrei aus. Doug wurde blass. »Oh Gott, ich wollte dir nicht wehtun.«

Shannon barg ihr Gesicht an seiner Schulter. Eine Träne löste sich. Sie wollte nicht, dass irgendjemand sie so sah. Sie wollte nicht, dass er sich von ihr abwandte, sie wollte, dass er bei ihr blieb, dass sie allein waren, dass der Schmerz aufhörte. Wieso sagte Paul nichts?

Doug zog sich aus ihr zurück.

Sie schluchzte auf.

»Shannon«, sagte Doug leise und streichelte ihr kurz über die Haare. Sie bemerkte erst jetzt, dass sie sich noch immer an ihm festkrallte.

Doch plötzlich spürte sie tief in ihrem Innersten etwas aufsteigen. Ein bisher nie dagewesenes Gefühl machte sich in ihr breit: eine unglaubliche leidenschaftliche Erregung. Sie ließ Shannon die Hitze in den Körper schießen und kurzatmig werden.

»Fick mich!«, keuchte sie. Ihr Herz raste.

Doug blickte ihr in die Augen und sein Mitleid verwandelte sich eben so schnell wie bei ihr in gierige Wollust. Nun war er nicht mehr zögerlich und vorsichtig mit ihr. Er packte sie an den Pobacken und schob seinen Schwanz mit einem einzigen Stoß in ihre glühende, feucht gewordene Möse.

Shannon stöhnte und bog das Kreuz durch. Endlich spürte sie seinen harten Penis tief in sich. Alles war ihr nun egal. Ob die Kamera-Leute anwesend waren oder nicht – es spielte für sie keine Rolle mehr. Wie hatte sie sich diesen Augenblick herbeigesehnt! Gekonnt bewegte Doug sich in ihr, so dass sein Reiben bei dem ständigen Hinein ihr Lust verschaffte. Shannon stöhnte bei jedem Stoß, öffnete schließlich die Augen und blickte ihn an. Sein Mund war leicht geöffnet und er keuchte unter der Geilheit. Sie sah, dass er sich zu beherrschen versuchte.

In diesem Augenblick kam Natalie mit ins Spiel. Sie machte sich über Shannons Brustwarzen her und biss sanft hinein. Dann setzte sie sich einfach auf Shannons Gesicht. Der weibliche Duft, der ihr entströmte, machte Shannon geiler, als sie schon war und die Welle des Orgasmus kündigte sich an. Shannon steckte ihre Zunge in das nasse Geschlecht Natalies, um sich abzulenken, was sie nicht schaffte. Ihre Zunge glitt in der heißen Spalte hin und her und stieß schließlich, so weit sie konnte, in die fremde, nasse Muschi hinein. Natalie schrie auf und klammerte sich an Doug, der sich nun etwas langsamer in Shannon bewegte. Er stöhnte, als Shannon ihm ihr Becken entgegenwarf und seinen Schwanz melkte.

»Oh Gott«, rief er und kam. Mit ihm auch Shannon. Natalie stieg sofort von ihr ab, sodass Shannons Blick während der Ekstase Doug galt.

Doch kaum war der Orgasmus verklungen, machte Doug Natalie Platz, die sich verkehrt herum auf Shannon in der 69-Stellung hockte. Shannon war verdutzt, denn so stand es nicht im Drehbuch. Doch als sie die kundige seidige Zunge an ihren Schamlippen spürte, die den Saft von Doug aus ihr leckte, ging eine Hitzewelle durch Shannons Körper und sie ließ Natalie nur zu gerne gewähren. Wieder atmete sie selber Natalies weiblichen Mösenduft ein, der Shannon veranlasste, ihre Zunge in die herrliche Spalte über ihr zu tauchen. Natalie stöhnte auf. Beide Frauen genossen und verwöhnten einander mit der Zunge. Shannon hatte das Gefühl, dass es wie ein Spiel zwischen ihnen wurde. Ein Spiel, wer die andere schneller zum Höhepunkt trieb. Da Shannon bereits gekommen war und es danach ziemlich schnell bei ihr ging, war sie in der schlechteren Position. Deswegen gab sie sich große Mühe und leckte über Natalies harte Klitoris und saugte sie zusätzlich in ihren Mund, um sie anzustacheln. Natalie stöhnte. Shannon leckte und saugte sie weiter und Natalie stöhnte so sehr, dass sie mit ihrer geilen Zungenarbeit an Shannon aufhörte. Verwundert öffnete Shannon die Augen und sah die Hoden Dougs' über sich und wie sich gerade sein Schwanz bis zum Anschlag in Natalie schob. Ohne zu zögern hob Shannon ihren Kopf noch ein Stück an und leckte die festen, warmen Hoden von Doug. Nun stöhnte er. Es hielt ihn aber nicht davon ab, seinen Schwanz nicht weiterhin in der geilen Möse zu versenken, die sich ihm so bereitwillig darbot. Natalie kam nicht mehr dazu, Shannon weiterzulecken. Sie schrie unter den unbarmherzigen Stößen Dougs auf und kam. Shannon leckte und saugte an den strammen Hoden. Doch Doug zog sich plötzlich aus Natalie heraus, schob sie sanft von Shannon, um sie für sich zu haben. Die Lust stand ihm ins Gesicht geschrieben. Shannons Lungen pumpten. Doug drehte sie auf die Seite und zog ihr Bein hoch. Dann drang er mit einem einzigen Stoß tief in sie und keuchte an ihr Ohr. Shannon schnappte nach Luft und stöhnte laut bei jedem Stoß. Sie konnte sich nicht mehr beherrschen. Selbst das Kamerateam, das dankbar auf alles Intime hielt, konnte sie nicht aus der Fassung und Lust bringen. Doug wurde schneller, was Shannon auch sehr lieb war, denn im Bruchteil einer Sekunde war sie da, zeitgleich mit ihm und schrie ihre Wonnen der Lust hinaus. Doug schlang von hinten die Arme um sie. Laut Drehbuch sollte er sie küssen. Einen Augenblick zögerte Doug, dann zog er sich aus ihr zurück und drehte sie auf den Rücken. Einige Sekunden blickten sich beide in die Augen, dann senkte er seinen Kopf und seine warmen Lippen berührten ihre. Es ging Shannon durch und durch.

***

Als Shannon aus der Dusche kam, fühlte sie sich erfrischt und sehr zufrieden. Sie hätte nicht gedacht, dass beim ersten Dreh alles perfekt laufen würde. Wobei der Taxifahrer mit Teresa und Filmpartner auch einen erstaunlichen Durchmarsch hingelegt hatte.

Paul war schlichtweg begeistert. »Das war großartig, Shannon. Ich bin äußerst überrascht! Und es sieht wirklich sehr gut aus! Schauen Sie mal ...« Er drehte ihr den Laptop hin und ließ einen Ausschnitt aus dem Film laufen. Shannon starrte gebannt auf den Bildschirm und sie musste zugeben, dass es ziemlich erotisch aussah. Sie zwang sich, nicht nur auf Doug zu blicken. Selbst auf diesem kleinen Format besaß er eine unglaubliche Präsenz.

»Wow, nicht schlecht.«

»Nicht schlecht? Das ist fantastisch – erstklassig!«, rief Paul.

Shannon lachte. »Ich danke Ihnen. Wo ist eigentlich Doug?«

»Er wollte nur schnell los und kommt gleich wieder.«

»Sagen Sie mal, Paul, was ist eigentlich aus dieser einen Szene geworden?«, fragte Shannon vorsichtig. Natalie kam aus der Dusche und gesellte sich zu ihnen.

»Was meinen Sie?«, fragte Paul.

»Also, wo ich ... plötzlich richtig scharf werde.«

»Ach das. Was soll damit sein? Es ist toll, stand zwar in der Form nicht im Drehbuch, aber da Sie ja zum Schluss hin auch über sämtliche Stränge geschlagen sind, da waren Sie,

Natalie, auch nicht ganz unbeteiligt.« Natalie grinste und Paul fuhr fort: »So werden wir es einfach als etwas Besonderes im Film lassen.«

In diesem Augenblick betrat Doug den Raum.

»Hi, bin wieder da. Wurde etwas Wichtiges ohne mich besprochen?« Er balancierte vier »Coffee to Go«, stellte sie ab und reichte Paul und Natalie einen. Dann füllte er einen Kaffee in Shannons Becher und reichte ihn ihr. »Damit du weiterhin beim guten Geschmack bleibst.«

Sie lachte. »Danke, das werde ich bestimmt«, und nahm einen Schluck. Der war wirklich verdammt gut! Er passte zu Doug, dachte Shannon und blickte zu ihm hinüber. Wohl wissend, was sie dachte, lehnte er sich in seinem Stuhl zurück, schlug die Beine übereinander und nahm selber eine Kostprobe.

»Douglas«, sagte Paul, »eine Sache wollte ich noch bemerken, auch wenn ich schon mehr als genug Beifall für den gelungenen Film gespendet habe. Dieser Filmkuss am Ende war wirklich sehr gut!«

Doug sah erst Paul, dann Shannon an, wobei er bei ihr mit dem Blick hängen blieb und sagte: »Das war kein Filmkuss.«

Love-Pussy

»Das ist der Text?« Grimmig blickte George Kurland auf zwei Zettel, die vor ihm auf dem Schreibtisch lagen.

»Ja«, sagte Diane und verdrehte genervt die Augen.

»Wir sollten Sie unterstützen. So geht es nicht weiter. Sie schaffen das nicht allein.«

»So?!«

»Diane. Seien Sie doch nicht gleich beleidigt. Seien Sie lieber froh, dass ich Ihnen jemanden an die Seite stellen möchte.«

Diane stieß kurz Luft durch die Nase aus und stützte eine Hand in die Hüfte.

George überflog erneut den Werbetext, schüttelte den Kopf und sagte: »Bitte kümmern Sie sich jetzt um die Mailing-Texte, die wir diese Woche versenden wollen. Ich frage Jonathan, ob er eine Idee bezüglich der Werbekampagne hat.«

»Jonathan …«, sagte Diane verächtlich und drückte ihre Brille auf die Nase.

»Sie finden anscheinend in niemandem den Richtigen, der Ihnen zur Hand gehen könnte.«

»Das stimmt nicht.«

»Gut, dann nennen Sie mir jemanden, der es mit Ihnen aufnehmen könnte?« George verschränkte die Arme vor der Brust und wartete mit schief gelegtem Kopf auf eine Antwort. Die blieb allerdings aus, und so schob er die Zettel zusammen und reichte sie Diane.

Widerwillig nahm sie die von ihr verfassten Werbeslogans und verließ mit einem unguten Gefühl im Magen das Büro ihres Chefs.

***

Arthur rollte sich zur Seite und seufzte behaglich. »Wow, das war gut, Baby! Deine Muschi macht mich einfach verrückt.«

Beth lächelte und schlug verschämt die Augen nieder.

Innerlich seufzte Arthur. Er hätte sich ein bisschen mehr Feuer im Bett gewünscht. Beth ließ sich von seiner Dominanz so sehr einschüchtern, dass er die komplette Führung übernommen hatte. Nicht, dass er keinen Spaß dabei empfand, aber ein bisschen weibliche Stärke würde seine Lust noch mehr entfachen.

Er stand auf und ging zum Schrank.

»Was machst du?«, fragte Beth.

Er drehte sich zu ihr um. Sie hatte sich das Laken vor die Brüste gezogen und blickte ihn mit ihren braunen Rehaugen an. Er nahm das Bild in sich auf und wandte sich wieder zum Schrank, während er sagte: »Ich habe morgen meinen ersten Tag in einer neuen Firma und muss mich dafür vorbereiten.«

»Liegen deine Unterlagen im Kleiderschrank?«, fragte Beth mit spöttischem Unterton.

»Nein, meine Liebe. Ich ziehe mir etwas an, wenn es recht ist. Ich wollte ungern nackt einen Kaffee kochen, nackt meine Unterlagen studieren und nackt die Post holen.« Damit verschwand er im Bad und stellte sich unter die Dusche.

Als er aus dem Bad trat, war Beth verschwunden. Arthur rief nach ihr, doch sie antwortete nicht. Stattdessen lag ein Zettel auf dem Bett: »Du weißt ja, wo du mich findest. Grüße, Beth.«

Arthur zerknüllte den Zettel, warf ihn achtlos auf den Boden, fuhr sich mit den Händen durch die noch feuchten Haare und murmelte: »Nichts Halbes und nichts Ganzes!«

***

Diane zerknüllte die beiden Zettel mit ihren Vorschlägen und warf sie in den Papierkorb. »Mailings vorbereiten! So eine Frechheit!«, ärgerte sie sich lautstark. »Und wer soll die Werbetexte gestalten?«

»Der Neue«, sagte George Kurland, als er unaufgefordert ihr Zimmer betrat.

»Der Neue?« Entsetzt blickte Diane ihn an. »Sie wollen mir einen Neuen vor die Nase setzen? Wen denn? Wann denn?«

»Arthur Buckman.«

»Aha.«

»Morgen!«

»Was?« Mit halb geöffnetem Mund blickte sie ihren Chef an. »Und wann hatten Sie vor, mir das zu sagen?«

»Jetzt. Ich rufe Sie morgen zu mir und werde Sie mit ihm bekannt machen. Er wird im Nebenzimmer arbeiten.«

»Und welchen Rang wird er bekleiden? Rein interessehalber.«

»Diane, er wird Ihnen nichts wegnehmen, sondern lediglich mit Ihnen zusammenarbeiten. Er wird Sie unterstützen. Im Fall von heute, wo Ihr Text nur mäßig gut ist, dürfte das eine große Hilfe sein.«

»Verstehe.«

»Nun seien Sie doch nicht so kurz angebunden. Wir sind eine große Werbeagentur und können uns mäßige Leistung einfach nicht erlauben. Morgen um zehn gibt es eine kurze Versammlung, wo ich die beiden Neuen vorstellen werde und etwas zum allgemeinen Arbeitsklima erläutern werde. Auch Jonathan wird unterstützt werden. Ich möchte, dass Sie kommen. Nicht wie letztes Mal: sich fernhalten mit der Begründung, Sie hätten so viel zu tun. Das haben wir alle. So, ich muss jetzt zum Kunden. Bis später.«

»Bis später.« Diane fühlte sich wie vor den Kopf geschlagen. Warum bekam sie heute die Dusche ab? Was war vorgefallen, dass ihr Chef sie so auf dem Kieker hatte. Diane nahm die Brille ab, um sich die Augen zu reiben, die sich mit Tränen füllen wollten. Bisher war sie oft für ihre Arbeit gelobt worden. Was war nur heute los? Vielleicht lag es auch daran, dass sie privat einfach nicht glücklich war. Einsamkeit und dass ihre Freundinnen ständig neue Männer kennenlernten, das alles bedrückte sie. Heute Abend, auch wenn es mitten in der Woche war, würde sie losziehen. Keiner konnte ihr das verbieten.

Mit ein wenig mehr Schwung machte sie sich an die stupide Arbeit des Werbe-Mailings.

***

Arthur surfte im Netz und sah sich die Internet-Präsenz der Firma »AdSolutions« an, wo er morgen seinen neuen Job beginnen würde. Auch betrachtete er die Referenzen. Kurz schweiften seine Gedanken zu Beth. Er hatte das Gefühl, sie in den nächsten Tagen nicht mehr zu Gesicht zu bekommen. Wenn er an den Sex dachte, den sie heute Morgen gehabt hatten, dann war das nur gesundes Mittelmaß gewesen. Er fragte sich, ob gesundes Mittelmaß nicht besser war, als gar keinen Sex zu haben. Sein Schwanz versteifte sich bei dem Gedanken, wie er in ihre feuchte Muschi hineingeglitten war und Beth sich unter seinen Stößen gewunden hatte.

***

Die Kneipe war laut und verraucht. Diane war im Begriff, umzukehren, doch dann besann sie sich. Sie hatte es dringend nötig, mal wieder raus und unter Leute zu kommen. Ein kleiner Drink an der Bar konnte dabei nicht schaden. Außerdem wäre er wohl hilfreich, damit sie nicht den ganzen Abend an ihren schon jetzt verhassten Kollegen dachte, der ihr da einfach vor die Nase gesetzt wurde. Ein ordentlicher Drink mit viel Alkohol würde ihr guttun und ihre Gedanken zerstreuen.

Kaum hatte sie an der Bar Platz genommen, erschien ein hübscher Barman.

»Ich hätte gerne einen, äh, einen …« Verzweifelt blätterte sie in der Karte, die auf dem Tresen stand.

Geduldig wartete der Barman.

»Wie wär's mit einem Caipirinha?«, hörte Diane eine Stimme hinter sich.

Sofort blickte sie sich um. Das nette Gesicht eines jungen Mannes lächelte ihr entgegen. Diane nickte und bestellte einen Caipirinha.

Während der junger Mann sich neben sie setzte, fragte er: »Darf ich Sie einladen?«

»Gern.«

Eine kleine Pause entstand. Da Diane aus der Übung war, was den Umgang mit Männern anbelangte, wusste sie nicht, was sie sagen sollte.

»Wie kommt es, dass Sie nicht wissen, was man so trinkt?«, fragte er schließlich.

»Ach, das ist eine lange Geschichte.« Verlegen rückte Diane ihre Brille zurecht und spielte mit einer Serviette, ohne ihn anzublicken.

»Bis sieben Uhr morgen früh habe ich Zeit, dann muss ich duschen und zur Arbeit.«

Diane lachte und blickte ihn zum ersten Mal richtig an. Er wirkte sympathisch mit seinen strubbeligen Haaren und dem Lausbubengesicht. Sie stellte sich vor, wie er aussehen würde, wenn er ein Alter von fünfzig Jahren erreichte. Wahrscheinlich auch nicht viel anders. Er trug eine hellblaue Jeans, ein weit aufgeknöpftes Hemd, das locker über ein T-Shirt und die Hose fiel.

Nach dem zweiten Caipirinha kam Diane nicht mehr aus dem Lachen heraus und genoss den Abend – egal wie alt ihr Gegenüber war.

Es war ganz in ihrem Sinne, dass er sie nach Hause brachte. Doch als er Anstalten machte, sie vor der Haustür klassisch zu küssen, wehrte sie ab. Es war so ein schöner Abend, und sie wollte ihn nicht durch eine schnelle Nummer kaputt machen, die dem Kuss folgen könnte.

Doch er ignorierte ihre Abwehr und setzte sich durch. Endlich erreichten seine Lippen die ihren und seine Zunge schob sich sicher in ihren Mund. Diane versuchte, sich von ihm loszumachen, doch er ließ es nicht zu. Da sie nicht ihren vollen Köpereinsatz zeigte und recht unsicher war, wie sie in dieser Situation reagieren sollte, ließ sie es zu, dass er mit seiner Zunge die ihre umschlang und seine Hände sich unter ihr Top schoben. Angekommen, massierte er ihre Brüste und ließ die Nippel mit seinen Fingerspitzen kreisen. Diane seufzte tief.

Das gab den Ausschlag, dass sie ihn einfach mit in ihre Wohnung nahm. Er hatte die verborgenen Lüste ihn ihr geweckt: Sie wollte von ihm berührt werden, wollte von ihm genommen werden, wollte in Ekstase davonschweben ...

»Komm schnell«, flüsterte Diane und zog ihn mit sich die Treppe hinauf. Sie konnte es kaum erwarten, seine Hände auf ihrem Körper zu spüren und einen männlichen Schwanz in sich eindringen zu fühlen.

Schnell zog Diane ihre Klamotten aus.

»Hoppla! Na, du gehst aber ran. Kann dir wohl nicht schnell genug gehen, was?«

Diane atmete schwer und knöpfte mit zitternden Fingern sein Hemd auf. Sanft schob er sie zur Seite, um seine Jeans selber zu öffnen und lachte leise über ihre Hast.

Endlich konnte sie ihn aufs Bett ziehen und spreizte ihre Beine.

»Wow, das ist ja geil!«, freute er sich.

Einen Blick auf seinen harten, zuckenden Schwanz, der sich immer mehr aufrichtete, sagte ihr, dass sie ihn anmachte. Er kniete sich zwischen ihre gespreizten Schenkel. Im Stillen hoffte sie, er würde seine Zunge über ihre geschwollenen, sensiblen Lippen gleiten lassen. Doch er legte lediglich seine Hände auf ihre Brüste und knetete diese. Geduldig wartete Diane. Sie wollte mehr, wollte ihn tief in sich spüren, war heiß vor Verlangen. Er beugte sich hinunter und saugte an ihren harten Nippeln. Diane seufzte auf. Er hielt sich lange an ihrem Busen auf, zu lange nach Dianes Empfinden.

»Komm, dring in mich ein, gib mir deinen harten Knüppel!«, hauchte sie in sein Ohr.

»Gleich«, flüsterte er zurück.

»Nein! Jetzt!«, rief Diane so laut, dass er aufsah und sie erschrocken anblickte. »Mannomann, du bist ja richtig geil!«

»Ja, verdammt! Willst du's schriftlich?«

»Nein, nein, es ist nur, dass ich, also wenn …«

»Nun red doch nicht so lange. Komm endlich!«

»Wenn ich könnte …«

Diane legte die Stirn genervt in Falten und blickte zu seinem Geschlecht. Sein Schwanz hing schlaff nach unten.

In Diane schrie alles. Sie war so enttäuscht, dass sie ihn am Liebsten sofort hinausgeworfen hätte.

»Das macht doch nichts«, zwang sie sich zu sagen und atmete tief und langsam aus. »Wir haben doch noch viel Zeit. Die Nacht ist lang.«

Er nickte und schmiegte sich an sie. Diane nahm ihn in den Arm und streichelte seine Haare. Langsam beruhigte sich ihr

Körper, und die unerfüllte lustvolle Gier machte einer Ruhe Platz, die nur oberflächlich war.

»Wie heißt du eigentlich?«, fragte er nach einer Weile.

»Diane. Und du?«

»Marcus.«

Diane fielen die Augen zu.

***

Arthur betrat im Anzug die Werbeagentur »AdSolutions«. Er war ausgeschlafen und höchst motiviert.

Nach einem kurzen Klopfen betrat er das Büro des Chefs. Die Sekretärin hatte ihn angekündigt und bedeutete ihm, eintreten zu können.

George Kurland begrüßte ihn geschäftlich, aber herzlich. Arthur erwiderte den Gruß, und er fühlte sogleich eine Basis, so, wie er sie beim Vorstellungsgespräch bereits gespürt hatte. George verschaffte Arthur einen Überblick, für welche Firma sie momentan arbeiteten und wie die allgemeine Abwicklung in der Firma verlief. Das war kein Neuland für Arthur, da er lange in einer anderen Werbeagentur tätig gewesen war, und so kamen sie schnell zum Ende.

George erhob sich und führte Arthur zu Dianes Büro. Er klopfte und wartete einen Augenblick, ehe er eintrat. Diane war nicht an ihrem Platz. Verwundert runzelte George die Stirn und blickte immer wieder zum leeren Schreibtischstuhl. »Das gibt es doch gar nicht. Das ist Mrs Cleveland noch nie passiert. Sie ist sonst immer eine der Kolleginnen, die früh ihre Arbeit beginnt. Sonderbar.«

»Ich hoffe, es hat nichts mit mir zu tun«, sagte Arthur.

George zog die Tür ins Schloss. »Das glaube ich nicht«, sagte er wenig überzeugend. »Kommen Sie, Arthur, ich zeige Ihnen Ihr Büro.«

***

Mit einem Ruck erwachte Diane. Ihr erster Blick galt dem Wecker. Acht Uhr dreißig. Sie stieß einen Schrei aus und sprang aus dem Bett.

»Was ist denn?« Schlaftrunken hob Marcus den Kopf.

»Ich bin zu spät. Ausgerechnet heute, wo der Neue anfängt. Ich dreh durch! Mist. Shit. Mist. Shit!«

»Hey, beruhige dich wieder. So schlimm ist es auch nicht.«

»Doch! Ist es!« Diane raffte einige Klamotten und rannte ins Bad. »Und was ist mit dir? Ich dachte, du musst um sieben Uhr duschen und zur Arbeit. Es ist halb neun!«

»Ich bin Zeichner. Ich kann's mir einteilen.«

Diane seufzte und schloss die Badezimmertür. Auch noch einen Künstler hatte sie sich in ihr Bett geholt. Sie stand gar nicht auf Künstler. Die hatten immer so unglaublich viel Zeit. Sie malten mal hier und mal da und brauchten dann eine Schaffenspause von etwa drei Wochen. Diese Art des Arbeitens konnte Diane nicht verstehen.

Wobei den Künstlern der Ruf vorauseilte, dass sie ungemein kreativ und schaffensfreudig im Bett waren. Allerdings traf das wohl nicht auf ihren Pinselschwinger heute Nacht zu. Denn als Diane sich noch mal zu ihm hinübergewälzt und seinen Schwanz in Wallung gebracht hatte, hatte er es mit sich geschehen lassen. Zwar hatte er sich bald noch mal auf sie gerollt, doch er war so müde gewesen, dass er auf ihrem Körper eingeschlafen war.

Diane rief aus dem Bad: »Zieh dich bitte an. Ich werde dich nicht allein in meiner Wohnung zurücklassen. Da bin ich eigen. Komm, beweg deinen Arsch!«

»Hey, was ist denn das für ein Stress jetzt!«

Diane duschte in Turbogeschwindigkeit, tuschte die Wimpern, steckte provisorisch die Haare hoch und warf ihre Kleidung über. Dann spurtete sie aus dem Bad, zog den halb angezogenen Marcus hinter sich her und warf die Tür ins Schloss. Mit den Worten »Es war schön heute Nacht« und »Bitte nimm dir ein Taxi« sprang sie in ihren Ford und raste zur Firma.

***

Arthur war in einige Unterlagen vertieft, als es an seiner Tür klopfte.

»Herein«, sagte er und blickte zur Tür. Eine junge Frau, braune Haare, schlanke Figur, mittelgroße Oberweite, nach Arthurs Schätzung Mitte-Ende dreißig, betrat den Raum. Sie wirkte gehetzt und gewollt stark. Zielstrebig ging sie mit den Worten »Hallo, ich bin Diane Cleveland, Ihre neue Chefin« auf ihn zu und reichte ihm die Hand.

»Hallo, Arthur Buckman. Freut mich.« Er legte die Stirn kraus, nachdem er ihren letzten Satz verarbeitet hatte.

Diane ruckte mit dem Kopf zur Seite. »Passt etwas nicht?«

»Ich war mir nicht im Klaren, dass Sie meine neue Chefin sind.«

»Gut, dann hoffe ich, dass es jetzt klar ist. Noch Fragen?«

»Ja, sind Sie immer so unentspannt?«

Diane drückte ihre Brille nach oben. Sie wirkte für den Bruchteil einer Sekunde außer Kontrolle, dann fing sie sich und sagte von oben herab: »Schön, dann ist ja alles gesagt. Sie wissen, wo Sie mich finden.«

Bevor Diane den Raum verlassen konnte, hielt Arthur sie auf. »Ach, Ma'am, eine Frage noch.«

Widerwillig drehte sie sich um und ihre Augen schossen Blitze.

»Wenn Sie meine Chefin sind, dann geben Sie mir doch

bitte eine Aufgabe. Da Sie heute zu spät gekommen sind, hatte ich genug Zeit, die Pläne, an denen gerade gearbeitet wird, durchzugehen. Inzwischen kenne ich sie schon fast auswendig.«

Mit hochrotem Kopf presste sie hervor: »Kommen Sie in fünf Minuten in mein Büro. Ich muss noch ein wichtiges Telefonat führen. Dann gebe ich Ihnen eine Aufgabe.« Schnell drehte sie sich um und verließ den Raum.

Arthur lehnte sich zurück, verschränkte die Hände hinter dem Kopf und lächelte. Diese Frau hatte etwas. *Wenn sie doch nur nicht so zugeknöpft wäre und vor allem so bieder,* dachte er. Dann stellte Arthur sie sich ohne Brille mit offenen Haaren in einem leichten Sommerkleid ohne BH vor, wie ihre aufreizenden, vom Wind harten Nippel durch das feine Gewebe stachen. Er versuchte, die Gedanken zu verdrängen, denn sein Schwanz reagierte auf diese Vorstellungen und es wäre mit Sicherheit nicht im Sinne der Firma, wenn er schon am ersten Tag nach der ersten Stunde mit einem gewaltigen Rohr bei seiner angeblichen Vorgesetzten im Zimmer erschien.

***

So ein blasiertes Arschloch, dachte Diane. *Wie er so cool mit leichtem Grinsen auf den Lippen dagesessen hatte, einen Fuß auf dem Oberschenkel ruhend. Arroganter Fatzke!*

»Darf ich reinkommen, oder sortieren Sie sich noch?« Arthur hatte den Kopf zur Tür hereingesteckt.

Sofort verfiel ihr Herzschlag in einen rasanten Galopp. Wie konnte das sein! Er war einfach nur ein neuer ihr unterstellter Kollege.

»Sie können dieses Mailing verfassen. Es geht … um …« Diane versuchte, ihrer Stimme einen klaren Klang zu geben. Dieser Tag war nicht ihrer. Wie konnte sie ausgerechnet einen Tag bevor der Neue kam mit einem Typen ins Bett gehen, wenig schlafen und dann auch noch zu spät kommen! Diane rang nach Fassung, denn ihr trat der männlich markante Duft von diesem Arthur Buckman in die Nase. Sie kämpfte gegen ihr Herzklopfen an und spürte, wie ihre Brustwarzen hart gegen den spitzenlosen BH stießen. Was war nur los mit ihr? Sie versuchte sich zu konzentrieren und stützte mit den Fingerspitzen der rechten Hand ihre Stirn ab. Dann sagte sie: »Es geht um, ähm …«

Arthur, der sich mit beiden Händen neben ihr auf dem Schreibtisch abgestützt hatte, wandte ihr das Gesicht zu: »Alles in Ordnung, Lady?«

Diane wagte nicht hochzusehen, sondern nickte lediglich. »Ja, alles gut.«

»Soll ich das Fenster aufmachen? Es ist sehr stickig hier drin.«

»Nein! Ich meine: doch, bitte.«

Er löste sich vom Schreibtisch und öffnete das Fenster. Leichter Wind blies ins Zimmer. Diane atmete ihn tief ein. Dankbar genoss sie die Frische mit halb geschlossenen Augen.

Arthur lächelte kaum merklich. Er kam an ihren Schreibtisch zurück, setzte sich mit halben Hintern darauf und faltete die Hände im Schoß. »Also?!«

Diane atmete noch einmal tief durch: »Also, es geht um ein Werbe-Mailing für einen Lampendesigner. Er möchte fünf Produkte – also Lampen, Leuchtmittel, Sockel, und Ähnliches – in das Mailing hineinnehmen und braucht einen guten Text.«

»Haben Sie es schon versucht?«, fragte Arthur.

»Wie bitte?«

»Ob Sie sich schon einen Text ausgedacht haben.«

»Nein, warum?«

»Weil wir unsere Ideen sonst hätten zusammenwerfen können.«

»Ach so, bei diesem noch nicht.«

»Aha, und bei welchem?«

Diane wurde rot. Sollte sie ihm schon am ersten Tag gestehen, dass ihr Werbeslogan, der so dringend benötigt wurde, laut Chef nur mäßig war?

»Ein anderer Text eben.«

»Wenn wir zusammenarbeiten, dann sollten Sie mir schon sagen, wie die Aufträge aussehen und was Sie bereits ausgearbeitet haben. Sonst drehen wir uns nur unnötig im Kreis.«

Diane atmete hörbar aus. »Ich werde es Ihnen später mitteilen. Jetzt ist erst dieses Mailing dran.«

Eine Pause entstand. Arthur musterte sie.

Schnell sagte Diane: »Ach, bevor ich es vergesse: um zehn Uhr ist eine Versammlung der Mitarbeiter anberaumt worden. Bitte seien Sie pünktlich.«

Er lächelte vielsagend. »Das werde ich. Sie auch?« Er zwinkerte ihr zu und verließ das Zimmer.

Diane ließ sich im Bürostuhl zurücksinken und schloss kurz die Augen.

***

Arthur überflog die Aufgabe, suchte sich die Bilder der Lampen und Leuchtmittel zusammen, überlegte einen Augenblick und fing dann an zu tippen. Er fragte sich, was die andere Aufgabe gewesen war, die Diane Cleveland angefangen hatte. Er lächelte, als er an sie dachte, wie sie versuchte, sich nichts anmerken zu lassen. Er war sich sicher, dass sie in ihrem Job normalerweise verdammt gut war.

Um zehn Minuten vor zehn hatte er das Mailing fertig und ging zu seiner Vorgesetzten. Leise klopfte er und trat ein. Als er sah, wie sie ihre schweren, leicht verschwitzten Brüste auf der Arbeitsfläche abgelegt hatte, stellte er sich vor, dass es die

Tischplatte nicht gäbe und er gezwungen wäre, mit seinem Kopf ihren Busen zu stützen. Dann hätte er fortwährend ihre Nippel in seinem Gesicht und könnte sie lecken …

»Mr Buckman?«

Arthur holte Luft und sein Kopf zog er dabei mit nach oben. Schnell hatte er sich in der Gewalt. »Es ist zehn vor. Wollen wir los?«

Diane nickte. Sie klickte ihr E-Mail-Programm zu und erhob sich. Arthur ging zu ihr. Er spürte, wie sie in der Bewegung verharrte. Als er den Ausdruck seines Mailing-Vorschlages auf ihren Tisch gleiten ließ, meinte er zu hören, wie sie plötzlich weiteratmete. Sie wartete darauf, dass er den Raum verließ, doch er machte eine galante Handbewegung. »Nach Ihnen, Sie kennen den Weg, Ma'am.«

***

Da noch ein weiterer Mitarbeiter zur Firma dazugestoßen war, zog sich die Versammlung in die Länge. Diane blickte auf die Uhr. Sie hatte noch so viel zu tun.

»… Arthur Buckman. Er wird mit Diane zusammenarbeiten. Sie bilden ein Team …«, hörte Diane George Kurland wie aus weiter Ferne sagen. Sie wäre nicht aufmerksam geworden, hätte Arthur sich ihr nicht demonstrativ zugewandt. George hatte das wohl bemerkt und stoppte in seinem Redefluss. Diane blickte hoch, begegnete Arthurs Blick, dann ließ sie ihren schweifen und bemerkte, dass sie von allen angestarrt wurde. »Was ist?«, fragte sie unsicher.

»Team!« Arthur ließ nur dieses eine Wort fallen.

»Ja, und?« Diane kam sich begriffsstutzig vor.

Arthur beugte sich zu ihrem Ohr und sie bekam eine Gänsehaut, als er leise hineinsprach: »Nicht: Sie sind mein Chef und ich der Hampelmann. Sondern: Wir sind ein Team!«

Georges Gesicht verfinsterte sich: »Diane, auch wenn es Ihnen missfällt, dass Sie nicht mehr Ihr eigenes Süppchen kochen können, so beruht es auf *meiner* Entscheidung. Ist das klar?!«

»Ja, Sir.«

»Hat sie sich als Chefin aufgeführt, Mr Buckman?«

»Nein, Sir«, log Arthur schlicht.

»Nun gut. Diane, geben Sie Mr Buckman die Verfassung des Werbeslogans für die Fitness-DVD. Er soll sich daran versuchen.«

»Ja, Sir.«

»Wie sieht es aus mit dem Mailing?«

Diane schoss die Röte ins Gesicht.

»Ist fertig. Klingt gut«, antwortete Arthur an ihrer statt.

»Haben Sie es verfasst, Mr Buckman? Oder warum antworten Sie jetzt für Mrs Cleveland?«

»Sie hat es mir gezeigt. Ich dachte, das wäre okay, da wir ein Team sind.«

Eine Weile herrschte eisiges Schweigen im Raum. Diane hielt die Luft an.

»Na schön.« George Kurland gab sich anscheinend mit der Aussage zufrieden. »Weiter geht's. Jonathan: Für Sie gilt das Gleiche. Auch Sie bilden mit Ihrem neuen Kollegen ein Team.«

***

Arthur blickte auf die Uhr. Es war achtzehn Uhr. Er stützte den Ellenbogen auf den Tisch und rieb sich die Augen.

»Danke!«

Er drehte sich zur Tür. Dort stand Diane.

»Wofür?«, wollte er wissen.

»Dass Sie mich nicht in die Pfanne gehauen haben. Ich glaube dennoch, dass George gemerkt hat, dass ich Chefin gespielt habe.«

»Klingt so, als würden Sie das öfter ausprobieren.«

»Ich gehe jetzt. Sie können für heute auch Schluss machen. Lange genug waren Sie auf jeden Fall hier.«

Er lächelte und blickte sie eine Weile an. Eine leichte Röte legte sich auf ihre Wangen und ließ sie hinreißend aussehen.

»Bis morgen, Sir.«

»Bis morgen, Diane.« Sie stockte in der Bewegung, ließ aber seine Bemerkung im Raum stehen und ging.

***

Kaum hatte Diane ihren Ford geparkt und war schlüsselsuchend zur Haustür gegangen, da entdeckte sie Marcus. Unsicher stand er auf und schob sich linkisch die Hände in die Hosentaschen. Augenblicklich kamen ihr die Statur und die selbstsichere Haltung von Arthur in den Sinn und auch sein waches, reifes Gesicht, sein schalkhaftes Lächeln und sein männlich herb-süßer Duft ins Gedächtnis. Ihr Herz pochte.

Sollte sie es erneut mit Marcus treiben, würde sie nur an Arthur denken. Nicht zu fassen! Sie kannte diesen Mann überhaupt nicht. Außerdem wusste sie nicht, ob er nicht bereits verheiratet und Vater von acht Kindern war.

»Hi, Diane.«

»Hi, Marcus. Was machst du hier?«, fragte sie.

»Ich habe auf dich gewartet. Ich habe dich vermisst.«

»Ich, äh … tja, weißt du, ich bin ziemlich kaputt vom Tag, und ich dachte, nach der gestrigen Nacht …«

»Lass es uns einfach noch mal versuchen. Ich möchte es wieder gutmachen.«

Diane dachte darüber nach. Wieso kam ihr ständig die Vorstellung an Arthur in die Quere! Sie hatte sich für diesen süßen, jungen Künstler entschieden.

»Marcus, ich weiß nicht …«

»Ich würde dich zu gerne noch mal lecken.«

Sofort blickte Diane nach oben zu ihren Nachbarn. »Pst, leise, wenn meine Nachbarn das hören, denken die, ich sei ein Flittchen.«

Er grinste. »Das würde mir gefallen.«

Diane schüttelte den Kopf. »Tut mir leid, Marcus. Ich möchte heute Abend allein sein. Es war ein anstrengender Tag.«

»Ich würde dich aber ungemein gerne mal lecken. Auch in deine Muschi rein.«

»Marcus, bitte … akzeptiere meine Entscheidung.«

Er nickte und blickte wie ein gescholtener kleiner Junge zu Boden. »Kann ich mich morgen noch mal bei dir melden?«

Diane seufzte leise. »Na schön, aber ich kann dir nichts versprechen.«

»Nein, na klar, natürlich nicht.« Er kam auf sie zu, gab ihr einen Zungenkuss, den Diane sich gefallen ließ und fragte sich augenblicklich, wie wohl der von Arthur sein würde.

***

Als Arthur seinen Schwanz aus Beth herauszog, war er befriedigt und ermattet. Doch es war diesmal anders. Er hatte, ohne es zu wollen, an Diane gedacht. Diese tapfere, kleine Frau, die mit allen Mitteln versucht hatte, ihm nicht zu zeigen, wie sehr er sie betört hatte. Anscheinend hatte sie keine große Übung, was Männer anging.

»Na, Süßer, woran denkst du?«

Er schwieg.

»Arthur?« Sie stützte sich auf ihre Unterarme und blickte ihn an.

Endlich sah er zu ihr und als erstes kam ihm ihr kleiner, fester Busen ins Visier. Er sehnte sich nach mehr und dachte an Dianes Brüste, die sich auf den Tisch gepresst hatten.

»Alles gut, Beth. Ich war nur in Gedanken versunken wegen der neuen Firma.«

»Es läuft doch gut, hast du gesagt.«

»Na ja, nach dem ersten Tag kann man noch nicht ganz so viel sagen. Aber im Großen und Ganzen schon. Stört es dich, wenn ich noch etwas im Fernsehen gucke?«

»Nein, ich muss sowieso zu Ralph zurück. Er hat zwar Nachtschicht, aber letztes Mal ist er auch so früh zu Hause gewesen.«

»Beth, ich weiß nicht, ob es gut ist, wenn wir dieses Spiel dauerhaft weitertreiben.«

»Was soll das heißen?«

»Ich möchte damit sagen: Wenn Ralph herausfindet, dass du dich unregelmäßig mit mir triffst, nur um mit mir zu schlafen, dann wird er bestimmt stinksauer!«

»Das lass mal meine Sorge sein.«

»Beth, versteh mich nicht falsch, aber ich denke …«

»Du hast eine andere!«

»Nein, ja, vielleicht. Es ist aber nicht der Grund, weshalb …«

»Verstehe.« Beth rutschte vom Bett und begab sich ins Bad. Arthur sprach die nächsten fünf Minuten durch die abgeschlossene Tür, bis er es aufgab und sich die Augen reibend auf sein Bett sinken ließ.

Beth knallte die Tür mit den Worten: »Du Macho-Giggolo! Gut, dass es vorbei ist!«

Ja, dachte Arthur, *gut, dass es vorbei ist!*

***

Die Zeit saß Diane im Nacken und sie überwand sich, in Arthurs Arbeitszimmer zu gehen. Er blickte auf.

»Was machen Sie da?«, fragte Diane.

»Ich soll die letzte Prospektseite für eine Firma, die Küchengeräte verkauft, gestalten.«

Diane blickte auf seine Arbeit am Computer-Bildschirm und nickte kaum merklich.

»Was führt Sie zu mir?«

Für einen kurzen Moment war Diane gewillt, wieder in ihr Zimmer zu flüchten. Doch Arthur streckte die Hand aus. Sofort dachte Diane, es gelte ihr und sie wurde unsicher. Als er ihr dann sanft die Unterlagen aus der Hand nahm, schalt sie sich im Stillen. »Es ist ganz simpel. Aber irgendwie fehlt mir heute die Idee. Eine Fitness-DVD.«

»Zeigen Sie mal. Haben Sie schon etwas ausgearbeitet?«

Diane wand sich. »Ja.«

»›It's great – everyone can do it‹«, las Arthur vor. »›Es ist großartig – jeder kann es tun‹. Hm ...« Arthur krauste die Stirn.

Diane schämte sich für den mageren Slogan.

»Da kann man bestimmt noch etwas herausholen. Setzen Sie sich.« Er zog ihr einen Stuhl heran.

Diane wollte sich nicht setzen. Er war so cool und geschäftsmäßig als wäre er der Chef. Das behagte ihr gar nicht. Trotzdem war ihre einzige Chance, ihrem Chef etwas Passables vorzulegen, sich Arthur anzuvertrauen und mit Hilfe seiner Ideen sich gute Texte zu erarbeiten. Außerdem war es eine günstige Gelegenheit zu testen, was ihr Gegenüber draufhatte.

Sie setzte sich neben ihn.

»Ich dachte schon, Sie wollen da Wurzeln schlagen«, sagte Arthur.

Diane blieb regungslos, nur ihre Augen wanderten zu ihm. Er lächelte und wandte sich dem Bildschirm zu. Er hatte den Ellenbogen auf dem Tisch abgestützt und die Hand über den Mund gelegt. Während er überlegte, rieb er sich immer wieder über den Mund. Diane betrachtete sein Profil. Er sah ungemein gut aus. Schon älter. Sie schätzte ihn auf Anfang vierzig – die angegrauten Schläfen in seinen dunkelbraunen Haaren ließen darauf schließen. Das Sakko hatte er über den Stuhl gehängt, so dass er nur noch mit Hemd und schwarzer Jeans bekleidet war. Die Ärmel waren salopp hochgekrempelt. Ihr Blick wanderte nach unten. Er saß mit gespreizten Beinen am Tisch. Seine Füße steckten in schwarzen Slippern. Langsam glitt ihr Blick wieder höher zu seinem Schritt. Unwillkürlich fragte sie sich, wie er wohl gebaut war, ob er Schamhaare hatte oder ob er sich rasierte. Sie stellte sich seinen strammen Schwanz ohne Schamhaare vor. Es machte sie unglaublich an. Seine Hoden waren bestimmt samtweich. Langsam glitt ihr Blick höher zu seinem konzentrierten Gesicht. Sein Zeigefinger ruhte auf seiner Oberlippe.

»Sind Sie rasiert?«

Er blickte sie sofort an. »Sieht man das nicht!« Ihr entsetztes Gesicht ließ ihn ganz langsam lächeln. »Ach so, verstehe. Sie meinen, ob ich da unten rasiert bin?«

»Nein, das meine ich nicht. Ich … meinte … dort, also, ihr Gesicht.« Sie ließ den Blick sinken und sagte leise: »Tut mir leid. Ich war nicht bei der Sache. Bitte entschuldigen Sie.«

Diane wagte nicht, ihn anzusehen. Als sie es nach einer Ewigkeit tat, lächelte er noch immer. Dann blickte er auf die Unterlagen und sagte: »Ich hab da eine Idee. Wie wäre es mit: ›Tit for Life‹.« Er presste die Lippen zusammen und stieß kurz die Luft durch die Nase, ehe er sich korrigierte: »Ich meinte natürlich: ›Fit for Life‹.« Er lachte frei heraus und sagte schlicht: »Gleiches Recht für alle, sich mal zu verdenken.«

Diane lachte mit, und die Peinlichkeit, die im Raum hing, verflog sofort. »Ich sehe, Sie sind auch nur ein Mann«, sagte Diane.

Er nickte. »So ist es. Im Gegensatz zu Ihnen werde ich mich

allerdings nicht entschuldigen, denn Sie wissen ja nicht, ob ich an *Ihre* Brüste gedacht habe.«

»Stimmt, das weiß ich nicht. Und, an welche haben Sie gedacht?«

»Es kann doch nicht sein, dass ich Ihnen innerhalb einer halben Stunde zwei Antworten schuldig bin.«

Diane lachte noch mehr und wischte sich die Tränen ab. Ihr Herz schlug laut und ihre Muschi prickelte. Ihr war nicht klar, wovon. Es schien nur von der Aura dieses Mannes zu kommen. So etwas hatte sie noch nie erlebt.

»Mir fällt noch etwas ein: ›Fit for everyone‹«, schlug Diane vor.

»Ja, schön, aber das sollte nicht allein stehen. Am besten tun wir uns zusammen.«

Diane blickte ihn fragend und mit roten Wangen an.

Er lächelte. »Damit meine ich: ›Fit for Life – Fit for Everyone‹. Also: ›Fitness fürs Leben – Fitness für jedermann‹.«

»Wow, das ist klasse!«, nickte Diane anerkennend.

***

Arthur blickte Diane an und war überrascht, dass sie so offen ihre Begeisterung für seine Idee gezeigt hatte. Ihre leicht geröteten Wangen und die Aufregung im Gesicht standen ihr gut. Zu gerne hätte er sie in den Arm gezogen, ihre Haare geöffnet und die Brille abgenommen, die seiner Meinung nach viel zu viel von ihrem mit Sicherheit hübschen Gesicht verbarg.

»Würden Sie für mich mal die Brille abnehmen, Diane?«

Sichtlich erschrocken über seine Bitte, blickte sie nach unten und schüttelte mit kurzen Bewegungen den Kopf.

»Tut mir leid. Bin wohl zu weit gegangen. Wollen wir George Kurland die Idee vorlegen?«

Arthur ärgerte sich, dass er solch eine Bitte vorgebracht hatte. Dabei war es doch nicht so schlimm, mal eine Brille abzusetzen. Ihre Frage war viel intimer. Doch seitdem hatte sich Diane in ihr Schneckenhaus zurückgezogen.

George war sehr angetan von dem Werbeslogan und versprach, ihn schnellstmöglich mit den anderen zu besprechen. Unvermittelt rückte er mit einem weiteren, diesmal etwas größerem Auftrag heraus: den Werbeslogan für eine Unternehmensberaterfirma zu finden.

Arthur war stolz. Er hatte die erste Hürde genommen und sich ein Stückchen in der Firma etabliert. George hatte ihnen zwei Wochen Zeit gegeben. Das war recht lange. Aber es sollte auch verdammt gut werden.

Was ihm allerdings Kopfzerbrechen bereitete, war Diane. Er hatte noch nie eine Frau kennengelernt, die von einer Sekunde auf die andere so wandelbar war. Erst ist sie verstockt und steif. Dann kommt sie aus sich heraus, sprüht vor Freude und Geist, dann wieder igelt sie sich ein. Arthur schüttelte den Kopf und überlegte sich, wie er Diane gänzlich aus der Reserve locken könnte.

***

Diese Nacht konnte Diane kaum ein Auge zutun. Ständig dachte sie an Arthur. Marcus kam ihr nur wenig in den Sinn. Das einzige, weshalb sie einen Gedanken an ihn verschwendete, war der Sex. Sex, den sie seit ewigen Zeiten nicht mehr gehabt hatte. Zwar war es ziemlich mieser Sex, aber es war Sex.

Diane hoffte, einzuschlafen, denn sie wollte morgens wieder fit sein. Doch je mehr sie sich das erhoffte, desto weniger schaffte sie es.

Das Telefonklingeln erlöste sie aus ihrem Dilemma.

»Hallo?«

»Hallo, Diane, hier ist Marcus.«

»Hi«, sagte Diane wenig erfreut.

»Ich würde so gerne zu dir kommen.«

»Jetzt? Hast du sie noch alle! Es ist ein Uhr nachts.«

»Ich kann nicht schlafen ohne dich. Ich würde so gerne deine Muschi lecken. Ich habe es einfach vergessen.«

»Du hast vergessen, mir die Muschi zu lecken?«

»Ja.«

»Du spinnst ja wohl völlig!«

»Bitte, Diane, darf ich zu dir kommen?«

»Nein.«

»Nur kurz.«

»Nein!«

»Ich lecke dich nur ein bisschen und gehe sofort wieder.«

»Nein, verdammt! Und wenn du tausend Mal bettelst. Ich habe einen anstrengenden Job und kann es mir nicht leisten, nachts auf zu sein. Du bist Künstler. Du kannst ausschlafen und malen, wann dir der Sinn danach steht. Ich nicht. Also, gute Nacht.« Diane drückte ihn weg. Die Telefone früher waren besser. Die konnte man mit ordentlich Schwung und viel mieser Laune auf die Gabel knallen.

Diane konnte es kaum glauben, aber nach diesem Telefonat schlief sie sofort ein.

***

Arthur war froh, heute nicht mit Diane zusammenarbeiten zu müssen, denn sie war sehr schlecht gelaunt. Das Irrsinnige war, dass sie das auch noch die restliche Woche über war. Selbst als Arthur ihr einmal absichtlich die Hand auf die Schulter legte, als sie an ihrem Schreibtisch saß und er neben ihr stand, zuckte sie schräg zurück, sodass er gezwungen war, die Hand wieder wegzunehmen. Es gab keine Chance, an sie heranzukommen. Leider übertrug sich ihre schlechte Stimmung auch manchmal auf ihn. Er zwang sich dann zur Ruhe und vor allem, sie nicht anzuschreien.

Eines Morgens sagte Arthur: »Diane, was ich Sie noch fragen wollte …«

»Wie kommen Sie dazu, mich Diane zu nennen!«, giftete sie ihn an. »Mein Name ist Cleve …«

»Ist mir scheißegal!«

»Wie bitte?«

»Ich nenne Sie, wie ich will! Seit zwei Monaten arbeiten wir nun schon zusammen und alle nennen sich hier beim Vornamen. Und sollten Sie es vergessen haben, ich habe das auch schon am ersten Arbeitstag getan!«

»Es ist …«

»Ich bin noch nicht fertig!«, polterte er und fuhr fort: »Mir geht Ihre schlechte Laune wahnsinnig auf die Nerven! Entweder Sie reißen sich jetzt zusammen oder …«

Die Lippen fest aufeinander gepresst, blickte sie ihn an und wartete. »Oder?«

»Oder ich werde Sie mal ordentlich rannehmen.«

»Rannehmen?«

»Ja, durchvögeln!«

Diane erblasste, um dann zu erröten. »Sie haben sie ja nicht alle! Außerdem, was würde ihre Freundin dazu sagen!«

»Meine Freundin?«

»Beth!«

»Wie kommen Sie darauf, dass sie meine Freundin ist?«

»Sie hat heute schon wieder angerufen und wollte Sie sprechen. Sie sagte, sie sei Ihre Freundin.«

»Wann hat sie schon mal angerufen?«

»Letzte Woche irgendwann.«

»Und warum sagen Sie mir das nicht, Mrs Cleveland?«

»Also ist Sie doch Ihre Freundin!«

Arthur ging langsam auf sie zu. Leichte Angst spiegelte sich in ihren Augen. »Was soll das? Was haben Sie vor?«

Als Arthur sie erreicht hatte, rollte Diane mit dem Stuhl bis an die Wand. Er folgte ihr. Als sie dagegen prallte, hielt sie die Stuhllehnen mit den Händen umklammert. Er beugte sich zu ihr hinunter und spürte ihren heftigen Atem. Er roch süß, er passte zu ihr. »Ich schätze es nicht, wenn Anrufe, die für mich bestimmt sind, nicht weitergegeben werden. Egal, wer es ist! Und ich schätze es nicht, jeden Morgen mit einer mies gelaunten Kollegin zusammenarbeiten zu müssen. Und ich schätze es nicht, wenn man mir unterstellt, wer sich in meinem Freundeskreis befindet. Ist das jetzt klar?!«

***

Diane wusste nichts zu sagen. Sie fühlte sich bedroht und eingeschüchtert. Hinzu kam der unbändige Wunsch, Arthur an sich zu reißen und ihn zu küssen. Sie wagte kaum zu glauben, einen ähnlichen Wunsch in seinen Augen zu lesen.

Plötzlich, ohne recht zu wissen, was sie tat, drückte sie sich hoch und schob ihre Hand in seinen Nacken, zog sein Gesicht mit einer schnellen Bewegung zu sich hinunter. Hart pressten sich ihre Lippen auf die seinen. Diane stöhnte in seinen Mund, ihre Brüste schmerzten vor Verlangen. Er erwiderte sofort ihren Kuss und übernahm die Führung, indem er seine Zunge männlich in ihren Mund schob. Ungläubig nahm sie wahr, was er dann tat: Er setzte sich breitbeinig auf ihren Schoß und umschlang ihren Oberkörper. Sie tat es ihm gleich, wie eine Ertrinkende und spürte seinen harten Oberkörper durch ihre Bluse, was ihre Brüste noch mehr schmerzen ließ. In ihrem Geschlecht pochte es.

»Mrs Cleveland!«

Mit Entsetzten nahm sie die Stimme ihres Chefs wahr. Ohne nachzudenken, stieß sie Arthur von sich und gab ihm eine heftige Ohrfeige. Sein Kopf ruckte nach links und blieb einen Augenblick in der Position, ehe er sich ihr ganz langsam zuwandte. Seine Augen blickten sie hart und kalt an. Dann drehte er sich um und verließ ohne ein Wort das Zimmer.

»Also, Diane! Ich muss sagen, ich bin entsetzt! Wie konnten Sie das zulassen? Oder hat er Sie bedroht?«

Diane blickte Arthur noch immer nach, obwohl er längst nicht mehr zu sehen war. Sie schluckte und stotterte: »Nein, also vielleicht. Ich … weiß nicht genau.«

Ihr Chef taxierte sie. »Sie müssen doch wissen, ob er Sie bedroht hat oder ob es in beiderseitigem Einvernehmen geschah.«

Diane rang nach Worten, nach der Wahrheit und der Lüge.

»Verstehe. Ich werde ihm sofort kündigen!« George Kurland wandte sich ab. Kaum war er auf dem Flur, lief Diane ihm nach und rief: »Nein, warten Sie!«

Er stoppte die Geste des Klopfens vor Arthurs Büro. »Wollen Sie an seiner statt gehen, Diane?«

»Ich? Aber ich habe doch nichts getan!«

»Sie saßen in eindeutiger Pose in Ihrem Büro. Das ist Sex am Arbeitsplatz. Wenn das, bevor ich hereinkam, jemand gesehen hat, dann bin *ich* dran. Also: er oder Sie! Wer war der Auslöser?«

Diane versuchte, einen klaren Kopf zu bekommen. »Ich habe doch … Bitte, setzten Sie mir nicht die Pistole auf die Brust!«

»Ich habe keine Wahl, Diane.«

Diane rang mit sich und kämpfte mit den Tränen.

George Kurland drehte sich von ihr weg und klopfte. Als er eintrat, sagte er: »Mr Buckman, Sie sind gefeuert. Sex am Arbeitsplatz. Kommen Sie bitte augenblicklich in mein Büro.«

»Ja, Sir«, hörte Diane ihn klar sagen. Sie schleppte sich in ihr Büro und schloss die Tür. Tränen liefen ihr übers Gesicht. Das hatte sie nicht gewollt. Aber was sollte sie tun?

***

Arthur nahm seine Kündigung äußerlich gelassen hin. Innerlich flog er. Dieser Job war ihm sehr wichtig geworden. Er hätte sich hier auch ohne Diane sehr wohl gefühlt. Diane! Er wollte nicht sauer auf sie sein. Sie versuchte nur, ihre Haut zu retten, und er verstand es. Hätte sie sich opfern wollen, dann hätte er das nicht zugelassen. Es war gut so, denn er hatte die besseren Chancen einen neuen Job zu finden. Ob er allerdings so schnell zu finden und so gut wie dieser war, stand in den Sternen. Letztendlich verbuchte er die ganze Geschichte unter seiner eigenen Wollust.

George Kurland reichte ihm ein Schreiben. »Bis Ende des Monats werden Sie noch hierbleiben. Danach gehen Sie bitte.«

»Ja, Sir.« Arthur ging hinaus. Als er an der Tür war, sagte George: »Ich lasse nur sehr ungern einen so guten Mann wie Sie gehen. Ich schätze Sie, Buckman, und ich hoffe, es war die erste und letzte Dummheit, die Sie begangen haben.«

Arthur nickte und schloss die Tür.

***

Wenige Tage später bekam Diane auf einem Samstag ein Päckchen. Sie suchte einen Absender, fand aber keinen. So öffnete sie das Paket und fand ein kleines, in Geschenkpapier eingewickeltes Päckchen. Es kam ihr alles sehr dubios vor und sie überlegte, ob sie es in der Mülltonne unten auf der Straße sofort entsorgen sollte. Vorsichtig hielt sie es ans Ohr. Es tickte nichts. Sie kam sich albern und kindisch vor. Als wenn ihr jemand, oder vielleicht sogar Arthur, eine Bombe schicken würde. Sie musste auf einmal bei so einem absurden Gedanken lachen. Also nahm sie das Geschenk auf den Schoß, da sah sie eine Karte an der Seite stecken. Sie war schlicht. Ein Herz war darauf. Sie drehte die Karte um. Dort stand: »Ich hätte dich gerne geleckt.« Mit einem Seufzen kombinierte sie sofort, dass Marcus der Absender war und riss das Papier auf. Allerdings war sie mehr als erstaunt über dieses Präsent. In dicken Buchstaben prangte dort: »Love Pussy«.

»Was ist denn das?«, murmelte Diane. Sie stand auf und holte sich eine Schere, schnitt den Tesafilm an den Seiten durch und holte die »Love Pussy« heraus. Es war ein hellblaues Gummiteil, das Schnüre besaß. In der Mitte war ein Gummi-Mini-Penis. Diane schluckte, als sie das Ding in der Hand drehte. Mit klopfendem Herzen nahm sie die Gebrauchsanweisung aus dem Kasten und las: »Diese superweiche ›Jelly-Love-Pussy‹ ist der perfekte Verwöhner Ihrer Klitoris und Ihrer Pussy. Ihr Klitoris-Stimulator ruht genau auf Ihrem Lustknopf, und der Mini-Penis passt präzise in Ihre Vagina. So bekommen Sie gleichzeitig einen vaginalen und einen klitoralen Orgasmus. Mit den verstellbaren Riemen bleibt er immer am richtigen Platz. Die flüsterleisen Vibrationen sind so intensiv, dass auch die Schamlippen rasch vor lauter Lust anschwellen ... Tragen Sie diese »Love-Pussy« in der Öffentlichkeit und Sie werden von einem Orgasmus in den nächsten schweben, ohne dass jemand weiß, warum ...« Diane ließ die Beschreibung sinken. Wie kam Marcus dazu, ihr so etwas zu schicken! Sollte das ein Versöhnungsgeschenk sein? So sehr wie sie ihn am Telefon abgespeist hatte, wäre es an *ihr* gewesen, sich zu entschuldigen.

Sie nahm die »Love-Pussy« in die Hand und drehte sie erneut. Sie fühlte sich weich und erotisch an. Sollte sie sich das Ding einfach reinschieben? Diane zögerte. Eine andere Möglichkeit wäre, es augenblicklich in den Mülleimer zu werfen. Doch ihre Neugierde war größer, und so schnappte sie sich die »Love-Pussy« und verschwand damit im Badezimmer.

Mit glühenden Wangen zog sie ihre Unterwäsche aus, betrachtete ihren nackten Körper vor dem Spiegel, dann stieg sie in die Riemen, schob sie hoch und die »Love-Pussy« gleich mit. Etwas mutiger nun drückte sie den Mini-Penis in ihre Vagina und setzte den kleinen Gummi-Vorsprung auf ihre Klitoris.

Fühlt sich ganz gut an, dachte Diane. Dann nahm sie die kleine Fernbedienung und schaltete sie an. Nichts passierte. Dann fiel ihr ein, dass ja zwei Batterien erforderlich waren. Sollte sie so durch ihre Wohnung laufen, um Batterien aus dem Vorratsschrank zu holen? Warum nicht, es sah sie ja keiner. Die ersten Schritte fühlten sich merkwürdig an, aber nach einer Weile nahm sie den kleinen Freudenspender zwischen ihren Beinen gar nicht mehr wahr. Noch in der Küche setzte sie die Batterien ein und schob den Regler hoch. Ihr ganzer Körper schien zu vibrieren.

»Himmel, was für ein Gefühl!«, stieß sie hervor.

Dianes Herz klopfte unter der permanenten Stimulation ihres G-Punktes und ihrer Klitoris. Dann schob sie den Regler höher und beschleunigte die Vibration. Schwer atmend hielt Diane sich am Küchentresen fest und nach wenigen Sekunden kam es ihr. Ein heftiger Höhepunkt schoss durch ihren Körper. Diane keuchte ihre Lust hinaus. Sie hatte das Gefühl, dass der Saft aus ihrer Muschi an dem Mini-Penis entlanglief.

Schwer atmend schaltete sie die Vibration aus, holte sich ein Handtuch, legte es aufs Sofa und setzte sich darauf. Dann stellte sie die Vibration wieder ein. Es war ein ganz neues Gefühl im Sitzen – ungemein gut und aufregend. Schon nach wenigen Minuten wurde sie vom nächsten Orgasmus durchgeschüttelt.

»Wahnsinn! Was für ein Zaubergerät!«

***

Arthur seufzte und schob die Unterlagen auf die Seite seines Schreibtisches. Er stand auf und holte sich einen Kaffee. Heute Morgen hatte er Diane noch nicht gesehen. Auch an den anderen Tagen schien es, als wenn sie ihm aus dem Weg ging. *Das ist auch besser so,* dachte er verbittert. Eine Woche war er noch hier. Dann hieß es, sich einen neuen Job zu suchen. Beworben hatte er sich bereits bei fünf Firmen, die für seine Interessen und Ansprüche in Frage kamen.

Es klopfte und die Tür öffnete sich. Arthur blickte hin und sah Diane unsicher im Rahmen stehen. Dann blickte er auf seinen Bildschirm zurück. »Was gibt's«, fragte er kühl.

»Ich wollte mit … Ihnen reden.«

»Worüber?«

»Über diese Sache neulich, der Kuss … und so.«

»Für mich gibt es da nichts mehr zu sagen.«

»Bitte, Arthur!«

Er wendete sich ihr zu: »Ach, jetzt bin ich auf einmal Arthur?!«

Sie schloss leise die Tür und blickte ihn voller Hoffnung an. Doch er wollte nicht zugeben, wie sehr ihm die Firma, und vor allem sie, fehlen würde. Er drehte sich wieder zum Bildschirm. »Du braucht die Tür nicht zu schließen, ist nur Zeitverschwendung.«

»Ich möchte mich bei Ihnen entschuldigen.«

Hart lachte er auf und blickte sie kalt an, obwohl es ihm innerlich weh tat, sie so verletzlich und schuldbewusst zu sehen. Er konnte verstehen, dass sie ihren Job, den sie jahrelang hier inne gehabt hatte, nicht aufgeben wollte. Auch wenn er Verständnis für ihre Lage und ihre Gedanken hatte, so ließ sein Stolz es nicht zu, ihr sofort zu verzeihen. »Gut, sonst noch was?«

»Können Sie mich nicht ein bisschen verstehen?«

»Nein.«

Diane seufzte und nickte. »Also schön. Ich habe hier noch

ein paar Unterlagen, die ich mit Ihnen durchgehen wollte. Hätten Sie einen Augenblick Zeit?«

»In einer Woche bin ich weg. Was erwartest du von mir? Dass ich jetzt noch die ganz großen Texte schreibe?«

»Ich dachte …« Diane blickte aus dem Fenster. Als ihr Blick zu ihm zurückkehrte, waren ihre Augen glasig, als wenn sie gleich in Tränen ausbrechen würde. »Was hätte ich denn tun sollen?«

»Die Wahrheit sagen.«

Sie wischte sich mit einer Hand eine Träne ab, die es noch nicht geschafft hatte, über ihre Wange zu laufen. Am liebsten wäre er aufgesprungen und hätte sie in den Arm gezogen, sie fest an sich gepresst, nur um ihr zu sagen, dass alles nicht so schlimm sei und vor allem, um ihre weichen Brüste noch mal zu spüren.

»Ich gehe jetzt zu Kurland und kläre die Sache.« Diane öffnete die Tür.

Sofort sprang er auf und hielt sie am Arm zurück. Fragend blickte sie ihn an.

»Das macht jetzt keinen Sinn mehr.«

»Ich kann es nicht mit meinem Gewissen vereinbaren.«

»Das hättest du dir vorher überlegen sollen. Wenn du ihm jetzt die Wahrheit sagst, feuert er uns beide.«

Einen Moment sahen sie sich in die Augen. Dianes Brüste hoben und senkten sich.

»Mach es nicht, Diane. Im Augenblick geht nur einer, und das bin ich. Du musst mir ja nicht unbedingt folgen. Also, lass es, wie es ist.« Er ließ sie los und ging wieder hinter seinen Schreibtisch.

Ohne zu klopfen, öffnete sich die Tür. Der Kopf von George Kurland erschien. »Diane, Mr Buckmann … störe ich?«

»Nein, Mr Kurland. Ich wollte Ihnen sagen, dass … also ich habe damals im Zimmer, als Mr Buckman und ich, also … als wir dieses … das zusammen …«

»Diane, ich habe überhaupt keine Zeit – und schon gar nicht für Ihr wirres Gestotter. Gleich wird eine Versammlung stattfinden. Darüber wollte ich Sie informieren. Mr Buckman, ich bitte Sie, auch zu kommen. Bis gleich. Wir reden später, Diane.« Und schon war er wieder weg.

Diane stöhnte und sagte: »Mist!« Damit verließ sie das Zimmer.

***

Diane sah einige Mitarbeiter auf sich zukommen, die zur Versammlung wollten. Sie wusste, George Kurland schätzte es überhaupt nicht, wenn man zu spät zu seinen Versammlungen kam. Von daher beeilte sie sich, in ihr Zimmer zu gelangen und schnellstmöglich die »Love-Pussy« loszuwerden, die sie sich heute Morgen todesmutiger Weise angelegt hatte. Sie wollte den Vibrator ganz in Ruhe in ihrem Zimmer ausprobieren. Eigentlich hatte George Kurland angekündigt, dass er heute einen Außentermin bei einem Kunden hätte. Dem war wohl nicht so, und nun schleppte Diane die ganze Zeit die »Love-Pussy« zwischen ihren Beinen spazieren. Auch jetzt hatte sie keine Zeit mehr, auf die Toilette zu rennen und sie abzunehmen. Schnell nahm sie einen Block und einen Kugelschreiber und suchte nach ihrem Time-Planer. Sie stellte die Handtasche auf den Tisch und kramte wild darin herum. Ungeduldig schüttete sie die Tasche aus. Sofort purzelten zig Teile, die Frauen in ihrer Handtasche zu tragen pflegen, unter anderem auch die Fernbedienung zur »Love-Pussy«, heraus. Achtlos ließ sie alles liegen und schnappte sich nur ihren Time-Planer. Dann rannte sie durch den Flur zum großen Konferenzraum. Sie täuschte sich, wenn sie gedacht hatte, die Letzte zu sein. Fünf Minuten später kam erst Arthur – langsam und gemächlich.

»Meine und Ihre Zeit in der Firma ist nur knapp bemessen. Von daher mag ich es überhaupt nicht, wenn jemand derart zu spät kommt wie Sie, Mr Buckman.«

»Verzeihung, Sir.« Er schritt am langen Konferenztisch entlang und blickte Diane kurz an, als er sich ihr schräg gegenüber hinsetzte.

»Meine Damen, meine Herren, wie Sie bereits gemerkt haben, habe ich diese Versammlung ganz kurzfristig anberaumt. Es geht um drei sehr wichtige Dinge. Im groben Überblick: Mr Frazer ist höchst unzufrieden mit dem Werbeslogan seiner Firma. Dann das betriebliche Klima, das anscheinend durch Kathy, Laura und Pam getrübt ist. Und zu guter Letzt: …«

Diane hielt den Atem an. Sie spürte, dass sie nun an der Reihe war – Sex am Arbeitsplatz, ausgeführt von Diane und Arthur …

»… es sollten unbedingt die Klopapierrollen nachgefüllt werden! Wer das letzte Blatt nimmt, sollte sich gefälligst um Nachschub kümmern!« George Kurlands Miene war ernst, doch es hielt einige nicht davon ab, leise zu kichern.

»Kommen wir nun zu Punkt eins: Mr Frazer. Dieser Werbeslogan, der von Jonathan verfasst wurde …«

Diane konnte nicht weiter zuhören, denn sie wurde von einem sanften Brummen in ihrem Inneren abgelenkt. Erschrocken, was denn da in ihr vorging, stellte sie fest, dass es die »Love-Pussy« war. Wie konnte sie einfach von alleine anfangen zu vibrieren! Diane versuchte, sich dieses Phänomen zu erklären, als das Vibrieren etwas stärker wurde. Dieses Ding funktionierte doch nur mit Fernbedienung, und diese lag sicher in ihrer Handtasche. Ihre Handtasche! Die Röte schoss ihr ins Gesicht. Nicht nur von der Vorstellung, jemand könnte sich die Fernbedienung geschnappt haben und wahllos daran herumspielen, ohne zu wissen, was er damit in ihr auslöste, sondern auch, weil die Vibrationen die bekannten Gefühle in ihr wachriefen, die sie an dem einen Wochenende so sehr kennen- und liebengelernt hatte. Diane betete, dass die- oder derjenige bald die Lust an diesem Spiel verging und die Fernbedienung wieder weglegte. Als Diane sich einigermaßen an die schnellen Schwingungen zwischen ihren Beinen gewöhnt hatte, blickte sie hoch, um George Kurlands Beitrag weiter zu folgen. Doch es fiel ihr wahnsinnig schwer. Die anderen schrieben etwas auf und Diane zückte schnell den Stift, um es ihnen gleichzutun. Sie schrieb einfach nur ihren Namen auf und das so klein, dass es keiner lesen konnte. Dann erhöhte sich plötzlich die Drehzahl der Vibrationen und Diane unterdrückte ein leises Stöhnen.

George Kurland kam gerade zum Gespräch über die drei Frauen, unter denen es Streit und angebliches Mobbing gäbe. Die Frauen redeten teilweise laut und durcheinander. George musste sie immer wieder zur Ruhe auffordern.

Diane stritt mit ihrem Körper, der sich an dem neuen Gefühl zwischen ihren Beinen geradezu hocherfreute, und sie versuchte, die Gefühle, die so stark in ihr tobten, zu bekämpfen. Deswegen rutschte sie ein wenig zur Seite. Das hätte sie lieber nicht tun sollen, denn heiße Lustblitze durchzuckten ihren Körper. Ungewollt stieß sie Luft aus und sog sie schnell wieder ein.

»Alles okay mit dir?«, fragte eine Kollegin neben ihr.

»Ja«, hauchte Diane, der das Sprechen schwerfiel. »Ich finde diese Unterhaltung so kindisch.«

»Stimmt, hast recht. Total kindisch.« Die Kollegin schnaubte.

Dianes Atem ging schwerer. Sie versuchte, sich abzulenken und sah zu den drei Frauen, die sich bekriegten und begegnete dem ruhigen, auf ihr ruhenden Blick Arthurs. Er hatte die Arme vor der Brust verschränkt und fing ganz leicht an zu lächeln, nur um sofort die Maske des Unnahbaren wieder aufzubauen. Diane wollte sich gerade abwenden, als er seinen rechten Arm aus der Haltung löste, um sich am Ohr zu kratzen. Dabei zeigte er ein kleines hellblaues Gerät, das in seiner Handfläche ruhte und verschränkte die Hand sofort wieder, als er bemerkte, dass Diane es gesehen hatte. Wieder lächelte er.

Die Hitze schoss ihr ins Gesicht und schon spürte sie, wie die Vibrationen sich noch mehr verstärkten. Diane biss die Zähne aufeinander, als die Lustwellen ihre Klitoris bearbeiteten. Ruhig sah Arthur ihr dabei zu. Sie konnte es nicht fassen, dass er so dreist war. Doch diese Dreistigkeit machte sie noch schärfer. Das Gefühl, von ihm beobachtet und gesteuert zu werden, ohnmächtig, etwas dagegen tun zu können, brachte ihren Körper zum Kochen.

***

Arthur beobachtete Diane ganz genau. Es war ein wunderbares Schauspiel, in ihrem Gesicht die unterdrückten Gefühlsregungen abzulesen. Da sie so geil, am Rande des Höhepunktes und er auch noch der Auslöser dafür war, brachte es seinen Körper ebenfalls in Wallung. Die Vorstellung, sie hier mitten in der Versammlung zwischen den keifenden Hühnern kommen zu lassen, ließ seinen Schwanz zucken, immer größer werden und somit an seine Jeans pressen. Arthur machte es einfach geil, Diane mit den roten Wangen zu genießen.

Er schob den Regler noch ein Stückchen nach oben und blickte wieder zu ihr. Sie stieß die Luft aus und versuchte krampfhaft leise, nach neuer zu schnappen. Arthur konnte sich ein Lächeln nicht verkneifen, das Diane bemerkte, denn sie taxierte ihn mit giftigen Blicken. Daraufhin schob er den Regler noch ein Stückchen höher. Eine Stufe gab es noch, dann war die Höchstleistung dieses kleinen Gerätes erbracht. Unter halb geschlossenen Lidern beobachtete Arthur, wie Diane sich auf ihrem Stuhl wand. Dass sie es dadurch noch schlimmer machte, schien ihr wohl nicht bewusst zu sein. Doch gerade das Räkeln und auch das plötzliche Übereinanderschlagen der Beine, machten seinem Schwanz Druck, in die Freiheit kommen zu wollen. Im Grunde genommen erregte er sich damit nur selber. Sein Herzschlag beschleunigte sich, als Diane den Mund leicht öffnete und schwer atmete. Ihre Kollegin beugte sich wieder zu ihr und fragte etwas. Diane schüttelte den Kopf, deutete auf die drei Frauen und lächelte gezwungen.

***

»So, meine Damen, Schluss mit der Diskussion. So kommen wir keinen Schritt weiter. Ich möchte morgen jede von Ihnen in meinem Büro sprechen – einzeln! Meine Damen, meine Herren, nun würde ich Ihnen noch gerne ein paar unserer gelungensten Werbespots und darauffolgender Werbeslogans zeigen. Diane, wären Sie wohl so lieb, mir den Beamer anzuwerfen, Sie kennen sich damit am Besten aus.«

Wenn Diane glaubte, nicht noch mehr Hitze in den Wangen haben zu können, dann hatte sie sich getäuscht. Eine regelrechte Feuerwelle erwischte sie und breitete sich erst in ihrem Gesicht und dann in ihrem gesamten Körper aus. Sie nickte und erhob sich. Doch ihr Peiniger schien Mitleid mit ihr zu haben, denn die Vibration wurde auf die geringste Stufe gestellt. Doch jeder Schritt schickte ungestilltes Verlangen durch ihren Körper. Selbst die Angst, jemand könnte das leise Summen hören, ließ ihren Unterleib nicht abkühlen.

Diane schaltete den Beamer an, der sofort mit einem leichten Lüfter zum Leben erwachte. Wenigstens war nun das Entdecktwerden durch den seichten Summton gebannt. Als Diane auf dem Weg zu ihrem Platz war, schien Arthur das Mitleid vergangen zu sein. Schnell trat sie gegen den Stuhl, um ihre Lust wenigstens einmal laut herausstöhnen zu können. Besorgt blickten ihre Kollegen sie an und dann auf ihren Fuß, den Diane sich schmerzverzerrt und stöhnend rieb. Sie setzte sich. Die Werbefilme begannen. Ausgerechnet heute musste George Kurland den Mitarbeitern so einen blöden Werbekram zeigen. Normalerweise wäre sie längst durch die sonst so typische Kürze seiner Versammlungen erlöst worden.

Diane suchte nach einem Taschentuch. Ihre Kollegin flüsterte mit ihr und reichte ihr dann eins. Augenblicklich wischte Diane sich über ihr Gesicht und den Halsausschnitt. Dann stand die Kollegin auf und öffnete das Fenster, was Diane ihr mit einem dankbaren Lächeln quittierte.

***

Arthur hatte die Faxen dicke. Er wollte endlich Nahrung für seinen harten Schwanz haben und schob den Regler auf volle Power. Diane krallte sich am Stuhl fest, hielt die Zähne aufeinandergebissen und versuchte, ihre Atmung zu kontrollieren. Anstatt dem Film zuzusehen, blickte Arthur fasziniert zu ihr und sah, wie sie kam. Unterdrückt keuchte Diane in ihre Wangen. Den Mund zu einem dünnen Strich gepresst, die Augen starr auf ihn gerichtet. Arthurs Herz pumpte. Er hatte das Gefühl, er würde ihr persönlich den Orgasmus bescheren. Ihre Brustwarzen stachen weit durch den zartrosa Stoff ihrer Seidenbluse. Am liebsten hätte er sich über den Tisch geworfen, in ihre Nippel gebissen und ihre Kleidung vom Leib gerissen, um sie auf Teufel komm raus hier auf dem Tisch zu vögeln.

Dianes Höhepunkt schien abzuklingen. Langsam schloss sie die Augen, zurück blieb die feurige Röte ihrer Wangen. Arthurs Schwanz zuckte ungeduldig und verlangte nach sehr viel mehr, als sein Besitzer ihm momentan geben konnte. Unauffällig schaltete er die Fernbedienung aus.

***

Als Diane die Augen öffnete, blickte sie vorsichtig zu beiden Seiten. Da sie weit hinten saß, war neben ihr nur die besorgte Kollegin, die sich wieder zu ihr beugte und fragte: »Geht es noch nicht besser? Mensch, vielleicht ist ja ein Zeh gebrochen. Du hast ja richtig starke Schmerzen!«

»Nein, es geht schon. Es war wohl ein sehr unglücklicher Tritt.«

Auf der anderen Seite blickte sie ein älterer Kollege eher erschrocken als besorgt an. Diane beachtete ihn nicht weiter, sondern ließ den Blick zu Arthur schweifen. Er hatte noch immer die Arme verschränkt, zog aber anerkennend die Augenbrauen hoch und nickte mit schräg gelegtem Kopf.

Diane konnte nicht glauben, dass sie soeben einen heftigen Orgasmus mitten in ihrer Firma zwischen den nichtsahnenden Kollegen bekommen hatte. Ausgerechnet sie, die sich selbst als prüdeste Mitarbeiterin der Firma betitelte.

Endlich war die Versammlung zu Ende. George fing sie ab. »Diane!«, sagte er scharf und sie befürchtete das Schlimmste. »Ich habe das Gefühl, Sie haben der Sitzung heute nicht ganz folgen können. Verständlich, dass Sie viel Arbeit haben und wenn Buckman gegangen ist, noch mehr haben werden, aber das ist kein Grund, komplett abzuschalten und fast einzuschlafen.«

»Tut mir leid, Sir.«

»Das nächste Mal sind Sie wieder voll bei der Sache, verstanden?!«

»Ja, Sir.«

Er nickte und ging an ihr vorbei. Da setzte das Brummen zwischen ihren Schenkeln wieder ein. *Nein, bitte nicht,* dachte sie im Stillen und flüchtete in ihr Zimmer. Sie hoffte, die Reichweite würde sie von der Fernbedienung trennen. Doch kaum hatte sie die Tür geschlossen, erschien Arthur mit einem wissenden Lächeln auf den Lippen. Diane stürmte auf ihn zu und nutzte den Bruchteil einer Sekunde seiner Verwirrung, um ihm die Fernbedienung zu entreißen. Er packte ihr Handgelenk, um sie sich wiederzuholen, doch Diane drehte sich um und drückte die Hand in den Schoß. Er umfasste sie mit beiden Armen und griff selbstbewusst nach ihren Händen. Dabei presste er sich an ihren Po und sie spürte seine starke Erektion. Beide rangen eine Weile, bis Diane sich mit einem Ruck von ihm befreite, umdrehte und schrie: »Du Mistkerl! Wie konntest du mir das nur antun!«

Arthur lachte aus vollem Hals. »Als wenn du es nicht genossen hättest!«

»Du bist ein Schwein!«

»Klar! Ich habe es genossen, wie deine Wangen sich immer mehr verfärbten und die Lust dir ins Gesicht geschrieben stand. War das geil!«

Sie holte aus, um ihm eine Ohrfeige zu geben, doch diesmal fing er ihr Handgelenk ab und ließ es nicht mehr los. Mit einem Ruck zog er sie so an sich, dass sie gegen seinen Oberkörper prallte. »Ich wollte dich so gerne lecken …«

»Oh mein Gott! Von *dir* ist dieses Ding!«

»Klar, von wem sonst! Ich wollte, dass du dich von mir geleckt fühlst. Und anscheinend hast du es. Du hast es sogar genossen.«

»Ich hatte keine Wahl!«

»Doch, Süße, die hattest du. Es gibt eine Tür in dem Raum. Du hättest nur aufstehen und rausgehen müssen, und kurz darauf wiederkommen können. Als du bemerktest, dass *ich* die Macht über dich hatte, wolltest du, dass ich weitermache.«

»So ein Unsinn!«, kam Dianes schwacher Protest. Das Herz schlug ihr bis zum Hals und ihr war klar, dass er es bemerken würde.

»Du hättest auch jetzt gerne, dass ich dich ficke – hier und sofort!«

Sie versuchte, ihn von sich zu stoßen, doch er hielt sie eisern fest. »Du hast wohl zu viel sexuelles Adrenalin im Blut!«, zischte sie.

Er lachte, doch es klang heiser, und als er sie wieder anblickte, wirkten seine Augen glasig und voller Lust. Seine Brust hob und senkte sich stark und drückte bei jedem Luftholen gegen ihre sensiblen Brustwarzen. Diane hielt es kaum noch aus. Sie war verrückt nach diesem Mann, verrückt nach seinem Schwanz, der sich tief in sie bohren und stoßend ausfüllen sollte. Die Wollust wurde unerträglich. Unsagbar kläglich meldete sich ihr Verstand, dass sie sich in der Firma befand, wo es unmöglich war, übereinander herzufallen. Was sollte sie tun? Ihr Verstand setzte aus, und sie hoffte, Arthur würde eine Lösung finden. Das war ja auch eine typische Männerdomäne. Sollte er sich für seine Rasse ruhig einsetzen.

Diane konnte es kaum glauben, als er zwei Schritte zurückging, ohne ihre Handgelenke loszulassen, und dann die Tür abschloss, indem er ihre Handgelenke in eine Hand nahm.

»Was hast du vor?«, fragte sie schwach, obwohl sie die Antwort kannte.

Er antwortete nicht, sondern senkte seine Lippen auf ihre. Dann fühlte sie, wie er mit Leichtigkeit ihre Hände öffnete, aus der einen die Fernbedienung herausholte und endlich die »Love Pussy« ausstellte. Seine Finger glitten zu ihren Brüsten und massierten die ohnehin schon steinharten Nippel durch die Bluse. Diane stöhnte. Er hielt ihr sofort mit einer Hand den Mund zu und schüttelte dazu leicht den Kopf, während er ihr intensiv in die Augen blickte. Diane nickte. Dann nahm er die Hand von ihrem Mund und setzte vorsichtig ihre Brille ab. Eine Weile betrachtete er ihr Gesicht und murmelte dann nicht sehr taktvoll: »Du solltest dieses scheußliche Ding nie wieder tragen!«

***

Arthur zog an Dianes Satinband, das ihren Haar-Knoten am Hinterkopf zusammenhielt. Sofort flossen die langen Haare weit über ihre Schulter auf den Rücken und knapp über ihre Brüste. Er konnte sich ein »Wie bezaubernd du aussiehst – kaum zu glauben, dass du es bist, Diane« nicht verkneifen.

Er presste seinen lodernden Körper an ihre schlanke Gestalt mit den harten Nippeln, die ihn auf seiner Haut reizten. Er ging in die Hocke und öffnete den Reißverschluss ihres knielangen, dunkelblauen Rockes und ließ ihn zu Boden gleiten. Was ihn hier erwartete, hätte er nicht zu hoffen gewagt. Anstatt einer biederen Strumpfhose, auf die er jede Wette eingegangen wäre, steckten ihre schlanken Beine in zwei halterlosen Spitzenstrümpfen. Sein Blick begegnete ihrem und sie flüsterte: »Ich wollte doch schnellstmöglich die ›Love-Pussy‹ ausziehen können.«

»Na, das hat ja wunderbar funktioniert.«

Automatisch fuhr er mit beiden Händen an den Halterlosen von oben nach unten und von unten nach oben entlang, wobei er den Rand verließ und sich weiter nach oben vorwagte, um ihren knappen, schwarzen Slip auszuziehen. Sie stoppte ihn in seinen Bewegungen und er sah verwundert zu ihr.

»Das geht sehr schnell«, flüsterte sie mit zittriger Stimme.

»Wir haben auch nicht viel Zeit.«

»Trotzdem …«

Er stand auf und blickte auf sie hinunter.

»Was möchtest *du*?«, fragte er.

Sein Schwanz drückte ungeduldig gegen seine Jeans und hoffte auf baldige Befreiung. Doch Arthur wollte Diane nicht bedrängen, das konnte schnell nach hinten losgehen.

»Ich will dich. Aber ich möchte mir die ›Love-Pussy‹ selber rausnehmen.«

Er nickte verständnisvoll und trat einen Schritt zurück. Mit halben Hintern setzte er sich auf die Tischkante und sah ihr dabei zu, wie sie ihren Slip hinabschob, dann die Riemchen rechts und links hinunterzog und das verruchte Mittelstück aus ihrer Muschi zog. Arthur kämpfte gegen seine unsagbare Geilheit an. Als er bemerkte, dass ihr Saft an einem Bein entlanglief und ihr ein herb-süßer Duft entströmte, wurde er schier wahnsinnig. Er löste sich vom Tisch wie ein Panther und ging in die Knie. Noch ehe Diane reagieren konnte, schob er seine Zunge tief zwischen ihre heißen, geschwollenen Schamlippen. Er hörte, wie sie aufjaulte. Sie wich einen Schritt zurück, aber nur, um sich am Tisch abzustützen. Er folgte ihr und glitt durch ihre nassen Lippen. Der Lustknopf war so geschwollen, dass er ihn gar nicht erst finden brauchte. Als seine Zunge zart darüberstreifte, krallten sich Dianes Hände um die Tischkante und sie unterdrückte einen Aufschrei. Behutsam leckte er zwischen den Lippen, zog ihren ungemein erotisierenden Duft ein, trank ihn förmlich, um dann mit tief sitzender Lust in ihre Möse einzutauchen und seine Zunge so kräftig er konnte, hineinzustoßen.

***

Nur mit allergrößter Mühe konnte Diane ihre Laute unterdrücken. Arthurs Zunge war so gewissenhaft und ruhig, dass Diane kurz vor dem zweiten Höhepunkt stand. Ihr ganzer Unterleib bestand aus einem einzigen brennenden Verlangen. Sie blickte an sich hinunter und sah, wie Arthurs Kopf zwischen ihren obszön gespreizten Schenkeln arbeitete.

»Oh Gott, es geht los«, keuchte Diane.

»Aber schön leise …«, murmelte Arthur und leckte sie immer schneller.

Diane keuchte und setzte all ihre brünstige Lust in die Atmung um. Ihre Brüste schmerzten und ihre Möse brannte vor Vergehen. Dianes Kopf sank in den Nacken und sie genoss das Gefühl von grenzenloser Freiheit und Erfülltsein.

Eine Weile gönnte er ihr eine Verschnaufpause, dann hörte sie, wie er seine Jeans auszog. Ihr neugieriger Blick fuhr nach unten. Langsam zog Arthur seine Boxershorts runter und ein heftiges Aufflackern erneuter Lust schoss durch ihren Körper, als sie seinen stark erigierten Schwanz und die seidigen Hoden darunter ohne Schamhaare erblickte.

»Na, Frage beantwortet?«, sagte er, als wenn er ihre Gedanken gelesen hätte.

Diane nickte nur, unfähig zu sprechen.

Als er auf sie zutrat, hob sie beide Hände, wie zur Abwehr.

»Entschuldige, du bist sicher erschöpft vom dauerhaften Lustverschaffen. Ich wollte dich nicht überfordern.«

»Du solltest dein Hemd ausziehen. Mir ist daran gelegen.«

Er tat es und legte seine leicht behaarte, muskulöse Brust frei. Er stemmte die Hände in die Hüften. »Genug gesehen?«

Nein, rief es in Diane. Sie konnte sich an seinem Körper nicht sattsehen. Lange schon hatte sie kein echtes männliches

Wesen, das so verdammt gut aussah, zu Gesicht bekommen.

Ihm schien es zu lange zu dauern, denn er legte Hand an sich selber an und schob seinen steifen Prügel vor und zurück.

Mein Gott, dachte Diane, *er holt sich auf mich einen runter!* Das löste ein ungemein heftiges Ziehen und dann Prickeln in Dianes Möse aus, dass sie glaubte, sofort zu kommen.

»Wenn du nicht augenblicklich herkommst, dann werde ich mir deinen geilen, harten Schwanz holen und in meine Möse pressen.«

Sofort war er bei ihr und stieß seine Zunge in ihren Mund. Wild liebkosten sich beide Zungen, während er seinen Penis zwischen ihre Beine schob und auf ihren Schamlippen entlang rieb. Diane stöhnte in seinen Mund.

***

Arthur umschlang Diane und drückte sie langsam nach hinten, während er mit seinem Körper mitging. Als er sie auf die Schreibtischplatte gelegt hatte, betrachtete er sie. Lasziv hatte sie die Beine gespreizt und sie hingen in den Knien geknickt vom Tisch. Die Scham war rot, geschwollen, voller Saft. Sie hatte etwas Verdorbenes, das ihn enorm anmachte. Er stellte sich vor, wie sein Steifer in ihre Pussy eintauchen würde, umgeben von Hitze und Nässe. Er seufzte. Dann war er bei ihr und tat, was er sich vorgestellt hatte. Diane stöhnte, breitete die Arme aus und hielt sich wieder an der Tischkante fest. Arthur packte ihre Schenkel und zog Diane bis zur Tischkante zu sich. Erst dann war er gänzlich in ihr. Diane hielt die Beine in den Knien geknickt, was äußerst unbequem aussah. So zog er sich aus ihr zurück und legte ihre Beine an seine Schulter, um dann erneut einzudringen. Sein Schwanz fühlte sich verdammt wohl, doch er schmerzte vor Verlangen. Arthur wusste, dass er ihn nicht noch länger hinhalten konnte. Mit jedem Stoß steigerte sich seine Gier. Er fühlte, wie seine Hoden zogen und jede Sekunde den Saft an seinen Schwanz weiter gaben. Es war soweit! Ein letztes Mal stieß er in die heiße, sündige Möse, dann schoss die geballte Ladung in sie hinein. Sein Glied zuckte wild und seine Bauchmuskeln waren angespannt. Nur langsam senkte sich der dunkle Mantel der Entspannung über seinen Körper. Erst jetzt war Arthur in der Lage, auf seine hübsche Gespielin zu blicken. Er konnte kaum glauben, dass sie sich noch in zuckenden Lustkrämpfen unter ihm wand. Nach und nach fand auch sie die Erholung und blieb mit einem Lächeln auf den Lippen liegen und sah ihn liebevoll an. Er beugte sich zu ihr und küsste sie sinnlich.

***

»Mr Buckman«, hörte Diane George Kurland auf dem Flur sagen. Nachdem Arthur ihr Büro verlassen hatte, hatte Diane schnell das Fenster geöffnet. Musste ja nicht jeder bemerken, dass es in diesem Zimmer nach Liebe duftete.

Jetzt schritt sie in den Flur und schloss die Tür hinter sich, machte sich nichtssagende Notizen auf ihrem Block, nur, um dem Gespräch zwischen den beiden Männern lauschen zu können.

»Mrs Cleveland!«, rief George. *Mist, ertappt,* dachte Diane und tat als sei sie verwundert, ihn auf dem Flur anzutreffen. »Bitte kommen Sie auch in mein Büro.«

Diane stockte das Herz. Er hat alles mitbekommen: die »Love-Pussy«, das Sex-Gestöhne und den Liebesakt im Arbeitszimmer. Diane konnte es nicht mehr ertragen. Sie spürte, dass ihr letzter Arbeitstag nicht mehr fern war.

Schuldbewusst betrat sie sein Büro und wagte nicht, ihn anzublicken.

»Diane, Sie haben mir gesagt, dass Sie von Mr Buckman

bedroht wurden, beziehungsweise, haben geschwiegen, als ich Sie danach fragte. Das ist ja bekanntlich auch eine Zusage. Da ich einfach nicht daran glaube, oder vielleicht auch glauben möchte, habe ich mir Folgendes überlegt: Mr Buckman ist ein sehr guter Mann, den ich nur ungern verlieren möchte. Von daher bitte ich Sie, mir die Wahrheit zu sagen, Diane.«

Damit hatte Diane nicht gerechnet. Aber sie war sowieso raus aus der Firma, egal warum. Dass Arthur allerdings bleiben und sie fliegen würde, war ihr nicht klar gewesen, als sie das Büro betreten hatte.

»Nun?!«, machte George ihr Druck.

Diane sah ihn an, dann wanderte ihr Blick zu Arthur. Dieser wollte gerade etwas sagen, doch George Kurland schnitt ihm das Wort ab und verbat es ihm. Die Lippen unwirsch zusammengepresst, wartete Arthur auf Dianes Antwort.

»Ich habe ihn zuerst geküsst«, sagte sie leise.

»Das stimmt nicht«, widersprach Arthur.

»Habe ich nicht eben gesagt, Sie sollen Ihre Kommentare für sich behalten?«, herrschte Kurland ihn an.

»Ja, Sir.«

»Ich weiß einfach nicht, wem ich glauben soll. Irgendwie will hier jeder die Haut des anderen retten. Das kann doch wohl nicht angehen! Meine Lieben, ich bin einfach viel zu alt für solche Spielchen. Von daher konzentriere ich mich auf das Wesentliche aus meiner Sicht und das ist erstens: Ich möchte einfach keine neue Anzeige schalten. Das kostet alles Geld. Und zweitens: Ich möchte nicht zwei meiner besten Leute verlieren, dass kostet nur Nervenkraft. Und drittens: Ich möchte auch nicht irgendeinen Unfähigen mit einer wichtigen Arbeit betrauen, das kostet mich zu viele bedeutende Kunden. Da niemand diesen, ich hoffe einmaligen, Vorfall gesehen oder bemerkt hat, werde ich beide Augen zudrücken und keinem von Ihnen kündigen.«

Dianes Augen begannen zu leuchten. Sie konnte ihr Glück kaum fassen!

»Bevor Sie sich beide jedoch zu früh freuen, möchte ich Ihnen mitteilen, dass ich es auf gar keinen Fall dulde, wenn sich ein derartiger Fall wiederholen sollte. Dann werde ich härtere Maßnahmen ergreifen. Ich bin ja nur froh, dass es ein Kuss war. Sie hätten sich mir ja auch nackt präsentieren können.« Er schüttelte den Kopf. »Tut mir leid, nun bin ich ein bisschen zu weit gegangen. Das würden Sie doch keinesfalls tun, hoffe ich!«

»Nein, Sir. Stünde mir nicht der Sinn danach«, sagte Arthur mit todernster Mine.

Beide Männer drehten sich langsam zu Diane um.

»Aber, meine Herren, ich bitte Sie. Wer würde schon eine geile Nummer am Arbeitsplatz gut finden!«

Karibik Abenteuer No. 3: Sexgeisel

Was bisher geschah:

Die Ärztin Jana McGill fliegt mit ihrem Freund Gary in die Karibik, um eine Zwei-Tages-Tour auf einem »echten« Piratenschiff zu machen. Gary ist davon wenig begeistert und bleibt solange im Hotel. Was Jana nicht weiß: Die Passagiere werden in einem Rollenspiel komplett in die Mannschaft integriert, und so wird eine fast echte Piratenfahrt simuliert: Es werden anstrengende Aufgaben verteilt, die Kajüten sind eng und klein und die Mahlzeiten bestehen aus kargem Essen mit viel Bier, Rum und Grog. Auch die harten Strafen, sollte einer der Passagiere oder der Besatzung nicht spuren, wirken echt, wie bei richtigen Piraten.

Jana gerät nun in die Fänge dieser »Pseudo-Piraten«. Doch es gibt einen Beschützer unter ihnen, an den Jana ihr Herz verliert: Miguel (siehe: »Ich will dich noch mehr«). Auch er hat mehr als nur ein Auge auf sie geworfen. Nachdem Miguel einer harten Bestrafung unterliegen musste, versucht er (siehe: »Ich will dich ganz«), die gesamte Piraten-Mannschaft, inklusive der beiden schwersten Ganoven José und Rodney, an die Polizei auszuliefern. Woraufhin endlich der langersehnte Hafen auf der Insel Margarita angelaufen wird. Dort kann Jana ihren Freund Gary wieder in die Arme schließen und sich in Sicherheit wähnen …

***

Jana hielt ihren Freund Gary fest umschlungen und presste ihr vor Erleichterung tränennasses Gesicht an seine breite Brust. Sie war froh, das Piratenschiff endlich verlassen zu haben und all den schönen und schrecklichen Abenteuern auf dem Schiff den Rücken zu kehren. Nun war es Zeit, das Hotel und die Insel Margarita zu genießen.

Gary hielt sie ein Stück von sich weg und fragte: »Was ist passiert, dass das Schiff erst heute hier angelegt hat? Selbst die Hotelleitung wusste nur vom Hörensagen, dass das Piratenschiff ›Blackbeard‹ ab und zu den Plan ändert und einen Tag an die übliche Zwei-Tages-Tour dranhängt. War das so?«

Jana war unfähig zu sprechen. Sie hatte ihm so viel zu erzählen, dass sie nicht wusste, wo sie anfangen sollte. Also nickte sie einfach.

Eine Weile betrachtete er seine Freundin und schüttelte langsam den Kopf. Schließlich zog er sie ran und gab ihr einen tiefen, innigen Kuss. Jana erwiderte ihn. Dann schob Gary sie seitlich in den Arm, drehte sich zum Gehen und nahm ihren Koffer.

Mit jedem Schritt wich ein Stück der Anspannung aus ihrem Körper. Sie fühlte sich frei! Doch dann wurde sie plötzlich gepackt und Gary entrissen. Augenblicklich stieß sie einen Schrei aus, der sofort durch eine breite Männerhand gedämpft wurde. Mit vor Schreck geweiteten Augen blickte sie zu Gary, der von zwei Männern ergriffen und Richtung Schiff gezerrt wurde. Es waren Rodney und José. Gary war ein großer athletischer Mann. Die Männer hatten kein leichtes Spiel mit ihm. Sie rangen und kämpften. Als Rodney zur Seite geschleudert wurde, über den Steg schlitterte und seitlich mit einem Aufschrei ins Wasser klatschte, war nur noch José an

Gary dran. Er fluchte und versuchte krampfhaft, Gary festzuhalten, doch vergeblich! José bekam einen kräftigen Schlag in den Magen, und als er sich krümmte, auch noch einen auf die obere Rückenpartie. Gerade als Gary sich Jana zuwandte, wurde ihm ein harter Schlag mit einer Schiffsplanke auf den Kopf versetzt. Jana schrie und zappelte. Es nützte nichts. Mit ihr hatte der Entführer ein leichtes Spiel. Locker warf er Jana über seine Schulter und lachte. Erst jetzt konnte sie erkennen, dass es der gut aussehende Leon war. Der, dem sie noch etwas schuldig war …

Mit einem Fluch zog Rodney sich aus dem Hafenbecken. Während er den bewusstlosen Gary anstarrte, lief ihm das Wasser aus den Hosenbeinen und bildete eine kleine Pfütze um ihn. Dann trat er nach Gary.

»Lassen Sie ihn in Ruhe!«, schrie Jana, die doppelte Kraft aufwendete, da sie den Kopf heben musste, um etwas sehen und rufen zu können.

»Haltet die Klappe, Prinzessin!«, fuhr José sie an. »Wir sind ja glücklich, Euch wieder bei uns zu haben, aber noch glücklicher werde ich sein, Euch für Eure aufsässige Art zu maßregeln.« Dabei legte sich ein fieses Grinsen auf sein Gesicht, während er sich den Staub von der Piratenhose schlug.

»Was soll das? Wieso nehmen Sie uns wieder mit aufs Schiff?«

»Das werdet Ihr noch früh genug erfahren. Los, Leon, komm.«

Leon stapfte hinter Rodney her, der sich Gary ebenfalls über die Schulter geworfen hatte und eine nasse Spur auf dem Steg hinterließ.

Als Leon von der Holzplanke, die als Gangway diente, aufs Schiff sprang, erfasste Jana Entsetzen. Noch vor wenigen Minuten hatte sie sich in Sicherheit gewähnt und nun war sie wieder auf diesem verhassten Schiff, das sie für immer und ewig aus ihrem Gedächtnis löschen wollte. Stur führte Leons Weg hinter Rodney her unter Deck, wo Gary in einer Kajüte auf eine Pritsche geworfen wurde. Er blieb so liegen, wie er gelandet war und rührte sich nicht. Mit einem Knurren verließ Rodney die Kajüte und zischte Leon zu, er solle nicht vergessen, abzuschließen.

Dieser ließ Jana langsam an sich heruntergleiten, bis sie vor ihm stand und ihn anblicken musste. Er hielt sie so eng umschlungen, dass ihre Brüste sich an ihn pressten. Seine Hände legten sich auf ihren Po und fingen an, ihn zu kneten, dabei drückte er sie fest an sich, sodass sie seine Erektion am Bauch spürte. Gegen ihren Willen erhärteten sich ihre Brustwarzen und drückten gegen seine nackte Brust, wo das helle Piratenhemd diese nicht bedeckte, dabei legte sich ein wissendes Lächeln auf sein Gesicht.

»Da ist noch eine Kleinigkeit offen zwischen uns«, bemerkte Leon. »Und ich merke, dass dein Körper das weiß und Lust darauf hat, das zu beenden, was du bei meinem Körper angefangen hast.«

Jana konnte nicht klar denken. Sie wollte nur weg. Weg von ihm, weg von diesem Schiff, weg von dieser auswegslosen Situation. Ihre Verzweiflung verwandelte sich in Wut. Wie konnte er sie zwingen, seinen Schwanz noch einmal in den Mund zu nehmen, wo er sich nicht an seine Abmachung, ihr zu helfen, gehalten hatte. »Pass auf, dass ich dir nicht deinen Schwanz abbeiße«, zischte Jana.

Doch anstatt ängstlich zurückzuweichen, legte Leon den Kopf in den Nacken und lachte laut. Er lachte so stark, dass es fast ansteckend wirkte. Über Janas Lippen zuckte ein Anflug von einem Lächeln.

»Gut, dass du das vorher sagst, dann werde ich währenddessen als Sicherheit deine Muschi lecken.«

Die Vorstellung ließ ihr die Röte ins Gesicht schießen.

Leon lachte noch immer, als er sich umdrehte, die Kajüte verließ und die Tür verschloss. Sein Lachen verhallte auf dem Gang.

***

Jana blickte aufs Meer hinaus, als Gary erwachte. Er stöhnte. Langsam rappelte er sich hoch und rieb die Stelle, wo die Schiffsplanke ihn am Kopf getroffen hatte. Dann blickte er sich angespannt um und schloss erleichtert die Augen, als er Jana sah. »Gott sei Dank, du bist hier!«

»Wir sind auf diesem dämlichen Piratenschiff«, setzte Jana ihn genervt in Kenntnis.

»Das macht nichts.«

»Du hast keine Ahnung!« Janas Stimme klang resigniert.

»Du bist hier, und alles ist gut«, sagte Gary und legte sich zurück auf die Pritsche.

»Das denkst aber auch nur du! Die Typen hier auf dem Schiff sind alle nicht ganz dicht! Sie behandeln die Passagiere, als wäre alles echt. Diese Touristen-Tour ist eine Touristen-Falle. Ich habe den Boden geschrubbt, bis mir die Finger und die Knie schmerzten und habe gefesselt über eine Planke ins Meer gehen müssen. Einer der eigenen Besatzung wurde ausgepeitscht und eine der Frauen wurde breitbeinig an eine Kanone gefesselt, um von den Passagieren bis zu mehrmaligen Höhepunkten befummelt zu werden!«

»Hm, nicht schlecht …«

»Gary!«

»Schon gut. Aber das ist Vergangenheit, Süße. Sie können uns nichts tun. Wir haben ein Recht auf Freiheit, sie dürfen uns hier nicht gegen unseren Willen festhalten. Wir rufen einfach die Polizei.«

»Polizei rufen? Wir sind auf offener See! Als du noch bewusstlos warst, haben sie unsere Handys an sich genommen, um es mal nett auszudrücken. Damit wurde uns die Kontaktmöglichkeit nach draußen genommen. Und wie kommst du darauf, dass wir Rechte hätten! Wir haben auf diesem verdammten Schiff einfach überhaupt keine Rechte! Wir sind ihnen auf Gedeih und Verderb ausgeliefert. Und ich weiß, wovon ich spreche.«

Gary blickte Jana gerade an, nur sein konzentrierter regelmäßiger Wimpernschlag verriet seine nachdenkliche Abwesenheit.

»Es ist keine Show gewesen, die sie uns vorgespielt haben«, fuhr Jana fort. »Es war alles echt. Sogar das Auspeitschen Miguels!«

»Auspeitschen?«, fragte Gary skeptisch.

Jana setzte sich ihm gegenüber und begann zu erzählen, was sie auf dem Schiff erlebt hatte. Dabei versuchte sie, die eher prekären und sexuellen Situationen, die sie anbelangten, wegzulassen.

Gary schüttelte den Kopf, als Jana geendet hatte. »Das ist ja unglaublich!«

»Ich habe auch keine Ahnung, warum wir jetzt wieder auf diesem Schiff sind!«, sagte Jana verzweifelt. Sie dachte an Miguel. Es wird ihm nicht gut ergangen sein. Wenn José, Rodney und Captain Pablo ihn in die Finger bekommen hatten, dann musste es ihm wohl fast sein Leben gekostet haben. Jana bekam Herzklopfen. Sie musste ihm helfen – unbedingt! Automatisch schlossen sich ihre Augen und sie dachte an seine Hände, die ihren Körper entflammten, an seine stürmischen Küsse und seine wollüstige Gier, sie haben zu wollen. Seine sich nach ihr verzehrenden Blicke und wie er sich hart in ihr versenkte.

Janas Atem ging schneller.

»Jana, alles okay mit dir?«, fragte Gary.

Sie schlug die Augen auf und behjahte eine Spur zu schnell. »Ich muss nur sehen, was mit Miguel ist, ob er die feindliche Übernahme von den Piraten überlebt hat.«

»Jana, was redest du da? Feindliche Übernahme? Piraten?«

»Ich muss ihn finden. Ganz einfach!«

»Meinst du nicht, er kann auf sich selber aufpassen? Schließlich hat er es, bevor du in sein Leben tratest, auch geschafft.«

Jana wurde mulmig zu Mute. »Ich bin Ärztin und es ist meine Pflicht, mich um Menschen zu kümmern, die in Not sind.«

»Dann wärst du Police-Officer. Du musst dich nur um die Verletzten kümmern«, sagte Gary angriffslustig.

Jana sprang nicht darauf an, sondern hämmerte stattdessen an die Kajütentür mit dem lauten Ruf, dass man sie sofort rauslassen sollte.

»Jana! Was tust du denn da?« Gary schüttelte den Kopf. »Das ist doch alles nur Show ...«

»Das glaubst aber nur du! Nach einem Tag werde ich dich erneut nach deiner Meinung fragen.«

Als Jana gerade wieder zu einem Schlag gegen die Tür ausholen wollte, öffnete sich diese und Rodney, der inzwischen zum stellvertretenden Quartiermeister aufgestiegen war, erschien. Jana wich erschrocken einen Schritt zurück. Rodney lächelte fies und wischte sich mit dem Ärmel, begleitet von einem schnaufenden Geräusch, über die Nase, als wäre er ein echter Pirat. Jana blickte zu Gary. Dieser schien unbeeindruckt. Erst als Rodney Jana unsanft an die Wand drückte, durchlief Garys Körper ein Zucken.

»Was ist denn los, Prinzessin?« An der Tür stand José mit verschränkten Armen vor der nackten Brust. »Gibt's Probleme?«, fragte er ruhig und gelassen. Seine Augen schienen Jana zu durchbohren. Seine Arme gingen in der Bewegung seines Atems mit und hoben und senkten sich.

»Los, rede, wenn der Quartiermeister was fragt!«, raunzte Rodney sie an.

»Hey, hey, hey …«, mischte Gary sich ein.

»Halt die Klappe, Blödmann, du bist nicht gefragt!«

Gary wollte sich gerade erheben, als Jana ihm einen bittenden Blick zuwarf. »Ich wollte mal Luft schnappen«, wandte Jana sich an José. »Hier unten ist es so stickig.«

Rodney und José sahen sich an und brachen dann in Gelächter aus. »Sonst noch was, Prinzessin? Wollt Ihr vielleicht noch eine kleine Massage haben?«, feixte José.

»Warum nicht?«, antwortete Jana fest.

José verging das Lachen. Er starrte ihr in die Augen, trat in die Kajüte, schob Rodney von ihr weg, sodass er sich direkt vor ihr aufbauen konnte. Jana nahm seinen männlichen Duft wahr, der von seiner nackten Brust aufstieg, und in ihr wurde ein tiefes Verlangen geweckt. Sie erschrak. Ausgerechnet nach José, diesem gut aussehenden Fiesling, dachte Jana verzweifelt.

»Pass mal auf, Prinzessin, ich bin mir nicht sicher, ob es Euch aufgefallen ist, aber Ihr befindet Euch nicht auf einem Luxuskreuzer, wo man mal eben mit dem Fahrstuhl zum Dinieren an Deck fährt. Ihr seid hier auf einem Piratenschiff!«

»Einem touristischem …«

»Haltet den Mund, wenn ich rede!«, unterbrach er Jana unsanft.

Sie spürte, wie ihr Herz pochte und ein Kribbeln durch ihren Körper lief. Ohne es zu wollen, versteiften sich ihre Nippel. Eine Zeitlang blickte er ihr in die Augen, dann auf ihre Brüste, die noch mehr nach vorn gedrückt wurden, da

Jana sich an der Wand mit den Handflächen neben ihren Hüften abstützte. Ihre weiße Bluse konnte die Brustspitzen anscheinend nicht verbergen, denn Josés Blick verweilte einen Moment dort, ehe er sich abwandte. Im Hinausgehen sagte er über die Schulter: »Ihr habt zwar meinen Schwanz noch nicht zu spüren bekommen, aber das wird nicht mehr lange dauern.«

Die Tür fiel krachend zu. Schwer atmend starrte Jana sie an und hörte, wie der eiserne Schlüssel sich im Schloss drehte und die Schritte verhallten. Jana spürte eine Berührung am Arm. Sie schrie kurz auf.

»Hey, immer mit der Ruhe, Süße. Ich bin es, dein Freund.«

»Entschuldige …«

»Sag mal, was war *das* denn da eben?«

»Was?«

»Na, alles!«

»Der Typ fraß dich ja fast auf! Und dann dieser letzte Satz! Ich glaub, ich bin im falschen Film.«

»Das denke ich schon seit zwei Tagen«, erwiderte Jana.

»Jana!« Gary riss sie am Arm zu sich rum. »Was läuft hier?«

»Ich weiß es nicht. Ich stehe vor genauso einem großen Rätsel wie du.«

***

An diesem Tag wurden Gary und Jana nicht mehr aus ihrer Kajüte gelassen. Rodney warf ihr irgendwann den Koffer ins Zimmer und knallte missmutig die Tür zu, und Ed, der Schiffskoch, brachte den beiden zwei Teller Essen und eine Flasche Wasser. Aus seiner Hosentasche zog er einen Flachmann mit Rum und stellte ihn mit einem Augenzwinkern auf den Boden. Jana wollte ihm noch einige Fragen stellen, doch er schüttelte mitleidig den Kopf und verschwand so leise, wie er gekommen war.

Das Essen bestand aus jeweils vier kleinen Maispfannkuchen, den Arepas, die mit Schinkenstreifen und Eiern gefüllt waren. Dazu gab es ein Stück Fisch in Kräutern. Jana stürzte sich wie ausgehungert auf das Essen, hatte sie doch nur eine kleine Zwischenmahlzeit an Bord eingenommen, als sie heute Morgen von der Isla Cubagua kamen.

Sie dachte an José. Wie konnte es passieren, dass sie sich von ihm angezogen fühlte? Tat sie das denn überhaupt, oder war es nur die Abscheu? Sie stellte sich vor, wenn er ihre Brüste berührt hätte, ob sie ihn dann weggestoßen oder ihn rangelassen hätte …

Ihre Gedanken schweiften weiter zu Miguel. Sie dachte an heute Morgen und spürte noch immer seinen Saft in sich. Bei der Erinnerung, wie er sie hart auf dem Sand gevögelt hatte, beschleunigte sich ihre Atmung und das Prickeln in ihrem Schoß kam wieder.

Jana lag auf der Pritsche und Gary neben ihr auf dem Boden. Sein gleichmäßiger Atem sagte ihr, dass er schlief. Langsam schob sie ihre Hand unter die leichte Wolldecke und glitt in ihren Slip. Ihre Schamlippen waren geschwollen. Sachte tauchte sie dazwischen und seufzte. Gary stöhnte und drehte sich umständlich lange auf die andere Seite. »Beschissene Härte! Frechheit, hier herumliegen zu müssen! Morgen ruf ich meinen Anwalt an.« Nach einer Minute war er wieder eingeschlafen. Jana rührte sich nicht. Ein Pochen in ihrem Geschlecht forderte sie auf, dort weiterzumachen, wo sie aufgehört hatte, doch sie traute sich nicht mehr. Auch wenn ihr der Satz »Ihr habt zwar meinen Schwanz noch nicht zu spüren bekommen, aber das wird nicht mehr lange dauern« von José im Kopf herumspukte.

***

Die Kajütentür wurde aufgestoßen und Gary unsanft hochgerissen. Jana blinzelte. Rodney zerrte Gary nach draußen.

»Was haben Sie mit ihm vor?«

»Er muss doch bestimmt mal für kleine Jungs …« Rodney grinste. »Ihr seid auch gleich dran, Schätzchen. Keine Bange.«

Jana nutzte die Zeit, um sich einen neuen Slip, Hose und Bluse aus ihrem Koffer zu suchen. Kaum hatte sie den neuen Slip an, wurde Gary gebracht. Jana suchte nach ihrer Hose, als Rodney sie schon am Arm packte. Sie hielt sich den Arm über die nackten Brüste und suchte mit der freien Hand im Koffer. Rodney lachte und zog sie hoch. Schnell griff sie nach ihrem Rock, den sie am Vortag getragen hatte und warf sich die Bluse über ihren Oberkörper. Nicht mal einen BH hatte sie anziehen können!

Wenigstens war Jana erleichtert, dass sie sich frisch machen und auf die Toilette gehen durfte. Danach kam sie allerdings nicht mehr in ihre Kajüte, sondern an Deck. Die Sonne blendete, aber der sanfte Wind ließ sie durchatmen. Ihre Haare, der Rock und die Bluse flatterten im Morgenwind. Es war ein verdammt großer Unterschied zur stickigen Kajüte.

»Wen haben wir denn da? Ein bekanntes Gesicht!« Captain Pablo kam auf Jana zu und verzog sein Miene zu einer Fratze, die wohl ein Lächeln darstellen sollte. Er sah noch immer aus, wie ein echter Pirat. Nie würde Jana ihm verzeihen, dass er befohlen hatte, sie über die Planke ins Meer gehen zu lassen. Ausgerechnet sie, die solche Angst vor Haien hatte.

»Wer auf einem Schiff lebt, sollte auch dazu beitragen, dass es nicht verkommt. Das bedeutet für Euch: das Deck schrubben! Danach bekommt Ihr auch ein reichhaltiges Frühstück. Also, an die Arbeit. Rodney, du passt auf sie auf. José soll dich ablösen.«

»Aye, Captain!«

»Warum sind wir wieder hier auf dem Schiff?«, platzte es aus Jana heraus.

»Haltet den Mund und arbeitet! Alles hat seinen Grund.« Damit drehte sich der Captain um und ging unter Deck.

»Los, holt Euch einen Eimer und Wasser, Ihr wisst ja, wie das geht. Ist ja noch nicht so lange her!« Rodney lachte.

***

Jana hatte das Gefühl, schon seit Stunden das Deck zu scheuern. Erfolglos. Ihre Knie schmerzten und die Fingerknöchel, Hände und Schultern ebenfalls. Ein dunkles, warmes Lachen ließ sie aufblicken. Mit der linken Hand schirmte sie ihre Augen ab und was sie sah, ließ sie erschrecken. Miguel stand mit Susan zusammen an der Reling und unterhielt sich, als wäre alles in bester Ordnung. Die Gedanken und Erinnerungen schossen Jana durchs Gehirn: Susan wurde gestern als eine Passagierin auf eine Kanone gefesselt und von vielen Händen und Fingern zu mehreren Höhepunkten gestreichelt und befummelt. Wieso war sie hier? Alle Passagiere, außer Jana, waren doch von Bord gegangen.

Heute Morgen hatte Miguel Rodney und José überwältigt und an den Mast gefesselt. Später auch Captain Pablo. In der Zwischenzeit hatte sein Bruder die Polizei gerufen, damit die drei abgeführt werden konnten. Anscheinend hatten die drei Männer sich mit fremder Hilfe befreien können. Dazu kamen nur Leon, Ed, der Schiffskoch, Mike, der Steuermann und nun auch noch Susan in Frage. Doch warum ließen sie Miguel frei auf dem Schiff herumspazieren? Und auch Susan?

Miguel hatte Jana entdeckt. Er sagte noch ein paar Worte zu Susan, deutete auf Jana. Susan blickte zu ihr, nickte und gab ihm einen Kuss auf die Wange. Janas Herz krampfte sich unfreiwillig zusammen.

Als Miguel auf sie zusteuerte, hämmerte es wie wild in ihrer Brust. Was lief hier? Hatte Gary doch Recht, dass Miguel einer der Crew war? Jana schoss die Hitze durch den Körper, als sie die Wahrheit zu sehen schien: Miguel war ein verdammt guter Schauspieler!

»Hallo Jana!«, grüßte er.

»Hallo.« Zu mehr war sie nicht in der Lage. Ihr Herz schien davonzugaloppieren. Dann war alles nur eine Show von ihm?

Der Sex im Bootshaus, als sie das erste Mal auf der Isla Cubagua waren, das Auspeitschen als Strafe für ihr nächtliches Verschwinden, der wilde Sex am Strand, der Messerkampf mit José, und Miguels Worte auf dem Steg …

Jana sprang auf, wobei die Knie ihr den Dienst versagten und vor Schmerzen einknickten, da sie lange den Boden geputzt hatte. Miguel griff schnell zu und hielt Jana fest. Sein Arm hatte sich um sie geschlungen und an seine feste Brust gepresst. Jana sog unbewusst seinen ihr inzwischen so vertrauten männlichen Duft ein. Und wieder durchlief ein Kribbeln ihren Köper. Sein langer, schwarzer Zopf war auf ihre Schulter gefallen. Ihr Blick glitt nach oben in sein Gesicht. Ernst und warm begegneten ihr seine dunklen Augen. Sie las die Echtheit seiner Empfindung für sie darin, doch sie konnte es trotzdem nicht glauben. Mit schmerzverzerrtem Gesicht drückte Jana sich hoch und stieß Miguel von sich. Erschrocken und überrascht versuchte er, ihre Handlung zu verstehen.

»Fass mich nicht an!«, stieß Jana hervor.

Miguel schüttelte ungläubig den Kopf. »Was ist los? Was soll das?«

»Was los ist? Das sollte ich wohl eher *dich* fragen!«

Verwirrt schüttelte er den Kopf und zuckte leicht mit den Schultern.

»Du hast drei Leute gefangen. Sie wurden befreit. Nun bist *du* aber *kein* Gefangener. Wie passt das zusammen?«

»Ich bin ihnen anscheinend nützlicher, wenn ich arbeite und mein Essen selber hole. Außerdem, wohin sollte ich schon flüchten? Ins Meer springen und auf dem Weg zum Land ersaufen, weil es zu weit ist?«

»Du wirst wahrscheinlich zu allem eine passende Antwort parat haben. Wieso bin ich wieder auf diesem verdammten Schiff?«

»Ich habe keine Ahnung. Ich habe das nicht angeordnet.«

»Du hast dich verrechnet. Mein Freund ist ebenfalls hier und ich treibe es nur mit ihm!«

»Jana, ich habe kein Mitspracherecht in der Aktion, die hier läuft. Ich bin genauso ein Gefangener wie du. Du läufst ja auch frei herum.«

»Ich schrubbe das Deck! Und was arbeitest du, wenn ich fragen darf? Mit Susan shakern?«

»Hey, Schnauze halten! Was ist hier los?« Plötzlich stand José zwischen ihnen, die Hände in die Seiten gestützt. »Los, Miguel, verzieh dich unter Deck und halt' deine Puppe nicht vom Arbeiten ab.« Er wandte sich an Jana: »Keine Angst, Prinzessin, Ihr könnt ihn bald wiederhaben. Heute Abend gibt's ein kleines Piratenfest, da ist Zeit zum Pimpern.«

»Ich bin nicht seine Puppe und ich habe auch nicht das geringste Interesse mit ihm zu pimpern!«

»Damit meinte ich auch nicht ihn, sondern mich!«

»Ihr wärt der Letzte mit dem ich es treiben würde!«

»Ach, wirklich?! Das werden wir ja sehen!« José lachte und fügte hinzu: »Außerdem werdet Ihr uns immer ähnlicher: Ihr habt zu mir ›Ihr‹ gesagt!« Er lachte laut und seine braun gebrannte Brust zuckte im Takt. Jana starrte auf seine harten

Brustwarzen, um die sich ein paar Härchen rankten. Seine Brust war ansonsten unbehaart. Nur unterhalb des Bauchnabels waren welche zu erkennen. Seine weite Piratenhose flatterte im Wind. Wieder fiel ihr auf, wie groß und beeindruckend seine Statur war. Als Jana den Blick hob, bemerkte sie, dass José nicht mehr lachte, sondern sie beobachtete. Sofort kniete Jana sich hin und warf den Lappen in den Holzeimer. José blieb noch einen Augenblick stehen, dann beugte er sich zu Jana hinunter und flüsterte in ihr Ohr: »Ich habe ein wahnsinniges Verlangen nach Euch!« Dann ging er wieder zur Reling und sah ihr beim Putzen zu.

***

Das Frühstück wurde Jana so spät zugeteilt, dass es eine Kombination mit dem Mittagessen war. Sie durfte danach die Kajüte des Captains säubern und sich eine Stunde ausruhen. In ihrer eigenen Kajüte traf sie Gary.

»Wo warst du?«, ranzte er sie an.

Janas frohe Stimmung, Gary zu sehen, verflog sofort. Sarkastisch antwortete sie: »Ich lag auf dem Sonnendeck und habe mir von den Piraten die Brüste eincremen lassen und danach ein wenig gebräunt. Wieso?!«

Gary blickte sie missbilligend an.

»Hier, verdammt!«, schrie sie ihn an und zeigte ihre Fingerknöchel, die aufgeschürft und blutig waren. »Ich habe den ganzen Morgen das Deck geschrubbt. Alles tut mir weh. Meine Schultern, meine Arme, meine Hände, meine Knie! So sieht es aus. Du hast also keinen Grund, auf mich sauer zu sein!«

Gary atmete tief ein, schloss dabei die Augen. »Tut mir leid, meine Süße! Komm her!« Gary nahm sie in die Arme und Jana schmiegte sich an ihn. »Ich verstehe einfach nicht, was hier gespielt wird und die Männer, die dich ansehen, als könnten sie dich einer nach dem anderen wann sie wollen haben, machen mich rasend vor Eifersucht.«

***

Als es längst dunkel war, hörten Jana und Gary Musik. Es war ein regelmäßiges Wummern. Kurz darauf wurden die beiden von Rodney und Leon an Deck geholt. Susan verteilte gerade jede Menge Windlichter und wippte langsam mit ihren Hüften im Takt der Trance-Musik. *Eher untypisch für ein Piratenschiff,* dachte Jana. Ed und Mike saßen zusammen und aßen mit den Händen Hühnchenkeulen, daneben Captain Pablo, der sich einen Holzbecher mit Wein nachfüllte. Miguel saß an einen Mast gelehnt, daneben José, der gestikulierte und auf Miguel einzureden versuchte. Susan wollte sich gerade zu den beiden Männern gesellen, als sie ihren Blick hob und Gary bemerkte. Ihr Gesicht veränderte sich. Es wurde weich und bewundernd. Jana blickte zu Gary, der sich von Susan nicht abwenden konnte. Er starrte sie an, unfähig, sich zu rühren. Jana stieß ihn in die Seite. Dieser zuckte zusammen und blickte zu ihr. Sie las Verlangen in seinen Augen.

Rodney bedeutete Jana und Gary, sich zu setzten. Wein wurde herumgereicht, ebenso Hühnchenkeulen und gefüllte Arepas. Obwohl Jana keinen Hunger verspürte, langte sie zu. Sie war sich nicht sicher, wann sie das nächste Mal wieder etwas zu essen bekam. Während sie kaute, blickte sie verstohlen zu Miguel, der aufstand und an die Reling trat. Sie folgte seinem Gang und blickte dann zu Gary, ob er bemerkt hatte, dass sie Miguel hinterhersah. Doch dieser war damit beschäftigt, Susan verschwörerisch zuzulächeln. Keck erwiderte Susan sein Lächeln und zwinkerte ihm zu.

Jana stieß ihrem Freund grob in die Seite und zischte leise: »Wird's gehen, Gary?!«

»Was denn?«

»Es ist geradezu peinlich, was ihr hier veranstaltet.«

»Wer denn?«

»Mach dich nicht lächerlich!« Jana stand auf und ging Richtung Kajüte. Kurz bevor sie die Treppe unterhalb der Luke hinuntersteigen wollte, hielt Miguel sie am Arm fest. »Wo willst du hin?«

»Nach unten.«

»Warum? Es ist ein schöner Abend.«

»Lass mich los, Miguel!«

»Du solltest hier oben bleiben.«

»Ich habe keine Lust!«

»Na schön, dann werde ich deutlicher: Du *sollst* hier oben bleiben!«

In Janas Gesicht zuckte es. »Und wenn ich mich weigere?«

Eine Weile blickte Miguel ihr hart in die Augen, dann blitzte Lust und Verlangen in den seinen. »Dann werde ich dich aufhalten.« Er zog sie zu sich ran.

Gegen ihren Willen atmete Jana flacher und machte sich trotzdem von ihm los. »Ich vertaue dir nicht mehr, Miguel. Du steckst doch mit der ganzen Besatzung unter einer Decke.«

»Nein, tue ich nicht.« Sein Ausdruck war ernst.

»Dann lass uns noch einmal versuchen, die Polizei zu rufen. Gary wird uns helfen. Zur Not flüchten wir wieder auf die Isla Cubagua und bitten deinen Bruder um Hilfe.«

Miguel schüttelte den Kopf. »Geht nicht.«

»Warum?!«

»Ich kann nicht.«

»Warum nicht?«

»Ich habe auch eine Verpflichtung Susan gegenüber.«

»Susan!«, stieß Jana verächtlich hervor.

»Sie ist eine Gefangene, genau wie du.«

»Ist dir an ihr gelegen?« Sofort biss Jana sich auf die Zunge, so eine intime Frage zu stellen, die sie selber als eifersüchtig entlarvte. Sie hoffte, Miguel würde es nicht so sehen.

Miguel verzog den Mund zu einem Lächeln. »Vielleicht. Warum, eifersüchtig?«

»Gar nicht. Nur wird sie gerade von Gary abgeworben.«

Miguel nahm es von der humorvollen Seite.

Jana verschränkte die Arme. »Ich bleibe bei meiner Idee. Von mir aus nehmen wir Susan eben mit zur ›Isla Cubagua‹. Hauptsache, wir kommen von diesem Schiff herunter!«

Erneut schüttelte Miguel den Kopf und blickte aufs Meer. Die Musik stampfte. »Du stellst dir das so einfach vor. Die Jungs hier sind nicht blöd.« Sein Blick kehrte zu ihr zurück. »Denk daran, auch wenn ich hier frei herumlaufe und mit den Leuten plaudere, so bin ich dennoch ein Gefangener.«

»Wir könnten doch morgen Nacht …«

»Na, gibt's Probleme?«, fragte José, der wie aus dem Nichts erschien.

Jana erschrak. Wie hatte er sich nur so leise anschleichen können!

»Alles in bester Ordnung«, sagte Miguel.

»Ich glaube, da braucht jemand einen Schluck aufmunternden Wein, oder?«

Miguel blickte sofort zu José, als hätte er etwas Verbotenes gesagt. »Nicht nötig, es geht auch ohne Wein.«

José lachte. »Nein, nein. Die eisige Stimmung, die hier herrscht, muss ein bisschen aufgetaut werden. Ich hole den guten Wein.« Er lachte im Weggehen.

Miguel blickte ihm nachdenklich hinterher.

»Was ist los?«, wollte Jana wissen.

Miguel antwortete nicht.

»Wollen sie mich betrunken machen?«

Er schwieg noch immer, blickte Jana dann unsicher an.

»Miguel ...« Jana trat auf ihn zu und rüttelte ihn am Arm.

»So, da ist er. Hier, trinkt Prinzessin!«

Jana blickte auf den Wein, den José ihr hinhielt, dann auf Miguel und sagte: »Nein.«

»Los, macht schon!«

»Ich habe keinen Durst.«

Josés Miene verfinsterte sich. »Wenn ich sage, Ihr trinkt, dann trinkt Ihr gefälligst!« José packte Jana mit einer Hand in ihren Haaren und riss ihren Kopf daran zurück. Jana schrie auf. Dann drückte er ihr den Becher an die Lippen.

»Miguel!«

»Hör auf, José! Lass sie los. Wir wollen keine Gewalt anwenden.«

»Ach, du guter Klugscheißer! Wenn du alles besser kannst. Hier!« Sauer drückte José Miguel den Becher in die Hand, sodass einiges herausschwappte. Herausfordern blickte José ihn an.

»Was soll das alles?«, wollte Jana wissen.

»Hier, nimm einen Schluck Wein«, versuchte Miguel es.

Jana starrte auf den Becher. »Nein!«

»Bitte!«

Sie schüttelte den Kopf.

Miguel atmete tief ein und nahm einen Schluck. »Siehst du, alles okay.«

Jana schüttelte wieder den Kopf. »Ich will das Zeug nicht.«

»Wie du willst.« Miguel nahm noch einen Schluck, warf den Becher weg und trat auf sie zu. Mit einer schnellen Handbewegung packte er sie im Nacken, zog sie zu seinem Gesicht und presste seine Lippen auf ihre. Dann spürte sie, wie er ganz langsam die Flüssigkeit in ihren Mund laufen ließ. Jana versuchte sich ihm zu entziehen. Doch er nagelte sie mit seinem Körper einfach gegen die Reling. Wild zappelte sie, schrie in seinen Mund. Aber er nahm keine Notiz davon, sondern hielt ihren Kopf fest und seine Lippen auf ihre gedrückt. Janas Mund füllte sich immer mehr an, bis sie nicht mehr konnte und die warme Flüssigkeit hinunterschluckte. Erst dann ließ er von ihr ab.

Keuchend schrie sie ihn an: »Du hast sie ja nicht alle!«

Miguel wandte sich ab. José grinste und klatschte in die Hände. Er nahm einen neuen Becher von Rodney entgegen und reichte ihn Miguel. Dieser drehte sich zu Jana. »Hier. Freiwillig oder ich mache es.«

Jana wich einen Schritt vor ihm zurück. »Du bist auch einer von ihnen. Gary hatte völlig recht!«

»Ich habe keine Wahl, Jana!«, sagte er betont langsam. Schwer atmend blickte er sie an.

Jana hörte die Musik wummern, für einen Augenblick verschwamm Miguels Silhouette. »Ich will das Zeug nicht.«

Miguel nahm noch einen Schluck und ging auf sie zu. Jana stieß ihn abrupt zurück, sodass er taumelte, sich aber sofort wieder fing. Sauer blickte er sie an. Er musste den Wein hinuntergeschluckt haben, denn erneut setzte er den Becher an. Diesmal kam er mit festem Schritt auf sie zu und riss Jana an sich. Wieder spürte sie, wie ihr die Flüssigkeit in den Mund rann. Doch diesmal war es ihr wie ein warmer Sommerregen, der durch ihren Körper floss. Sie ließ es zu, wehrte sich nicht mehr. Ihr Körper reagierte auf ihn und sie spürte, wie ihre Nippel sich hart aufstellten und gegen seine Brust drückten. Hitze schoss in ihren Unterleib. Keuchend umschlang sie seine

Zunge und erwiderte zügellos den Kuss, den er ihr jetzt gab. Sie hörte, wie der Becher zu Boden fiel und spürte, wie er sie an sich presste. Seine pralle Männlichkeit drückte an ihren Bauch, was sofort einen glühenden Blitz durch ihren Körper schießen ließ. Jana seufzte und ließ den Kopf in den Nacken fallen. Miguel verbiss sich in ihren Hals. Janas Brüste pochten und die Nippel schmerzten vor Verlangen. Miguels Mund fuhr nach unten und steuerte auf ihre empfindlichen Warzen zu. In dem Augenblick wurde Miguel von ihr weggerissen.

»Hey, hör auf! Die Prinzessin gehört heute Abend mir.« Josés tiefe Stimme ließ Jana aufschrecken. Ihr Herz klopfte lautstark. Sie war so in Wallung, dass sie sofort Miguel durch José ersetzt hätte. Ihr Unterleib steckte voller Gier und unerfüllter Wünsche. José nahm sie an die Hand und führte sie zu den anderen. Jana konnte kaum laufen. Jeder Schritt ließ es zwischen ihren Beinen kribbeln. Die Musik wummerte nicht nur in ihrem Kopf, sondern auch in ihrem Bauch. Schwer atmend ließ sie sich neben José nieder und blickte zu Gary. Dieser streichelte Susan. Sofort sprang Jana auf und wäre beinahe hingefallen. Sie taumelte zu ihrem Freund und atmete schwer, als sie sah, wie er mit den Handflächen auf Susans Brüsten kreiste. Schließlich fand er die Nippel, die er einfach freilegte, indem er ihr das T-Shirt hochzog, und saugte daran. Jana durchschoss es vor Lust, als wären es ihre Nippel. »Gary«, brachte sie mühsam hervor, »was tust du denn da?«

»Ich lecke sie ein bisschen.«

Jana stöhnte und ging in die Knie. Sie wusste nicht, was mit ihr los war. Ihr Puls raste, ihre Brüste schmerzten vor Sehnsucht und ihr Unterleib schien zu verbrennen. »Gary, bitte nimm mich! Jetzt und hier!«

Gary drehte sich nicht zu ihr um. »Geht nicht. Bin beschäftigt. Vögel doch mit deinem Piraten, dem du so wunderbar deine Zunge in den Hals geschoben hast.«

»Gary, sie haben mich gezwungen«, beteuerte Jana mit schwerer Zunge.

Doch Gary schüttelte sie nur ab.

Susan lächelte ihr verschmitzt zu, dann schnappte sie sich Miguel, der sich gerade neben ihr niederließ, öffnete schnell seine Hose und nahm den Schwanz, der ihr sofort prall entgegensprang in den Mund. Miguel seufzte tief und lehnte sich an den Mast zurück. Gary war Susan mit der Hand unter den Rock gefahren und fummelte an ihrer Scham. Susan schnurrte.

Jana hielt es kaum noch aus. Sie war unendlich geil und die Wollust brannte lichterloh in ihrem Körper. Ihr verschwommener Blick glitt über die Männer, die dem Spektakel in naher Entfernung beiwohnten und ihren Becher immer wieder zum Mund führten, als wären sie im Kino und sähen sich einen spannenden Film an.

José lächelte Jana zu. Er hatte eine gewaltige Beule in der Hose, die nun dicht anlag. Er rieb sich ein paar Mal darüber und machte Jana Zeichen, zu ihm zu kommen. Auch wenn sie rattenscharf war, schrie ihr Innerstes auf, nicht zu ihm zu gehen. Jana spürte Tränen des brennenden Verlangens in sich aufsteigen, ihr Atem ging wie nach einem Sprint und sie bestand nur noch aus Herzrasen. Was ging in ihr vor? Angst kam in ihr auf. Sie wusste nicht, was sie tun sollte, sie war nicht mehr sie selbst. Sie presste eine Hand auf ihr Brustbein, atmete keuchend und war den Tränen nahe.

Plötzlich wurde sie von zwei starken Händen gepackt. Erschrocken und zeitverzögert, weil ihre Sinne nicht mehr so schnell waren, blickte sie denjenigen an, der sie aus ihrem Dilemma zog. Warme braune Augen, in denen es ähnlich vor

Lusthunger zu brennen schien, sahen sie an. Während Miguels Mund Janas verschloss, rutschte er mit ihr nach hinten an den Mast und lehnte sich dagegen. Sofort zog er ihr den Rock nach oben und zerriss den Slip. Dann hob er sie hoch und senkte sie auf seinen zuckenden, fast berstenden Schwanz. Beiden entfuhr zeitgleich ein lauter Seufzer. Jana stellte die Füße auf. Der harte Schwanz in ihrem Innersten brachte sie noch mehr auf Touren. Während Miguel ihr mit beiden Händen den Rücken stützte, ritt sie seinen geilen Schwengel. Die ersten Reibungen an ihrer reizdurchfluteten Möse brachten ihr fast den Höhepunkt. Als Miguel ihr die Bluse aufriss und an ihren steinharten Nippeln saugte, explodierte Jana vor Lust. Sie ritt seinen Schwanz im harten Galopp und stöhnte heiser bei jedem Senken ihres Beckens. Miguel keuchte. Er war bereits kurz vor ihr gekommen, ohne dass sie es bemerkt hatte.

Doch die Gier war nicht gestillt. Jana war noch voller Leidenschaft und der Höhepunkt hatte nicht wie sonst ihr Verlangen gestillt. Sie ritt Miguel einfach weiter. Erst verzerrte sich sein Gesicht, doch nach wenigen Schwingungen ihres Beckens war sein Schmerz vergessen und die Sehnsucht wieder da. Jana blickte kurz zu Gary, doch der schien in sein eigenes Lustspiel mit Susan versunken zu sein. Kurz durchzuckte sie die Qual der Eifersucht, doch besann sie sich schnell wieder auf ihr persönliches Erlebnis. Miguel fasste sie mit beiden Händen in ihre Taille und spießte sie auf sein zu neuem Leben erwecktes gieriges Glied. Er wurde schneller. Janas Brüste wippten bei jedem Schwung rauf und runter und klatschten aneinander. Die Musik dröhnte und der, wie sie annahm, versetzte Wein floss träge und wirkungsvoll durch ihre Adern. Sie sah die glühenden Augen Miguels, die nach ihr gierten, spürte seine immer intensiver werdende Reibung, klammerte sich um seinen Oberkörper und ritt ihn weiter, während ihre Münder verschmolzen. Diesmal war sie es, die als erste ihren Höhepunkt heranbrausen spürte. Es löste ein Feuerwerk in ihrem Unterleib aus, was Jana ins Hohlkreuz gehen ließ, um den Augenblick bis ins Letzte auszukosten. Das gleichmäßige Wummern des Musiktaktes im Kopf, wurde es um sie herum dunkel und warm.

***

Jana erwachte auf der Pritsche in ihrer Kajüte. Sie war allein. Langsam richtete sie sich auf und verspürte ein starkes Ziehen in ihrem Kopf. Die Erinnerungen an den letzten Abend kamen zurück. »Miguel«, flüsterte sie und sank auf ihr kleines Kissen zurück. Sein Schwanz stand ihr wieder vor Augen: rot, hart, gierig. Augenblicklich begann es in ihrer Muschi zu ziehen. Ungläubig starrte sie an die Decke. Es konnte doch nicht sein, dass ihr Verlangen noch immer nicht gestillt war!

Ein Rumsen ließ sie hochschrecken und zugleich an ihren Kopfschmerz erinnern. Unter leisem Stöhnen zwang sie sich zum Aufstehen und wankte zum Bullauge. Mit zu Sehschlitzen zusammengekniffenen Augen blickte sie hinaus und erschrak. Das Schiff lag in einem Hafen vor Anker. Auf dem Steg tummelten sich mindestens an die zwanzig Polizisten. Krampfhaft versuchte Jana, das Bullauge aufzubekommen. Es funktionierte nicht. »So ein Mist«, fluchte sie und trommelte mit einer Handfläche gegen die dicke Scheibe, dazu rief sie laut um Hilfe.

Plötzlich wurde Jana gepackt und nach hinten weggezerrt. »Seid Ihr von allen guten Geistern verlassen, so einen Terz zu machen!«, wütete sie José an. Er hatte ihre Handgelenke im Griff und drückte sie ihr unter den Busen. In dieser Haltung zerrte er sie aus der Kajüte über den Gang in ein anderes

Zimmer. Hier war es noch stickiger als in ihrem. Da sie soeben nach draußen in die Sonne geblickt hatte, musste sich ihr Augenlicht erst wieder ans Dunkel gewöhnen. Es war eher eine Kammer, statt einer Kajüte, da sich kein Gegenstand hier drin befand. In der hintersten Ecke stand Rodney. Vor ihm Gary, dem von Rodney hinterrücks ein Messer an die Kehle gehalten wurde. Jana öffnete den Mund, um etwas zu sagen, doch schon spürte sie den kalten Stahl von Josés Messer an ihrem Hals. »Warum tut Ihr das?«, stieß Jana hervor und nahm das Hämmern in ihrem Kopf beim Sprechen wieder wahr.

»Haltet still, Prinzessin, sonst muss ich Euer hübsches Hälschen verletzen.«

Getrappel war auf dem Deck zu vernehmen. Jana blickte automatisch nach oben, obwohl sie nichts sehen konnte, außer der dunklen, verschlissenen Decke. Stimmen waren gedämpft zu vernehmen, als einige Leute die Treppe hinunterstiegen und den Gang entlangkamen. Die Polizisten durchsuchen das Schiff, schoss es Jana durch den Kopf. Sie versuchte sich darauf zu konzentrieren, wenigstens einen vernünftigen Gedanken in ihrem dröhnenden Kopf zu verfassen. Als die Stimmen an ihrer Tür von außen zu vernehmen waren, zuckte es durch Josés Körper. Er presste Jana dicht an sich und hielt sie fest im Griff. Jana spürte plötzlich seine Erektion an ihrer Pospalte. Sofort floss Wärme durch ihre Vagina und vermittelte das Gefühl, als wenn die Schamlippen anschwollen. Jana schloss die Augen. Das Mittel, das in den Wein gemischt worden war, schien noch immer nicht aus ihrem Körper gewichen zu sein. Unvermittelt rieb sie ganz sanft ihren Po an seiner Männlichkeit. José zog die Luft ein und seufzte leise, als Jana nicht aufhörte, sich an ihm zu schubbern. Der Duft seiner noch immer nackten Brust verströmte sich um sie und benebelte ihre Sinne. Langsam bohrte sich die Spitze des Messers tiefer in ihren Hals. Jana zuckte zusammen.

Die Stimmen entfernten sich und wie ein Lichtstrahl drang ein kleiner Gedanke in ihr tiefstes Gehirn, dass die Polizisten die einzige Rettung waren, von diesem Schiff zu entkommen. Die Lust breitete sich immer mehr in ihrem Körper aus, und Jana fragte sich, ob sie überhaupt von diesem Schiff flüchten wollte. Dann dachte sie an Gary und an ihre ärztliche Pflicht, zu Hause ihren Beruf weiter auszuüben. Sie dachte an all die harte Arbeit und die Sünden, die hier begangen wurden, und an Miguel, falls er wirklich ein Gefangener dieses Schiffes war. Es stand also fest: sie musste hier weg! Kurz entschlossen riss sie sich von José los, nutzte den Augenblick seiner Schwäche. Er ritzte ihr unvermeidlich in den Hals. Jana presste eine Hand drauf und zerrte die Tür auf. José war schnell hinter ihr. Jana rannte um ihr Leben, und noch während sie rannte, rief sie um Hilfe. Drei Stufen auf einmal nehmend, den Rock gerafft, stürzte sie die alte, schräge Treppe hinauf Richtung Deck. Doch dort erwischte José sie, vergriff sich in ihrem langen Rock und zog sie mit einem Ruck von der Treppe. Jana stieß einen Schrei aus und file in die Tiefe. José fing sie auf. Er warf sie sich über die Schulter und lief mit ihr den Gang entlang, immer weiter, bis sie zum Ende kamen. Jana strampelte und schrie.

»José, verdammt! Was hast du mit ihr vor?!«, hörte sie Miguel zischen.

»Miguel!«, rief Jana mit einer Mischung aus Angst und Erleichterung.

»Geh mir aus dem Weg, Fatzke!«, zischte José und stieß ihn mit Jana zur Seite, während er eine Tür auftrat. Er warf Jana grob aufs Bett und riss ihr den Rock hinunter. Sie schrie auf. Einen Slip trug sie nicht und die Erinnerung kehrte in ihr Gedächtnis zurück, dass Miguel ihn zerrissen hatte. José zerrte an ihrer Bluse, schob seine Hose runter und warf beides achtlos zur Seite. Dann drängte er sich zwischen ihre Bein. Das Bett knarrte unter seinem Gewicht und Jana stöhnte unter seiner Schwere. Sie spürte die harte Erektion Josés zwischen ihren Schenkeln. Er rieb seinen steifen Penis zwischen ihren Schamlippen und löste das ungestillte Verlangen in Jana wieder aus. Sie keuchte unter seinen Bewegungen, bis er schließlich fest in sie eindrang. Jana schrie auf und krallte sich in seine verschwitzte Haut, während sie sich hochdrückte und zu Miguels entsetzter und machtloser Miene blickte.

»Verschwinde, Miguel«, zischte José. »Sonst werde ich dich wieder auspeitschen lassen. Der Kleinen wird nichts geschehen. Versprochen. So, und nun verzieh dich!«

In Miguels Gesicht spiegelte sich Unentschlossenheit. Er blickte zwischen Jana und José hin und her, gab sich dann einen Ruck und verließ die Kajüte.

»Miguel, nein!«, rief Jana verzweifelt.

In dem Augenblick wurde die Tür aufgedrückt und die Polizisten stürmten herein. Die Sonne blendete sie.

José drehte sich nicht um, sondern hämmerte seinen nach Jana lüsternen Schwanz in sie rein. Das Gefühl, dass er sie schon immer haben wollte und nun nicht genug von ihr bekommen konnte, machte sie tatsächlich an. Jana erkannte sich selbst nicht wieder. Deshalb versuchte sie, ihre Lustanwandlungen zu ignorieren und rief erneut um Hilfe.

José tat es mit einem »Sie ist eben eine Wildkatze und schreit oft bei unserem heißen Sex« ab. Die Polizisten standen erst schweigend da und brachen dann in Gelächter aus. José schienen diese Männer als Zuschauer gar nicht zu interessieren, auch nicht, was oder wen er ihnen präsentierte. Unbeirrbar senkte er rhythmisch seinen geilen Schwanz in Jana und hielt dabei ihre Handgelenke aufs Bett gepresst.

»Ich bin eine Gefangene auf diesem Schiff! Wir werden behandelt, als seien diese Männer echte Piraten. Helfen Sie mir!«, bettelte Jana schwach und versuchte, die Polizisten nicht anmerken zu lassen, dass sie vor Wonne verging.

Die Polizisten blickten ihr eine Weile beim Treiben zu, winkten dann ab und lachten erneut, ehe sie die Kajüte verließen.

Die Stimmen und das restliche Lachen verklangen.

»So, Prinzessin! Nach diesem miesen Fluchtversuch kommt nun die Strafe!« José beugte sich über ihren Hals und saugte an dem Ritz, den er ihr unbeabsichtigt mit dem Messer beigebracht hatte. Jana schrie auf. Neben dem Schmerz war es auch unglaublich elektrisierend. Wie Feuer schoss es vom Hals in ihre Brüste und sie rieb ihre harten Nippel automatisch an seiner gestählten Brust.

»Ah, es gefällt Euch!«, stellte José zufrieden fest und saugte weiter, während er seinen Schwanz immer wieder in sie stieß. Mit einem Aufschrei kam Jana, krallte sich, nachdem er ihre Handgelenke losgelassen hatte, an seinem Körper fest und nahm wahr, dass es sich um ihren größten Widersacher handelte, der sie wahnsinnig geil machte, wie er sie mit seinem harten Säbel bearbeitete. Als es José kam und seine heiße Ladung in sie hineinschoss, nahm Jana es kaum noch wahr. Sie zelebrierte die abschließenden Stöße, die ihr noch einen wunderbaren Restgenuss verschafften.

***

»Schämst du dich gar nicht?! Die gesamte Schiffsmannschaft konnte deine Lustschreie hören!«, herrschte Gary sie in der Kajüte an.

»Und schämst du dich gar nicht?! Die gesamte Schiffsmannschaft konnte deinen Ständer sehen!«, gab Jana im gleichen Ton zurück.

»Du hast dich aufgeführt, wie eine Hure!«

»Ach, ja?! Sie haben mir irgendein Mittel in den Wein geschüttet, damit ich abgehe, wie Schmitz Katze. Aber du brauchtest ja anscheinend keinen Lustmacher, um Susan zu vögeln! So ganz uninteressant schien es ja nicht in ihrer Muschi zu sein.«

Grimmig blickte Gary sie an, schwieg aber.

»Bei José hatte ich keine Wahl. Er war einfach der Stärkere.«

Gary schüttelte nur den Kopf, stützte den Unterarm oberhalb des Bullauges ab und blickte hinaus.

Nach einer Weile fragte Jana: »Sind wir wieder auf See?«

»Nein, immer noch im Hafen. Passagiere steigen zu.«

»Was?« Jana kam zum Bullauge und blickte ebenfalls hindurch. Gestylte junge Frauen klammerten sich krampfhaft an die Vertäuung der Rampe und wankten aufs Schiff. Die Männer versuchten cooler zu sein und hielten sich nicht fest.

»Hey!«

Jana und Gary blickten zur Tür. Rodney stand im Rahmen und winkte beide zu sich. Mutig schritt Jana zu ihm. Sie hatte das Gefühl, nichts könne sie jetzt noch schocken, selbst wenn Rodney ihr die Sachen vom Leib reißen würde.

»Ich wollte Euch sagen, dass ihr laut Captain Pablo ab heute mit zur Mannschaft gehört.« Er ließ die Nachricht sacken.

Jana blickte ihm gerade in die Augen und sagte: »Okay – und für wie lange?«

»Vorerst für diese Fahrt. Ihr, Jana, seid die Schiffsärztin; und Ihr, Gary, seid der Bootsmann. Ihr habt den gleichen Rang wie Leon.«

Jana blickte zu Gary. Dieser nickte.

»Dadurch, dass Ihr dem zugestimmt habt, könnt ihr Euch frei auf diesem Schiff bewegen. Ihr habt die Rechte, die die Mannschaft auch hat. Sollte Euch aber einfallen, uns zu hintergehen oder vom Schiff zu flüchten, dann werden wir nicht zögern, Rache zu üben, so wie es die Piraten mit ihren Mitstreitern seit jeher getan haben.«

Gary und Jana nickten.

»Noch eine Frage!«, sagte Gary.

Rodney blickte ihn erwartungsvoll an.

»Wann werden wir wieder freigelassen. Ich habe einen Job in den USA und nicht ewig Urlaub. Das Gleiche gilt für Jana.«

»Bald seid Ihr frei.«

»Kann ich mit meinem Partner in der Firma sprechen?«

»Nein. Wie gesagt: Bald seid Ihr frei.«

Rodney bedeutete ihnen, dass sie sich nun nach oben an Deck begeben könnten.

»Rodney!«, rief Jana ihn zurück.

Er drehte sich um.

»Ich habe nur diesen Rock. Sollte ich nicht ...«

»Nein. Der Rock ist gut und bleibt. Sonst noch was?«

»Ja. Welchen Rang hat Miguel?«

»Er ist stellvertretender Quartiermeister.«

»Ich dachte, das seid Ihr?«

»Nicht mehr. Ich bin jetzt mit José Quartiermeister.«

»Und Susan?«

»Sie ist die Schiffsköchin, zusammen mit Eddy.«

»Verstehe.«

»Jetzt kommt an Deck. Die neuen Passagiere sind da.« Damit drehte sich Rodney zum Gehen.

»Ich fasse es nicht, ich bin Bootsmann auf einem Piratenschiff!« Gary ließ sich auf die Pritsche fallen und fuhr sich mit der flachen Hand übers Gesicht und schüttelte genervt den Kopf. Jana beugte sich hinunter und küsste ihn auf die Wange. Er umfing ihre Taille, zog sie zu sich und gab ihr einen Zungenkuss. »Du bist immer noch *meine* Freundin!«

»Hoppla, da hat jemand Besitzansprüche!«, flachste Jana.

»Bei den ganzen Schwänzen an Bord kein Wunder, oder?«

»Na, heute ist doch eine ganze Fuhre junger Schönheiten angekommen, die verkrampft über die Planke gewankt sind.«

»Wer sagt denn, dass ich die alle haben will … Ich *habe* doch bereits eine Schönheit an meiner Seite!« Er zog sie noch einmal zu sich und gab ihr einen innigen Zungenkuss.

***

Mit einem leicht belustigten Zug um ihren Mund lauschte Jana den Ausführungen Josés und beobachtete die Zuhörer, die ihm gebannt auf die Lippen starrten. Er stellte die Mannschaft vor, zu der nun auch Jana gehörte. Ein sonderbares Gefühl machte sich in ihr breit, als die Passagiere sie bewundernd für das Amt der Schiffsärztin anblickten. Zwei Frauen blieben längere Zeit erst an Miguel und dann an Gary hängen. Ein Stich der Eifersucht durchfuhr Jana. Dabei dürfte sie am wenigsten Grund zur Eifersucht haben, dachte sie.

Den Passagieren wurden die Kajüten gezeigt. Jana blieb an Deck, trat auf die Reling zu und genoss sowohl den Fahrtwind als auch die damit in gewisser Weise verbundene Freiheit. Zur Crew zu gehören, barg gewisse Vorteile, aber auch Nachteile, wie sie bald am eigenen Leib erfahren würde …

Als die Passagiere wieder an Deck kamen, zum Teil lag ein enttäuschter Zug auf ihren Gesichtern, wurde ihnen ihre Arbeit zugeteilt. Auch hier wurden einige Proteste laut, wie Jana es bei ihrer ersten Fahrt erlebt hatte.

Aber dem Ganzen wurde die Krone aufgesetzt, als eine der Deck schrubbenden Frauen eine Dublone entdeckte. Sie betrachtete sie von allen Seiten und strich liebevoll mit dem Daumen darüber. Da diese Dame nicht in Janas Aufgabenbereich fiel, blickte Jana aufs Meer und tat so, als hätte sie es nicht bemerkt. Die Frau wollte aber anscheinend kein Andenken mitnehmen und ihr war wohl die Ehrlichkeit in dem Punkt wichtiger als Jana vor ein paar Tagen, denn sie stand auf und brachte Rodney, der ihr am nächsten stand, die Dublone. Das war ein Fehler. Dieser rief: »Ach, gebt doch zu, dass Ihr sie gerade einstecken wolltet.«

»Nein, das wollte ich wirklich nicht!«, beteuerte sie.

»Ich weiß aber zufällig, dass da noch mehr gelegen haben. Wo habt Ihr sie versteckt?!«

»Versteckt? Ich habe keine Münzen mehr!«

»Lügnerin! Hey, José! Diese kleine Kaulquappe lügt mich doch tatsächlich an, ohne rot zu werden.«

José trat zu ihr. Sämtliche Frauen hatten sich nun auch in einiger Entfernung um sie gescharrt.

»Was ist hier los?«, wollte Captain Pablo wissen, der wie zufällig gerade jetzt an Deck kam.

»Diese Lady hat behauptet, eine Dublone gefunden zu haben, dabei fielen ihr diese beiden aus dem Rock«, sagte Rodney und zeigte auf zwei weitere in seiner Hand.

»Aber das stimmt nicht, ich habe nur eine gefunden!«, versicherte die junge Frau.

»Und dann auch noch einen Piraten anlügen! Das schreit ja geradezu nach Bestrafung!«

»Stimmt.« Captain Pablo nickte und ordnete an: »Sie soll über die Planke gehen! Ich bin unter Deck, wenn was ist.«

Rodney lachte. »Da habt Ihr's gehört. Das bedeutet, Ihr

werdet die Hände gefesselt bekommen und müsst über die Planke ins Meer laufen.«

Jana trat einen Schritt vor, doch sie wurde abrupt zurückgezogen. »Denkt nicht mal dran, etwas zu sagen!«, zischte José ihr ins Ohr. Er hielt sie im eisernen Griff.

»Das ist nicht fair. Sie hat nichts gestohlen und wird trotzdem bestraft.«

»Es ist der Spaß, den die Leute haben sollen.«

»Ich hatte keinen Spaß daran.«

»Dafür die anderen umso mehr.«

»Auf Kosten der Frau, die ins Wasser muss!«

»Aber Prinzessin, Ihr hattet doch einen sehr charmanten Retter!«

Jana ignorierte ihn und rief: »Diese Frau hat nichts ...« Da wurde Jana von José herumgerissen und seine Lippen pressten sich auf ihre. Sie zappelte und versuchte, sich zu befreien. Doch obwohl dieser Kuss sie nur zum Schweigen bringen sollte, bemerkte sie, dass er José viel mehr bedeutete. Es war ihm egal, ob die anderen lachten und sie beide dabei beobachteten. Er hatte die Augen geschlossen und liebkoste sie behutsam mit der Zunge in ihrem Mund. Es war ein ganz anderer Mensch als der José, der sich stürmisch und leidenschaftlich auf sie geworfen und in sie eingedrungen war. Bei der Vorstellung stellten sich ihre Brustwarzen auf und verlangten, sich an seiner nackten Brust reiben zu können. Jana öffnete die Augen und bemerkte erst jetzt, dass José schon vor einiger Zeit aufgehört hatte, sie zu küssen. Er blickte sie ernst und schwer atmend an.

»Na los jetzt, ab mit ihr auf die Planke«, rief Rodney.

Jana riss den Blick los. Ihr schlug das Herz bis zum Hals, so sehr fühlte sie mit der Frau, die mit hocherhobenem Kopf und gefesselten Händen, ohne jegliche Angst zu zeigen, über die Planken stolzierte. Als die Frau an der Kante stand, zögerte sie nicht, mit einem »Jipie« in die Fluten zu springen. Erst da wurde Jana klar, dass diese Frau überhaupt keine Angst hatte. Sie war cool und es machte ihr anscheinend Spaß.

Rodney hatte das wohl auch festgestellt und knurrte. Er kam zu José, der Jana noch immer unbewusst festhielt. »Die Passagiere hatten keinen richtigen Spaß! Eigentlich muss Miguel runter und sie befreien, er ist unser bester Schwimmer. Aber damit die Leute wenigstens ein bisschen Spannung haben, schicken wir am besten Jana.«

Jana wich alle Farbe aus dem Gesicht. »Was? Ich? Wieso?« Instinktiv hielt sie sich an José fest.

Er lachte. »Nette Idee, Quartiermeister, aber ich denke …«

»Super, dann machen wir's so! Los, Schiffsärztin, befreit die Wasserschnecke da unten, bevor sie uns ertrinkt!«

Janas Herz hämmerte. »Nein, bitte nicht! José!« Hilfesuchend blickte sie ihn an. Das erste Mal seit sie ihn kannte, las sie Mitleid in seinen Augen.

»José!«, bellte Rodney.

José blickte ihn an, dann auf die Passagiere und sein fieses Lächeln kehrte zurück. »Na klar machen wir das. Los Prinzessin, ab mit Euch!«

»Nein, José, bitte. Ihr wisst, was Ihr mir da antut!«, flehte Jana.

Doch Rodney zog sie von José weg, um dem nächsten Widersacher im Weg zu stehen. »Das kann doch wohl nicht wahr sein! Los, verpiss dich, Gary! Das Mädchen da unten ist in Gefahr, wenn sie uns nicht schon längst ertrunken ist!«

»Jana wird nicht schon wieder springen. Einmal reicht, Rodney!«, presste Gary hervor.

Miguel sprang auf die Planke und blickte nach unten zur

Frau, die ihm ein »Juhu« aus dem Wasser zurief, das selbt Jana hören konnte.

»Solltest du springen, Miguel, dann schlitze ich der Kleinen die Kehle auf.« In Sekundenschnelle hatte Rodney ein Messer hervorgezogen und hielt es Jana an die Kehle. *Nicht schon wieder,* dachte sie.

»Was ist hier los?«, polterte Captain Pablo.

Jana war erleichtert. Wenn der Captain hörte, dass Jana schon wieder runter sollte, würde er sie sicher von ihrer Pflicht entbinden. Ihr Herz beruhigte sich.

»Los, hinterher Jana, Ihr habt doch schon Übung. Miguel, bleib zurück. Du springst nur, wenn die Damen es nicht hinkriegen. Selbst ist die Frau! Los jetzt. Sonst müssen wir eine Wasserleiche verbuchen und die kommt dann auf mein Konto.« Schnaubend entfernte er sich.

»Jana, du musst das nicht tun!«, rief Gary.

Die Passagiere blickten auf ihn, dann gebannt auf Jana.

Rodney trieb sie mit seinem Messer. Gary trat neben sie. »Ich bin gleich bei dir, hab keine Angst, okay?!«

Jana nickte. Als sie auf die Planke stieg, fing sie noch einen festen Blick von Miguel auf, der zwischen den Bohlen der Reling stand. »Du schaffst das«, flüsterte er.

Jana kam es vor, als hätte sie ein Déjà-vu-Erlebnis. Doch diesmal wollte sie tapferer sein. Mutig schritt sie über die Planke.

»Halt, Prinzessin«, rief José. Er kam angelaufen und reichte ihr ein Messer. »Das braucht Ihr für die Fesseln.« Als er ihr das Messer übergab, streichelte sein Daumen unauffällig über ihren Handrücken. Entschlossen ging Jana weiter und sprang. Der Flug durch die Luft war angenehm und sie hatte das Gefühl, in eine andere Welt zu springen. Krachend schlug das Wasser über ihr zusammen. Die Kälte, die sie am ganzen Körper umfing, war ihr nicht mehr in Erinnerung gewesen. Sofort tauchte sie luftschnappend auf. Doch es ging ihr gut und sie hatte keine Angst, was Jana überraschte und stolz machte. In einiger Entfernung erkannte sie die Frau im Wasser und kraulte zu ihr. Die kleinen Wellen, die Jana auf dem Weg dorthin ins Gesicht schlugen, störten sie nicht und so schwamm sie einfach weiter. Jana schaffte es sogar, einen Blick nach oben zu werfen, wo ihr sämtliche Passagiere zusahen und ihr zuriefen. Jana lächelte und winkte kurz. Nie war ihr das Wasser so blau und klar vorgekommen, obwohl sie immer wieder nach etwas im Wasser Ausschau hielt, was ihr Angst einjagen könnte. Schneller als erwartet, hatte sie die Frau erreicht und schnitt ihr mit mehr Mühe, als sie sich vorgestellt hatte, die Fesseln durch. Da sie keinen Halt hatte, fiel es ihr sogar ziemlich schwer. Die Frau schien eine gute Schwimmerin zu sein, denn sie war kein bisschen aus der Puste.

»Vielen Dank! Ich bin Patty.«

»Gerne! Jana. Komm, wir müssen zum Schiffsheck.«

»Okay.«

Noch während Jana schwamm, überkam sie wieder der Stolz. Niemals hätte sie gedacht, angstfrei auf dem offenen Meer schwimmen zu können. Doch etwas war schräg neben ihr im Wasser. Janas Herz fing an zu klopfen. »Ich komme gleich nach. Ich glaub ich hab da irgendwas gesehen. Jana drehte sich um und konzentrierte sich auf das, was da im Wasser schwamm. Doch durch die Wellen konnte sie es nicht richtig erkennen. So versuchte sie, möglichst schnell zur Strickleiter zu gelangen und schwamm deshalb dicht am Schiff entlang. Plötzlich durchzuckte sie ein rasender Schmerz. Jana schrie auf. Sie paddelte so schnell sie konnte weiter. Die Stickleiter war nur noch ein paar

Meter von ihr entfernt. Hektisch schwamm sie darauf zu, als sie noch ein Schmerz am Bein durchzuckte, diesmal schlimmer als der erste. Jana schrie auf und wich zurück, dabei tauchte sie unter Wasser. Ein Stechen und Brennen breitete sich auf ihrem linken Bein und ihrem linken Arm aus. Als sie unter Wasser war, spürte sie diesen höllischen Schmerz im Gesicht. Sie schrie ins Wasser, strampelte und paddelte panisch. Als sie auftauchte, sah sie in einiger Entfernung das Gesicht von Gary. Doch er kam irgendwie nicht näher. Auch er tauchte immer wieder unter. Die Panik kroch unaufhörlich durch ihr Innerstes. Der brennende Schmerz wollte nicht gehen. Hatte ein Hai sie angefressen? Würde sie nun verbluten und sterben? Fast fühlte sie Ruhe in sich aufsteigen, der Schmerz ging immer weiter von ihr fort.

Ruckende Bewegungen fuhren durch ihren Körper. Jetzt würde der Hai sie auffressen. Sie dachte an eine Frau, die auf ihrem OP-Tisch gelegen hatte mit der schwersten Verbrennung, die Jana je gesehen hatte. Jana hatte sie innerhalb von fünf Stunden operiert und die Frau hatte es geschafft, mit dem Bein weiterzuleben. Jana wollte auch leben, sie wollte kämpfen. Niemals sollte ein Hai sie auf so abartige Weise fressen. Ihre Kämpfernatur setzte ein und Jana wehrte sich gegen das Untier. Da, es griff nach ihr, zerrte an ihr, ging vor ihr unter. Sie zog sich an ihm hoch, tauchte dann selber unter. Die Schmerzen waren wieder da, ihre Stimme und auch die Panik. Sie schrie und tauchte wieder ab. Plötzlich sah sie José auf sich zugeschwommen kommen. Aber Jana hatte den Hai fest zwischen ihren Beinen unter Wasser.

»Lass ihn los, du bringst ihn um. Komm von ihm runter!«

»Nein!«, schrie Jana. »Er zerreißt mich. Mein Körper …«

José hörte ihr gar nicht zu, sondern zerrte an ihr. Jana presste den Hai noch fester zwischen ihre Schenkel, der wie verrückt zappelte und ihre Schmerzen am Körper vergrößerte. Da versetzte José ihr einen Fausthieb ins Gesicht. Jana schrie auf. Sie verstand die Welt nicht mehr. Es war ihr nicht möglich, den Hai weiter festzuhalten und er entglitt ihr. Sofort schoss er an die Oberfläche. Jana wollte schreien. Doch der Hai entpuppte sich als Miguel. Prustend schnappte er nach Luft. Die Schmerzen durchfuhren wieder ihren Körper. Dann tauchte Jana endgültig in tiefe Dunkelheit.

***

Bilder stürmten auf Jana ein. Bilder ihrer Jugend, Bilder von Operationen, Bilder von nackten Männern und großen Haien.

»Jana!«

Sie kannte das Gesicht über ihr. Es war Miguel. Die Erinnerung kehrte zurück. Daneben erschien José. Er wirkte erleichtert.

Miguel zog sie hoch. Um Jana drehte sich alles, sodass sie aufstöhnte und gegen ihn sackte. Das Brennen kam ihr ins Bewusstsein und ließ sie noch lauter aufstöhnen.

»Nicht so schnell. Sei vorsichtig mit ihr«, sagte José.

»Sie muss aber aufwachen«, gab Miguel zurück. »Jana, komm zu dir, du musst uns helfen.«

»Der Hai …«, stammelte sie.

Miguel schüttelte den Kopf. »Es gibt keinen Hai. Es hat nie einen gegeben. Es war eine Qualle.«

»Eine Qualle?« Ungläubig richtete Jana sich auf und besah sich ihre feurigen roten, blasenbesetzten Stellen am Arm und Bein.

»Jana, es brennt bestimmt höllisch, aber du musst Gary helfen. Ihn hat es am schlimmsten erwischt. Er wollte dich retten, zog sein Hemd aus und sprang dir nach. Dabei ist er wohl direkt in einige Quallen hineingesprungen. Er ist jetzt bewusstlos. Wir wissen nicht, was wir tun sollen.«

Jana hörte Miguel konzentriert zu. »Wo ist er?«

Miguel half ihr beim Aufstehen und stützte sie, bis sie Gary erreicht hatten. Die Passagiere, die schweigend das ganze Szenario beobachteten, wichen dezent zurück, um Jana Platz zu machen. Als sie Gary erblickte, schlug sie eine Hand vor den Mund. Er lag reglos auf den Deckplanken und sein Atem ging flach. Tränen schossen ihr in die Augen. Sein Oberkörper war feuerrot und übersäht mit Blasen und Nesseln der Qualle.

Jana brauchte einen Augenblick, bis sie sich gefangen hatte und atmete tief durch. Miguels Hand umfasste noch immer ihren Oberarm und sie hatte das Gefühl, als würde Stärke von ihm an sie weitergegeben werden. »Gebt mir ein Entermesser. Ich kratze damit die restlichen Tentakel ab. Miguel, bitte hilf mir. Nur ganz leicht und sei vorsichtig, dass du die Nesseln nicht selber abbekommst. Sie haben noch jede Menge Kraft.«

Er nickte.

José reichte ihr sein Messer. Dann fiel ihr ein, dass Meerwasser ebenfalls würde helfen können, die Nesseln wegzuspülen. Jemand reichte ihr einen Holzeimer mit Salzwasser. Jana kratzte vorsichtig über Garys rechte Brust und goss etwas Meerwasser darüber. Miguel sah ihr einen Augenblick zu und tat es ihr auf der linken Seite nach. Stück für Stück arbeiteten sie sich auf Garys Körper vor. Als sie damit fertig waren, drehten sie Gary vorsichtig auf den Bauch.

Jana rief plötzlich: »Oh nein, zurück! Dreht ihn zurück! Ich glaube das ist nicht gut. So drücken wir die noch drin steckenden Nesseln weiter in seinen Körper. Ich glaube, dass sie aufplatzen können. Wir legen ihn am besten auf die Seite. José, könntet Ihr ihn so festhalten?«

Jana wies Ed, den Schiffskoch, an, zusätzlich noch Essig zu besorgen. Dieser brachte nur sehr wenig und sagte, er hätte vergessen, welchen zu bestellen. Jana wies ihn an, Zitronen auszupressen – so viele wie möglich. Susan lief mit ihm, um zu helfen.

»Wozu der Zitronensaft?«, fragte Miguel, während er Garys Rücken weiter von den Nesselzellen befreite.

»Der Zitronensaft inaktiviert die verbleibenden Nesselzellen, die wir nicht abkratzen konnten. Das heißt, dass sie kein Gift mehr in seinen Körper pumpen können. Am besten wäre natürlich Essig. Aber ich hoffe, es ist die Säure, die im Essig wirksam ist und somit durch den Zitronensaft ersetzt werden kann. Ich bin kein Profi, was Quallen anbelangt. Ich habe das mal gelernt, ist aber schon eine Weile her.« Jana schluckte und setzte sich auf ihre Fersen. Automatisch wischte sie sich über ihre Stirn. Der Schweiß rann ihr durch die Brüste. Sie atmete schwer und kämpfte damit, ihr eigenes Brennen zu ignorieren.

»Alles okay, Prinzessin?«, fragte José.

Miguel blickte sie auch besorgt an.

»Ja, ich denk schon. Mir ist nur etwas schwindelig. Kommt wohl von der Aufregung.«

Ed brachte den Zitronensaft. Jana und Miguel beträufelten Garys Rücken und dann seinen Bauch. José hielt ihn fest.

»Mama Mia, das sieht heftig aus«, sagte einer der Reisenden.

Jana nickte. »Ich habe eine Antihistamin-Salbe in meiner Tasche. Ich werde Gary damit noch einreiben.«

»Anti-was?«, fragte einer der Passagiere.

»Das ist eine Salbe, die man auch auf Insektenstiche gibt. Ich denke, der Wirkstoff könnte bei der Qualle wirken.« Als Jana und Miguel mit dem Zitronensaft fertig waren, wandte Jana sich an José und bat ihn, Gary in seine Kabine zu bringen.

Rodney half ihm. Jana stand auf, taumelte etwas. Miguel fasste sie am Oberarm. Er flüsterte: »Diese Messerprozedur sollten wir bei dir auch durchführen.«

»Ich muss mich jetzt erst mal um Gary kümmern«, presste Jana hervor. Ihr Herz raste. Aber sie war sich sicher, dass es diesmal nicht von Miguel und seiner Aura kam.

»Jana, du solltest …«

»Lass mich, Miguel.« Jana entwand sich seinem Griff. Sie wollte nicht vor allen Leuten schon wieder von ihm bemuttert werden. Sie stieg wankend die Treppe hinunter. Miguel blieb hinter ihr und hielt Abstand. Er vermied es, zu helfen, auch als Jana sich an der Wand im Gang abstützte. Keuchend erreichte sie ihre Kajüte und starrte hinein. »Wo ist Gary?«, presste sie hervor.

»Er ist in einer der größeren Kajüten des Personals.«

»Okay, ich werde die Salbe …«

Miguel hielt sie mit einem Ruck unsanft zurück und drehte sie, sodass sie ihn anblicken musste. »Ich werde jetzt deine Stellen mit dem Messer behandeln. Es nützt nichts, wenn du noch mal ohnmächtig wirst. Wir brauchen dich hier. Gary braucht dich!«

»Es geht mir gut.«

»Das sehe ich. Du keuchst wie eine Dampflok.«

»Das ist deine Aura.« Sie lächelte ihn an, bückte sich zu ihrer Arzttasche, wühlte darin, zog eine Salbe hervor und ging schwankend aus der Kajüte.

Miguel lief ihr hinterher, packte sie entschlossen und trug sie zu einem großen Zimmer. Dort ließ er sie aufs Bett fallen. Jana blieb liegen. Die Schmerzen lähmten ihr Denkvermögen und ihre Kraft, sich zu wehren. Auch als Miguel ihr die Bluse auszog und den Rock abstreifte, wehrte sie sich nicht. Er zog sein Messer aus dem Heft, das um den unteren Teil seiner Wade geschnallt war. Dann begann er vorsichtig die Tentakel von ihrem Körper abzukratzen. Erst vom Arm, dann vom Bein. Sie spürte seinen Atem an ihrem Oberschenkel und an ihrer Scham. Ein Kribbeln lief durch ihren Körper. Unwillkürlich spreizte sie die Schenkel. Dann kam er zu ihrem Gesicht. Sachte fuhr er mit der Schneide über ihre Haut. Seine Augen blickten konzentriert auf die Stellen, die er bearbeitete. Das tiefe Braun und die Wärme darin, beruhigten Jana. Sie beobachtete den Blickwinkel seiner Pupillen, bis sie sich auf Jana richteten. Ihr Herz machte einen Satz. Er beugte sich hinunter und ihre Lippen berührten sich sanft. Nur wenig wich er zurück, um wieder zurückzukommen und sie erneut mit den Lippen zu streicheln. Dann spürte sie seine Zungenspitze, die sanft über ihre Lippen strich. Langsam schob sie sich in Janas Mund und erkundete ihn. Seine Lippen legten sich auf ihre.

»Ich störe nur ungern, aber hier ist der Zitronensaft«, sagte José. »Jana sollte auch damit behandelt werden und dann etwas schlafen. War anstrengend genug.«

Miguel hatte sich von ihr gelöst und blickte genervt. Jana beugte sich hoch, um José anzusehen. Er starrte ihr gebannt zwischen die Beine und auf ihren nackten Körper. »Außerdem solltest du die Tür zumachen und Jana mit dem Laken bedecken. Muss ja nicht jeder sehen, was für eine Schönheit wir hier liegen haben.«

»Danke für den Saft«, sagte Miguel und wollte ihn José abnehmen. Dieser machte aber keine Anstalten, den Saft an ihn weiterzureichen. »Ich mache das!«, beharrte José.

»Es ist meine Kajüte!«

Die Männer starrten sich an wie zwei kampflustige Streithähne, ohne sich eine Blöße geben zu wollen und vor allem, ohne das Objekt ihrer jeweiligen Begierde herzugeben. Miguel war aufgestanden und so standen sich beide Männer gegenüber. Zwischen ihnen lag Jana nackt auf dem Bett mit leicht gespreizten Schenkeln. Sie stellte sich vor, wie beide Männer sie mit ihren erigierten Lanzen verwöhnen würden. Während der eine an ihr saugte, würde der andere sein bestes Stück in ihr versenken.

»José, bitte sag Susan, sie soll Gary mit der Salbe, die da vorne auf dem Boden liegt, einreiben. Dann komm bitte wieder. Miguel, du kannst mich solange mit dem Zitronensaft behandeln.«

Die beiden Männer hatten zu Jana geblickt, dann sahen sie sich an und José reichte ihm den Saft. Er bückte sich nach der Salbe und verschwand. Schweigend und vorsichtig betupfte Miguel die Blasen. Jana biss die Zähne zusammen, denn es brannte noch einmal ordentlich.

Doch nach und nach verebbte das feurige Gefühl und machte einem anderen Gefühl Platz, als José im Zimmer erschien. Durch das für ein Schiff verhältnismäßig große Fenster strahlte die Sonne und brach sich auf seiner blanken, braun gebrannten Brust. Als José Jana im unveränderten Zustand, nackt und mit leicht gespreizten Beinen, auf dem Bett liegen sah, hob und senkte sich seine Brust schneller. Miguel drehte den Kopf zu ihm und sofort reagierte José und beäugte ihn ebenfalls.

Jana spürte, dass die Kajüte voller Emotionen des Verlangens, Begehrens und Konkurrenzkampfes war. Deshalb machte sie den ersten Schritt und zog Miguel zu ihren Brüsten, während sie für José die Beine noch ein Stück weiter spreizte. Miguels sanfte Zunge kreiste auf dem Hof einer Brust und leckte dann wie zufällig über ihre Brustwarze, die sich sofort aufstellte und nach mehr verlangte. Jana seufzte, als sie eine weitere Zunge in ihrem Geschlecht wahrnahm. Doch diese Zunge war wesentlich forscher, spielte erst an den Schamlippen, glitt dann dazwischen und Finger öffneten sie noch weiter. Inzwischen wurde Miguels Zunge beherzter und drückte sich fest in das weiche Fleisch der Brüste. Unvermittelt saugte er ihre harte Warze in den Mund, drückte sie zurück und saugte wieder. Dann bestürmte Miguel den anderen Nippel, der sich ihm schon steinhart entgegenreckte. Auch hier zögerte er nicht, sich erst langsam und vorsichtig heranzutasten. Das machte Jana schier wahnsinnig. Zeitgleich spürte sie, wie die andere Zunge, die permanent zwischen ihren Schamlippen hin- und hergeglitten war, nun fest in ihre heiße Möse hineinstieß. Jana stöhnte. Diese Doppelbehandlung versetzte sie in einen ihre Sinne benebelnden Rausch. Schon nach kurzer Zeit bäumte sich ihr Innerstes auf und verlangte nach mehr, nach etwas Schnellerem, Härterem. Jana bewegte sich der Zunge entgegen. Dann spürte sie, wie ihre beiden Brüste von Händen in Beschlag genommen und ihr Mund mit einem intimen Kuss geschlossen wurde. Miguel schob ihr die Zunge tief hinein und schlängelte sich forsch um ihre eigene Zunge. Miguels Finger zogen an ihren Nippeln, drehten und pressten sie zusammen. Jana seufzte.

Miguel ließ von Jana kurz ab und kam sofort zurück. Währenddessen wurde Jana von Josés Zunge gefickt. Schnell und ausdauernd stieß er sie immer wieder in ihre mehr als feuchte Möse.

Miguel leckte ihr ein paar Mal mit reichlich Speichel zwischen den Brüsten, hockte sich dann auf sie und legte seinen steifen Schwanz zwischen ihre Brüste, dort, wo er seine Feuchtigkeit verteilt hatte. Dann nahm er Janas Hände und drückte sie mit seinen Handflächen seitlich an ihre Brüste und presste das weiche, weibliche Fleisch um seine Erektion. Endlich fing er an, sich vor- und zurückzubewegen. Er seufzte. Jana blieb nicht untätig. Nicht nur, dass sie ihre Brüste um seinen geilen Schwengel drückte, sie öffnete auch ihren Mund, um bei jedem Stoß seine Spitze mit dem Mund aufzunehmen. Miguel stieß sie heftiger.

Noch während sie Miguels Schwanzkuppe bearbeitete, spürte sie, wie José immer weiter mit ihrer Spalte spielte. Seine Finger hatten seine Zunge abgelöst und sie merkte, wie sich zwei in sie schoben. Bald darauf waren es drei. Den bebenden Schaft vor Augen, ihn zeitweise im Mund zu haben und dann die permanente Bearbeitung ihrer Muschi, ließen Jana immer nasser werden.

Miguel stöhnte und wurde schneller.

Plötzlich wurde er von Jana weggerissen. »Spinnst du!«, schrie Miguel kurz vor seinem Höhepunkt.

In Josés Augen blitzte es. »Jetzt bin ich dran!« Damit schwang sich José auf Jana und fickte ihre Titten. Er keuchte und es dauerte bei ihm auch nicht lange, bis er soweit war. Diesmal war es Jana, die ihn von sich herunterschubste.

»Was soll das?«, stieß José hervor.

»Gleiches Recht für alle! Ich will einen im Mund und einen in der Möse. Entscheidet Euch! Aber schnell, ich bin durstig – und zwar auf beiden Seiten!«

Die Männer tauschten einen kurzen Blick. Anscheinend war ihnen sofort klar, wer welche Position einnehmen wollte.

Miguel schritt mit seiner vor ihm aufragenden Rute zu Janas gespreizten Beinen, ergriff sie in der Hüfte und drehte sie um. Jana plumpste aufs Bett. Sogleich zog er sie mit einem beherzten Ruck nach oben, so dass sie auf den Knien quer auf dem Bett hockte.

José baute sich vor ihr auf und schob ihr ohne Umschweife seinen geilen, roten Schwanz, der nach Befreiung dürstete, in den Mund. Jana nahm ihn auf und saugte sofort daran. José seufzte tief und hielt Jana am Hinterkopf fest.

Im gleichen Moment fühlte sie Miguels Hände auf ihren Hüften. Mit einem gezielten Stoß fuhr sein erregter, harter Schwanz in ihre Nässe. Beide Männer bewegten sich in ihr. Jana stöhnte. So etwas hatte sie noch nie erlebt. Es machte sie so sehr an, dass sie glaubte, sogar noch vor den beiden Männern zu kommen. Noch nie waren zwei so starke, geile und gierige Männerschwänze in ihr gewesen. Der Raum erfüllte sich mit dem Duft der Wollust. Die Männer keuchten, Jana stöhnte und ließ sich gnadenlos bearbeiten. Dann spritzte José seinen Saft in ihren Mund. Sie spürte seine heißen Strahlen. Mit geschlossen Augen schluckte sie genussvoll den männlichen Saft und saugte den Rest aus seinem Schwanz.

Noch während sie die Tropfen der Lust weglutschte, schoss die nächste Ladung in sie hinein. Miguels Stöße waren so intensiv, dass Jana zeitgleich mit ihm kam und gerade zu Ende geleckt hatte, um den Mund aufzureißen und ihre Lust hinauszustöhnen. Ihre Vaginamuskeln zuckten noch lange um den bebenden Schaft, der unendlich viel Saft in sich zu haben schien, bis Jana ermattet auf das Bett sackte. Die Männer standen bei ihr. Jana drehte sich um und öffnete die Arme. Beide legten sich zu ihr aufs Bett und nahmen sie in die Mitte. Entspannt schmiegte sie sich an die starken Männerbrüste und schloss die Augen. Sie hatte das Gefühl, dass es ihr noch nie so gut gegangen war und dass die Empfindung von Zufriedenheit durch ihren Körper geflossen war.

***

»Jana! Jana, wach auf!«

Jana schlug die Augen auf. Es war schummrig im Zimmer. Vor ihr stand Susan, die eine Petroleumlampe in der Hand hielt. Sofort blickte Jana sich um. Die Männer waren nicht mehr bei ihr. Sie war mit dem Laken zugedeckt, darunter nackt. Ihr Körper brannte.

»Was ist?«, fragte Jana benommen.

»Du musst schnell mitkommen … Gary!«

Jana war hellwach und richtete sich im Bett auf. »Was ist mit ihm?«

»Schnell, komm!«

Fortsetzung im Buch »Trinity Taylor - Ich will dich jetzt«

Weitere erotische Geschichten:

Lucy Palmer

Mach mich scharf!

Begeben Sie sich auf eine sinnliche Reise voller erotischer Begegnungen, sexuellem Verlangen und ungeahnter Sehnsüchte ...

Ob mit dem Chef im SM-Studio,
heimlich mit einem Vampir,
mit zwei Studenten auf der Dachterrasse oder
unbewusst mit einem Dämon ...

»Lucy Palmer schreibt einfach super erotische, romantische und lustvolle Geschichten, die sehr viel Lust auf mehr machen.« Trinity Taylor

Lucy Palmer

Mach mich wild!

Romantik, Lust und Verlangen werden Sie auf dem Weg durch die erotisch-wilden Geschichten begleiten ...

Ob mit dem unerfahrenen Commander im Raumschiff, dem mächtigen Gebieter als Lustsklavin unterworfen oder mit Herzklopfen in den Fängen eines Vampirs ...

Es erwartet Sie eine sinnliche und abwechslungsreiche Sammlung von lustvollen Erzählungen.

Lucy Palmer

Mach mich gierig!

Es wird wieder heiß: Lucy Palmer entführt Sie ein drittes Mal an sündhafte Schauplätze ...

Seien Sie gespannt auf ...
eine Vampirjägerin mit ihrem Bodyguard,
auf Gestaltwandler, Dunkelelfen,
Piratenladys und kesse Zimmermädchen.

Erleben Sie die wilde Gier und ungezügelte Leidenschaft, brennende Liebe und pures Verlangen!

LESEPROBE:

TRINITY TAYLOR

»ICH WILL DICH GANZ«

LIEBESHUNGER

... »Bist du nun ein Mann oder nicht?«

»Was hat das damit zu tun? Ist es denn männlich, gleich nach den ersten beiden Stunden über die Frau herzufallen?«

»Wenn du ein gutes Gewissen hast?«

»Wie bitte?« Sein Gesichtsausdruck veränderte sich.

Grace fuhr sich nun selber mit den Händen über ihre Brüste und zwirbelte an den schon steif hervorstehenden Warzen durch die Bluse. Sein Blick ruhte auf ihren geschickten Händen. Als sie den Mund leicht öffnete, den Kopf in den Nacken legte und ein sanftes Stöhnen über ihre Lippen kam, flüsterte Tyler: »Grace, bitte.«

Sie streichelte ihre Brüste, suchte wieder die Brustwarzen und presste sie fest zusammen, während Grace sagte: »Was ist denn Tyler? Gefällt es dir nicht?«

Er schluckte. »Es ist nicht der richtige Ort. Wenn dich jemand sieht ...«

»Verstehe, du magst das lieber, wenn es im Verborgenen bleibt? Kein Problem.« Grace lehnte sich im Stuhl zurück, streifte sich den Schuh ab und fuhr mit ihrem Fuß zwischen seine Beine. Er sog scharf die Luft ein. Sie spürte, wie hart sein Schwanz gegen die Hose drängte. Sachte fuhr sie auf ihm hin und her, presste ihre Lippen aufeinander und befeuchtete sie mit der Zunge. Er schloss die Augen und atmete schwer.

Sie reagierte auf ihn. Eine Welle der Lust durchströmte ihren Körper und machte sie verlangend. Tyler so zu sehen, wie er sich gegen ihren Fuß, der ihn zwischen den Beinen so geil machte, nicht wehren konnte, machte sie unglaublich scharf. Mit Schrecken sah sie den Kellner ankommen. »Tyler!«, rief sie kurz und leise.

Sofort waren seine Augen auf und sein Pokerface da. Der Kellner fragte, ob er noch etwas bringen dürfte. Tyler verneinte und bat um die Rechnung. Währenddessen hörte Grace nicht auf, Tylers Schwanz zu massieren. Da sie in einer Ecke saßen, Tyler mit dem Rücken zum Coffee Shop, glitt Grace, kurz einen Blick auf die wenigen Gäste werfend, unter den Tisch.

»Grace, was hast du vor? Grace …«, zischte Tyler leise, doch weiter kam er nicht.

Sie hatte bereits seine Hose geöffnet, durch seine Boxershorts gegriffen und sich seinen steifen Schwanz genommen. Langsam bewegte sie ihn mit der Hand auf und ab und hörte, wie Tyler seufzte. Grace hätte nie für möglich gehalten, dass es ihr einerseits Spaß machen könnte und sie andererseits so scharf machen würde.

Mutig beugte sie sich vor, nahm die rote, steife Rute in den Mund und bewegte den Kopf vor und zurück. Sie vernahm ein unterdrücktes Aufstöhnen vom Tisch und machte weiter. Mit einer Hand hielt sie seinen harten Schwanz fest und schlang die Zunge darum. Dann wieder saugte sie an ihm und schob sich selber vor und zurück. Sie bemerkte, wie sich seine Hand in ihre Haare krallte und versuchte, sie wegzuschieben, doch Grace verfolgte ihr Ziel hartnäckig weiter. Schließlich spürte sie, wie er nachgab und sie wieder und wieder zu sich heranzog. An seinem Bauch erkannte sie, wie schwer Tyler atmete.

Plötzlich ließ seine Hand locker und sie verschwand aus ihren Haaren. Für den Bruchteil einer Sekunde fragte Grace sich, ob sie zu weit gegangen war, ob sie etwas falsch gemacht hatte, ob er sich nun der Tatsache bewusst geworden war, dass irgendeine wildfremde Frau in einem Coffee Shop zwischen seinen Beinen hockte und ihm einen blies.

Doch es war nur der Kellner, der ihn in die Realität zurückholte. Allerdings gab es für Grace keinen Grund, von seinem Schwanz abzulassen. Im Gegenteil! Sie gab sich nun richtig viel Mühe, ihn zu verwöhnen und geil zu machen.

Seine gepressten Worte drangen an ihr Ohr und sagten Grace, dass ihr Plan aufging und sie ihn voll im Griff hatte. Tyler konnte sich kaum beherrschen. Das stachelte Grace an. Leicht betupfte sie die kleine Stelle in der Mitte seines Schwanzes mit der Zunge und übte leichten Druck darauf aus, so dass er anfing zu keuchen.

Doch bevor sie ihn so kommen lassen konnte, trat er den Tisch nach hinten und riss sie an den Schultern zu sich nach oben. Keuchend starrte er sie an, während sich ihre Nasen fast berührten. Grace erkannte den lustvollen Glanz in seinen Augen, der sich nach mehr sehnte. In ihrem Körper breitete sich das unbändige Verlangen aus, ihn zu küssen, sich die Klamotten vom Leib zu reißen und heftig von ihm auf dem Tisch genommen zu werden. Hemmungslos und wild! Sie war so ausgehungert nach Sex und Liebe.

»Lass uns gehen«, sagte Tyler und schob sie zur Seite.

Schnell waren sie draußen und die frische, klare Luft schlug ihnen entgegen. Er packte sie am Oberarm. »Komm«, sagte er schlicht.

»Was hast du vor?«, wagte Grace zu fragen.

Doch er antwortete nicht, sondern zog sie einfach weiter bis zum nächsten Hotel. Schnell buchte er ein Zimmer und fuhr mit ihr nach oben.

Kaum hatte er die Zimmertür geschlossen, blickte er sie durchdringend an und ließ ihre Hand los. Etwas Bedrohliches strahlte von ihm aus. Unwillkürlich ging sie einen Schritt rückwärts. Er folgte ihr, so dass sie immer mehr vor ihm zurückwich. Was hatte er vor? Wollte er ihr vielleicht etwas antun, oder war es die reine Lust, die ihn durchflutete?

»Zieh die Bluse aus«, befahl er plötzlich.

Ihr Herz fing laut an zu pochen. Egal, was passieren würde, diese Situation machte sie ungemein an. Sie hätte nur zur Tür laufen und hinausrennen brauchen. Doch sie gehorchte und öffnete den ersten Knopf. Die Wand hinter ihr war erreicht und Grace prallte gegen sie, während ihre Finger zitternd versuchten, die Knöpfe zu finden. Tyler machte noch einen Schritt und stand direkt vor ihr. Sie roch sein Parfüm. Süß und herb – eine Mischung, die zu ihm passte. Nervös öffnete sie einen weiteren Knopf. Anscheinend dauerte es ihm zu lange, denn er packte die Enden der Bluse und riss sie mit einem Ruck auf. Daraufhin betrachtete er mit einer Mischung aus Erstaunen und gieriger Lust das, was er soeben freigelegt hatte. Grace trug keinen BH. Ohne Umschweife griff er an ihre Brüste.

Scharf zog sie die Luft ein. Die Brustwarzen verrieten Graces Verlangen. Sie waren steif und hart, drängten sich seinen Fingern entgegen, die sie voll im Griff hatten. Er zwirbelte an den Warzen, biss sanft hinein und saugte schließlich an ihnen. Grace seufzte.

Tyler erhob sich, ging einen halben Schritt zurück, betrachtete sie, blickte ihr dann in die Augen und sagte: »Zieh den Rock aus.«

Grace konnte ihn nicht richtig einschätzen, was sie verunsicherte und fragen ließ: »Und wenn ich das nicht tue?«

»Dann mache ich es!«

Grace rührte sich nicht.

Er kam auf sie zu und biss ihr in den Hals. Grace erschrak, aber sein Biss war sanft. »Los«, raunte er, »zieh schon dieses verdammte Ding aus, Baby.«

Die Situation hatte Grace bis in die Fingerspitzen sensibilisiert, so dass seine Berührung am Hals mit dem verbundenen Hauchen in ihr Ohr, einen Blitz durch ihren Körper jagte.

Mit einem Ruck zog Tyler den Rock aus. Graces Innerstes fing an zu flattern. Seine Nähe, ihre Nacktheit, die Situation. Sie keuchte und krallte sich in seinen Nacken. Er verstand und presste sich an sie.

»Oh Gott, Tyler …«

Dann küsste er sie. Seine Lippen waren gierig und verlangend. Er presste sich enger an sie und knetete ihre Brüste. Stürmisch erwiderte sie seine Küsse und stöhnte, wenn er von ihr abließ. Sie wollte mehr, war verrückt nach ihm!

Tyler schien es ähnlich zu gehen. Er bedeckte ihren Hals mit Küssen, während sein Körper sie zum Bett drängte. Schnell zog er seine Sachen aus, während sie sich ihres Slips entledigte. Nackt stand er vor ihr und betrachtete sie. Sein Glied ragte stolz, hart und rot hervor. Seine leicht behaarte Brust war stark und muskulös. Sie hob und senkte sich. Sein Blick war glasig.

Grace Körper verlangte so sehr nach ihm, dass es beinahe schmerzte. Noch nie hatte sie ein derartiges Gefühl verspürt.

»Komm zu mir«, flüsterte sie.

Augenblicklich war er bei ihr und legte sich mit seinem vollen Gewicht auf sie, nahm ihre Handgelenke und presste sie rechts und links von ihrem Kopf in die Kissen. Ihre Münder trafen sich. Seine Zunge schob sich in ihren Mund. Sie seufzte.

Geschickt schob er ein Bein zwischen ihre Schenkel und öffnete sie für sich.

»Oh, Tyler …«, seufztzte Grace.

»Ich werde jetzt das zu Ende führen, was du unerlaubterweise vorhin begonnen hast«, hauchte er in ihr Ohr.

Sie spürte sein steifes Glied an ihrem Geschlecht. Hart drückte er gegen sie, wollte rein.

»Was hast du?«, fragte er, als er ihr Zögern bemerkte.

»Ich weiß nicht, ob es richtig ist.«

»Auf einmal?!«

Grace suchte nach Worten.

»Baby, ich will dich«, hauchte er an ihren Hals. »Du machst mich unglaublich scharf. Ich begehre dich und ich werde dich jetzt richtig vögeln!«

Grace atmete schneller. Sie wollte Tyler auch und spreizte die Beine für ihn. Sofort drang er in sie ein und es durchzuckte ihren Unterleib. Ihre nasse Spalte massierte ihn. Schwer atmend richtete er sich auf und schob seinen harten Schwanz noch tiefer in sie.

Grace stöhnte. Sie konnte sich vorstellen, wie er ihre weiche, willige Möse genoss, denn sein Blick versenkte sich in ihren Augen und er keuchte. Permanent schob er seinen harten Prügel immer wieder in sie hinein und reizte ihre Empfindungen aufs Sensibelste. Mit halb geschlossenen Augen sah er sie an, atmete schwer und lächelte leicht, bis sie es ihm gleich tat. Dann beugte er sich zu ihren Brüsten und umkreiste die steifen Nippel mit der Zunge, biss hinein und saugte schließlich an ihnen. Diese zusätzliche Stimulierung ließ eine heiße Woge durch ihren Körper schießen. Grace musste ihn anfassen. Vorsichtig löste sie sich aus seinem festen Griff, denn er hielt ihre Handgelenke noch immer umfangen, und umfasste seine Schultern. Die warme, nackte Haut, unter denen die Muskeln saßen, die am Arbeiten waren, führten ebenfalls dazu, dass Graces Körper sich mit Sinneslust füllte und sie den Orgasmus kommen spürte. Er bemerkte es wohl an ihrem schnelleren Atmen und zog augenblicklich das Tempo an.

Sein Schwanz stieß gnadenlos in sie rein und rieb ihre geile Möse, bis der Orgasmus angeschossen kam und sie ihre Lust herausschrie. Tyler hielt ihr sofort den Mund zu, stieß aber weiter ihn sie. Er unterdrückte seinen Aufschrei, versuchte, seine Empfindungen zu mäßigen, indem er auf ihr nach vorne sackte und neben ihrem Ohr ins Kissen keuchte.

***

»Na, wie war's? Wie war *er*?«, fragte Melanie.

»Wir waren im Bett«, platzte Grace heraus.

Melanies Miene verfinsterte sich. »Oh mein Gott!« Langsam ließ sie sich nach hinten ins Sofa fallen. »Wie ist es passiert?«